普巴金剛

金剛薩埵

除障第一

蓮師伏藏法「普巴金剛」
與「金剛薩埵」實修指導

原典作者：蓮花生大士伏藏　秋吉林巴掘藏
釋論作者：頂果欽哲法王、祖古烏金仁波切等
英譯中：妙琳法師　原典藏譯中、審定：祖古貝瑪滇津

目次

英文版序 在這裡銷鑛成金 / 瑪西亞・拜恩德・施密特 06

總論

第一章、本尊修持快速通關 / 祖古・烏金仁波切 12

普巴金剛，極忿怒本尊 12
蓮師證悟地，第二個菩提迦耶 13
修行三重「揍」 14
外內密的除障 15
我就是普巴金剛 16
一切，對他真的沒差 18
心清淨，咒念錯也超強 19
只要修一個本尊就夠了 20
證悟：不點不亮 22

第一部、除障第一，普巴金剛

原　典　密要精粹之金剛童子一印修法 26

第二章、密義普巴介紹 / 慈克・秋林仁波切 62

普巴大神力 63
普巴金剛傳承與秋吉林巴 64

第三章、令嘿汝嘎欣喜之咆哮 / 卡美・堪布 仁欽・達傑 66

皈依發心的觀想 66
在皈依中見到無我 69
生起本尊的觀想 71
觀想本尊灌頂 81

本尊心間的觀想　82
咒語和咒輪的觀想　83
身、口、意的金剛本質　84
成就金剛心　85
附帶說明　85

第四章、普巴金剛法本註解／怙主 頂果・欽哲仁波切……88

一、本尊的身形　89
二、本尊的語觀想　98
三、本尊的意觀想　100

第五章、一印金剛橛儀軌修持／鄔金・托嘉仁波切……102

普巴金剛教法簡要　102
一印金剛橛　104
皈依發心　105
生起次地：三個三摩地　106
心即普巴童子　116
十八咒字的意義　116
供食子與身語意灌頂　117
呼請事業成就　123
修持的其他要點　125
普巴金剛實修問與答　126

第二部、淨罪第一，金剛薩埵

原　典　密要精粹之金剛薩埵一印修法……138

第六章、金剛薩埵之語／取自《秘密心髓》／
貝瑪・智美・羅卓・顯培・確吉・囊瓦……168

一、前行　168
二、正行　170
三、結行次第　188
補充說明　189

第七章、以究竟的方式來修持 / 祖古・烏金仁波切……190
一切化現只為「他」 190
看「這裡」！ 191
一切自然現前 192
金礦才能煉成金 193
第八章、金剛薩埵之觀想和念誦 / 秋吉・林巴……195
第九章、金剛薩埵前行修持 / 祖古・烏金仁波切……198
菩提心 199
修持要點 1：觀想金剛薩埵 200
四力懺悔 200
修持要點 2：持咒和觀想流下甘露 202
修持要點 3：謝罪和結行修持 204
揭穿人類史上最長的騙局 205
第十章、金剛薩埵日修簡軌 / 怙主 頂果・欽哲仁波切……208
第十一章、金剛薩埵日修簡軌釋論 / 貝瑪・卡旺・多傑・嚓…211
皈依 213
生起菩提心 215
正行修持：認出本尊 217
以光芒上供下施 227
觀想、持誦咒語 228
消除斷常二見 231
迴向發願 232
最精簡完整的修持儀軌 233
問與答 234
第十二章、金剛薩埵日修儀軌 / 貝瑪・卡旺・多傑・嚓……238
前行 238
正行 239
結行 244

第十三章、金剛薩埵大法會 / 鄔金．托嘉仁波切 245
一切修持盡在於此　246
如何持守三昧耶？　246
帶自己回家，就是這麼簡單　247
讓四力帶你回家　248
打開總開關　250
懺悔　254
灌頂的根本：三昧耶　255
功德補給　257
這裡就是密嚴淨土　258
難能可貴是佛法　259
第十四章、金剛薩埵之心 / 多．欽哲．耶喜．多傑 261
附錄、如何以觀想淨化外在經驗 264
摘自《智慧之光》第二冊 / 蓮花生大士、秋吉．林巴、蔣貢．康楚、覺恰仁波切

｜英文版 序｜

在這裡銷鑛成金

瑪西亞．柏恩德．施密特

我們之所以能夠證悟，是因為我們本來都具備證悟的清淨本質。

《除障第一》（原英文書名：Powerful Transformation）是本書系的第四本書，這整個書系是三根本——上師、本尊和空性的修持系列。此書所涉及的兩尊主要的本尊是普巴金剛和金剛薩埵。祂們同時是上師，也是本尊；而對於普巴金剛而言，祂也是護法。

心髓（the Heart Essence）的有力轉化和「煉金術」（alchemy）到底是什麼？它們是透過生起次第和圓滿次第的元素所開啟的力量，予以一種非凡的運用。我們的過失、覆障和業習阻礙了禪修經驗和證悟的生起。金剛薩埵修持能夠清淨這些障礙。當一個瑜伽士要證悟的時候，障礙變得巨大，而結合認識心性的修持和普巴金剛修持，能降伏這些障礙。如《秘密心髓》中所述：普巴金剛和金剛薩埵這兩個本尊，是證悟和成就的通道之顯現。

本尊，本來至尊

「煉金術」是只有當物質本身就具備純淨成分時，才能將此物質改變。我們的確具備證悟的本質；這是我們的核心組成部分。儘管我們還未完全與之連結上，但可以清除障礙我們的暫時覆障。雖然我們祈願要完全證悟自己的佛性，並穩固這個認識，然而負面情緒、過去的業力和習氣的層層遮蔽仍然不斷的阻擋著我們。能夠幫助我們淨除這些障礙並達到成就的是生圓次第的關鍵部分：本尊、咒語和禪定。透過見到純正傳承的上師，我們可以由此接收到清淨染污和增進功德的教授，以足夠開始修持的條件。最終，我們可以經驗到自己所修持的智慧。

此外，很肯定的是，甚至在我們有能力進入本尊的修學之前就會有負面狀況和障礙。這些包含外在、內在和秘密的障礙，以及四魔：五陰魔、煩惱魔、死魔和天子魔。面對這樣看起來難以對付的障礙，我們竟然有著奇蹟般的幸運，可以尋求佛法的教導和上師。我們內在的覺知以某種方式在呼喚著我們這樣做，推動我們面對超越各種阻礙的限制。因此，我們連結上普巴金剛和金剛薩埵——能帶我們開始改變並產生力量與清淨的兩個最強大和非凡的本尊。

根據個人的能力，修持本尊瑜伽有很多階段。我們可以在大圓滿的見地之中展開法本的修持，也可以由傳統的生起次第和圓滿次第的架構來循序漸進的修持。但真正關鍵的是找到最有用的方式去認識我們所修持的本尊的智慧，因而轉化我們凡夫對經驗的固著和執取。因此，我們怎麼去修持是關鍵。同時，我們選擇寂靜或忿怒的本尊來面對自己最具衝突力的情緒，也是取決於自己的個性傾向。這就是改變我們粗重現象，並帶我們走近實相的煉金術。我們如實展現遍在清淨的能力受阻，而金剛乘的善巧方法就是清除這些障蔽的道路。現在，我們大部分人仍需要在修持法本時依循這些原則。最終我們可以將它融入自相續。

全書大要

關於秋吉・林巴的伏藏法的不同修持的教法，卡美・堪布 仁欽・達傑、怙主頂果・欽哲仁波切、祖古・烏金仁波切、慈克・秋林仁波切、鄔金・托嘉仁波切，以及其他上師都有很多釋論。根據自身的傾向和所受的訓練，我們在運用這些教法上，也有很多不同的方式。本書前半部詳細講述了普巴金剛的修持，後半部解釋了金剛薩埵的修持。此書包含了不同的金剛薩埵修持，如前行、日常修持或竹千法會。

本書的完成結集了很多有才幹的人共同的努力。包括很多譯者：艾利克・貝瑪・昆桑、波・科隆比、馬修・里卡德、喇嘛西恩・普萊斯、萊恩・孔倫，和阿尼勞拉・丹堤。在此要感謝他們每個人在翻譯難度很高的原文法本時所表現出來的才華、慷慨和精進。此外，還有目光清晰敏銳的編輯安・潘乃罡；自始至終的為書作設計的瓊・奧爾森；多才多藝的封面設計師瑪麗安・李帕吉；以及非常棒的校稿人琳・施若德和邁克爾、游科伊；以及贊助出版的基爾基金會。缺少以上任何一個助緣，這本書都不可能完成。

在這裡我發自內心供養和祈願能夠承侍法教，圓滿我的上師們的心願，以及能為修行人在淨障和究竟證悟過程中清除障礙。在此努力中的任何過失，都將完全由我個人承擔。請原諒這樣的錯誤，並將如此卓越的法教帶入心中，用於生活。儘管書中記載的教法殊勝，然而相較實修和證悟文字所指，書頁上的文字仍舊蒼白。願善妙增上！

內頓普巴（Neten Phurba）

總論

把本尊修持看作是由於我們的請求，
得到諸佛的贈禮。
所有成就者的生平，
都是在講述他們修持本尊的故事。
本尊修持就像在火上加油，
火焰會因此燃得更高更旺。

｜第一章｜

本尊修持快速通關

祖古．烏金仁波切

把修持本尊，看作是由於我們的請求而得到的諸佛贈禮。
真正的保護，是透過本尊修持，
我們可以消除需要消除的，證悟需要證悟的，因此獲得成就

普巴金剛（藏文：Dorje Phurba）或金剛童子（藏文：Dorje Shonnu），梵文名字是 Vajrakilaya 或 Vajrakumara。所有的成就者都具證悟的身、語、意、功德和事業。一切事業的總集就是噶瑪嘿汝嘎（Karma Heruka）。舉例來說，不空成就佛代表了五方佛部的其中一部。當不空成就佛化現為極忿怒相，就是噶瑪嘿汝嘎，成就忿怒的事業。當噶瑪嘿汝嘎進一步以更為忿怒之相化現時，他將調伏野蠻和不可調伏之眾，這時他就被稱為普巴金剛。最初，他開展的是息、增、懷、誅四種事業。其實，普巴金剛也圓滿了包含一切的殊勝事業。

普巴金剛，極忿怒本尊

許多印度的大師因為 [修持] 普巴金剛而成就。在雪域西藏，也有很多人透過普巴金剛而證悟。

寧瑪傳承有三尊主要的忿怒本尊：瑪母神（Mamo）、閻魔敵（Shinje）、普巴（Phurba）。在西藏，瑪、閻、普三者被認為是極為重要的「佛法護牆」。他們守護戒律，如果這三者的修持有所缺

失，尤其是閻魔敵修持，那絕對是佛法沒落的主因。這三者之中，修持閻魔敵和普巴的成就者極少；而修持閻魔敵成就者又是最稀有的。

關於閻魔敵修持，我曾經問過我們的根本上師穹楚仁波切：「為什麼西藏的戒律會衰落呢？」他回答說：「因為沒有很多閻魔敵的修持成就者。如果沒有太多閻魔敵和普巴兩者都成就的修行人，那西藏佛教的護牆將倒塌，而負面的影響就會因此進入。」這是老一輩喇嘛口中所說的。

同時他還說：「現在還是和平年代，但是西藏戒律衰微的不祥徵兆已經出現。過去曾經有很多閻魔敵修持的成就者，但如今我已經所聞不多。讓佛法護牆維持堅固的是瑪、閻、普這三尊護法。沒有了他們，就到末法了。以前在每個區都有閻魔敵的修持者，現在已經不多了。」

普巴金剛是象徵一切諸佛事業的極忿怒單身相，能夠帶來共與不共的成就。透過普巴的修持，我們可以在今生證悟智慧本尊和法身——這便是普巴的殊勝之處。在根本上，普巴金剛跟普賢王如來沒有差別，因為他的特性就是普賢王如來。他出現的方式是五方佛部，化現是六道的諸佛。任何本尊的特性或本質其實都不異於普賢王如來。

蓮師證悟地，第二個菩提迦耶

蓮花生大士在尼泊爾的阿蘇拉和揚烈修山洞修行，得到了揚達（Yangdak）和普巴成就。蓮師究竟的本尊是揚達，揚達的精髓是金剛薩埵，而金剛薩埵的忿怒化現是揚達嘿汝嘎（清淨嘿汝嘎）。當證悟時刻來臨前，障礙會越來越強。依於揚達，可以獲得成就；依著普巴的方便，可以淨除障礙。

首先，蓮花生大士依靠揚達的方便法，獲得了殊勝的成就。為了消除障礙，他從印度請回普巴的法本。當普巴法本一到達，障礙就消除了。他甚至都不需要修持——法本到來就已經足夠。

敦珠仁波切說，菩提伽耶是佛陀證得無上正等正覺的地方，它是這個地球上最具加持力的地方之一。對我們而言，蓮花生大士獲得清淨成就的地方，有不可思議的特殊性；因此，揚烈修（Yangleshö）[1]和菩提迦耶有著同等的加持力。對金剛乘弟子，揚烈修就如同第二個菩提迦耶。

修行三重「揍」

不幸的是，對我們修行人來說，障礙是必定的，而一般說來有三種障礙：外在或外界、內在和秘密的障礙。

一、外的障礙：

外界的障礙是外在元素的失衡，因而帶來像地震、洪水、火災和颶風等自然災害。這些都給眾生造成很多明顯的困阻。

二、內的障礙：

內在的障礙是脈、氣和明點的失衡。脈、氣和明點指身體內的管道、能量和精髓，也被稱為結構通道、運行風氣和排列精髓。它們可能被不同的情形所干擾。脈可能會被壓縮，風息或能量有可能逆行，

1. 編註：即位在尼泊爾帕聘（Pharping）的蓮師閉關山洞。

沿著錯誤的脈運行，明點有可能受擾亂。「明點」在此主要是指從父母處得到的紅白元素。這三者對人體來說就是根本，也就是基礎架構的作用。當它們失衡，我們就會感到這個幻化的色身生病了。當然，針對這樣的失衡，我們是有特定方式來治癒的。

三、密的障礙：

然而，最嚴重的障礙是密的障礙——對能感知者和所感知的執著。基本上，這是指我們二元經驗的習氣，而這是因為對空而明這個最初基本狀態缺乏穩固的認知。當對這個空而明本身的認知不夠穩固，它表現出來的就是向外並執著於五種經驗到的對境——五種感官對境，它們就是所感知的對象。而能感知者是執著於它們的心。

儘管這樣基礎、本然的自生醒悟狀態，無論如何都是無有二元的，但因為我們執取經驗為「他」，「相似二元」便出現了。久而久之，這樣不斷的二元經驗，就成為一切有情眾生心的特質。有情眾生的心卡在能感知者和所感知境的執取中。這就是存在於輪迴的核心，其本身就是我們最內密的障礙。

外內密的除障

一般人很難是完全超越這些障礙。我們都一再的被這三個層次的障礙所損害和中傷。

對於外在的障礙和四大的災難，我們可以透過轉換環境來對付；或是運用特定的修法來緩和或平息元素的力量。

內在的障礙，金剛身的脈、氣和明點不平衡，以色身的疾病或其他多種方式顯現。對此，我們可以用藥，或是運用瑜伽練習來控制、轉化或掌控氣脈中的能量運行，以及明點的安置。這些修持主要屬於瑪哈瑜伽和阿努瑜伽，而阿底瑜伽也有部分是相關於此。

然而，最重要的一點，是如何克服密的障礙——執著能感知者和所感知境的習氣，所帶來的這樣的二元經驗。唯一征服二元的方法是不讓感知偏離成為二元心——將非二元存在詮釋為二元。教法說：「二元消融於一體之前，都不會有證悟。」因此我們需要認知無二元的自生智慧（rangjung yeshe），也就是我們的本然狀態，即自生的醒覺。認知它之後，我們需要訓練並穩固對它的認識。只有透過這樣的穩固，我們才能完全成功的超越所有的障礙。

進一步我們需要克服四魔之力。幾乎每個人都迫於它們的力量之下，只有極少數的人做到了一併克服所有四魔。事實是唯有我們在證得虹光身時，才真正脫離它們的掌控。否則，只要還有屍首留下，就表示我們並沒有超越五蘊魔。超越所有四魔的人是極罕見的。但是，普巴金剛自己就是同時超越四魔的本尊。因此他是過去偉大的上師們都修持的本尊。普巴金剛是他們獲得成就的主要本尊。

如果你修持像普巴金剛這樣的一個本尊，開始從三種禪定的架構來修持，而後認識心性，我能保證你在一生之中就可以得到共與不共的成就，完全證悟的不共成就。

我就是普巴金剛

在七部的密義（Sangtik）伏藏法之中，秋吉林巴發掘出揚達、金剛薩埵和普巴；蔣貢·康楚[2]發掘出其他。整個密義普巴的法本實際

2. 英譯註：見鄔金·托嘉仁波切（Orgyen Tobgyal Rinpoche）的釋論。

上是一個觀想法，文字有一定的含義，但你應該記住它們，緩慢念誦，把握住每一句的文詞含義，再往下讀誦。這才是一開始念誦它們的本意。釋論指導對本尊修持提供了很多細節；但事實上，如果你跟隨這裡所說的一行一行隨文入觀，如此漸進，就已經相當完整了，不需要了解太多細節。

像這樣以一個簡單的方式來修持：首先，提醒你自己成為本尊，思維「我就是普巴金剛」。然後念誦咒語：「嗡・班雜・磯哩・磯拉呀」（OM BENZA KILI KILAYA），或者單純就是念誦「嗡・阿・吽」（OM AH HUNG）。接著，認識出在想像著本尊以及持誦著咒語的，不過就是你自己的心。

沒有這個心，你是無法觀想本尊外形的。沒有這個心，你也不可能持咒。當你檢視是什麼在觀想或持咒，認出你自己的心，你現見那是一個不可分的，空的明覺，而非其他。舉例來說，如果你想用手指去觸碰虛空，你要把手指移動多遠才能夠碰到虛空呢？它不就在你伸手指那一刻就觸碰到了嗎？同樣，在你認識出的那一刻，你就已經進入圓滿次第——心的明空本質。即刻間你便認識出它。如此在見到心性同時，你可以繼續持咒。

當你開始一座修法時，不要忽視對本尊外形的觀想。不照鏡子，就見不到自己的臉。觀想本尊就意味著心的鏡子要去想：「我就是普巴金剛。」提醒自己就是本尊是完全合理的，因為你的五蘊和五大元素從一開始就是佛的壇城。

如此，運用「我就是本尊」這麼一個想法，觀想可以在剎那間生起。這樣瞬間的觀想法，即刻將本尊栩栩如生的帶入內心，是最高和最好的觀想形式。同時，用聲音去念誦咒語，用心去認識，這樣的修持就非常足夠和完整了。它並不是像是我們必須取悅智慧本尊，智慧本尊本來就離一切妄念的，智慧本尊不會喜悅或不悅；而是在於你在自己心中確定，並以這樣簡單而全面的方式修持，才是真正的關鍵。這是我的看法。或許我講得太簡單了，但從另一方面來說，或許真的就是如此。

一切，對他真的沒差

智慧本尊代表了藏文中所說的自生智慧（藏文：rangjung yeshe），梵文作 swayambhu jnana，也就是自生醒覺（self-existing wakefulness）。這表示說，智慧本尊跟我們自心的本質是無二無別的。智慧本尊沒有概念，因此不會有分別，不會因為我們的行為感覺歡喜或不悅。

然而，有法本曾記載：「即使智慧本尊沒有概念，但其具誓眷屬還是會見人的過患。」智慧本尊自己不會因為我們向他做供養而歡喜，也不會因為我們忘記供養而不悅；而他完全的證悟就如同磁鐵，會吸引各種世間神祇，這些世間神祇還是有分別念，會看到人們的過錯，他們能夠予以幫助或妨害。智慧本尊的眷屬包含瑪母神、鬼類、魔眾，以及所有不同的地神、火神和水神等。我們有沒有作供養，對他們是有差別的；但對於智慧本尊，並無差別，因為他們沒有念想。

重申一次，以上所述對於金剛薩埵修持也同樣適用，在你所做的任何本尊修持中，在三個三摩地中和認出心的本質中進行練習。如果你這樣修持，我可以保證你今生便可達到世間成就和出世間的成就——完全的證悟。

心清淨，咒念錯也超強

我來說個故事。薩迦班智達不只是一位極其博學的大師，而且修行也有成就。他能根據聽到的聲音而做預測。

當他行腳到西藏邊境的某處時，聽著山上流下的水聲。在水聲中，他聽到了普巴金剛的咒語被誤念為「嗡・班雜・芝哩・芝拉呀・薩伐・比漢那・班・吽・呸」（OM BANZA CHILI CHILAYA SARVA BIGHANAM BAM HUNG PHAT）。他想：「一定是山上有人念錯了咒語，我最好上去糾正他。」

薩迦班智達走上山，發現一座不起眼的禪修小茅棚，裡面坐著一位喇嘛。他便問喇嘛名叫什麼，在做什麼。那位喇嘛答道：「我現在修持的，是我的本尊普巴金剛。」薩迦班智達問道：「你持誦的是什麼咒語呢？」喇嘛答道：「嗡・班雜・芝哩・芝拉呀・薩伐・比漢那・班・吽・呸！」薩迦班智達說：「哦！不對！這個咒語念錯了。開頭應該是『嗡・班雜・磯哩・磯拉呀』。這也是咒語真正的含義所在，『普巴金剛和明妃，十子，所有食人和殺人者』都含在咒音裡面。」

修行人回答說：「非也！非也！文詞不比心的狀態來得重要。清淨心比清淨的聲音更重要。過去我念的是芝哩・芝拉呀，未來我還是會繼續這麼念。對此毫不懷疑！而你，反倒是需要我的金剛橛。」接著，修行人把他的普巴金剛杵遞給薩迦班智達，說道：「這個給你帶上。」薩迦班智達於是帶著它離開了。

過了不久，在西藏和尼泊爾交界的企絨（Kyirong），薩迦班智達遇到了一位名叫商羯羅的印度教大師。商羯羅想讓藏人轉信印度教。

他們兩人展開了一場大辯論，每一輪的獲勝者將得到象徵勝利的寶傘。當他們每個人都獲得了九個寶傘之後，還有最後一輪。這時，商羯羅示現神通，飛升到空中。就在他騰空那一刻，薩迦班智達拿出普巴金剛杵，念道：「嗡 · 班雜 · 芝哩 · 芝拉呀…………」，商羯羅立刻墜落到地面，於是薩迦班智達贏得了第十個寶傘。據說這就是佛教在藏地得以倖存的原因。

只要修一個本尊就夠了

如一句古話所說：「藏人因為擁有太多本尊而摧毀了教法。」他們認為要修持一個本尊，接著又需要第二個，再來第三個，第四個……一個接一個，最終任何成就都沒有。

而在印度，一個修行人一生就修持一個本尊，反而能獲得無上的成就。我們如果能保持這個心態，也會很好。如果我們修持金剛薩埵，那單純就修持這一個本尊，已經足夠完美。我們不需要因為擔心自己漏掉什麼，而不斷換不同的本尊，因為在任何單獨一個本尊修持中，什麼都不缺。

密續中有一句話這麼說：「我悔恨於接受又排拒了本尊。」有時我們會對某一個修持覺得疲乏，而想說：「修持這麼一個本尊，真是夠了！」然後就放棄這個本尊，去嘗試修另一個；過一陣子又換另一個。不要這樣做。

正如我說過很多次，如果你成就了一尊佛，你也就成就了一切諸佛。如果你證悟了一個本尊，自然也同時證悟了所有的本尊。當然，修持不只一個本尊，並沒有錯。重點是在它們之間不要漏失該有的修持。

修持你最歡喜的一個本尊。相較於其他本尊時，你自然而然會傾向於某一個本尊，這種好感覺，會指出你有緣的那一個本尊。基本準則是選擇最能激勵你的那尊。一旦你選好了，就持續修持下去。

各個本尊之間並沒有本質上的差別。你不能說有一些是好的本尊，一些是壞的本尊，所有的本尊都含在五方佛部之中。沒有哪一個佛部比另一個更好或更差——完全沒有這回事。行者個人的感受造成了差別，有人會想修持蓮師作為本尊，而其他人則想以觀世音菩薩或釋迦牟尼佛或度母作為他們的本尊。由於個體的業緣差別，本尊的選擇也因人而異；不過，就本尊特質來說，並沒有差別。如果你把文武百尊當作自己的本尊，每一個都涵蓋進去了。

無論你修持哪一個本尊，一旦達到成就，同時也就成就了所有證悟的特質，這是沒有差別的。舉例來說，當太陽昇起來，它的溫暖和光明同時現前。如果你成就了一尊佛的修持，同時也就成就了所有佛的修持。原因是所有的本尊其本質都是相同的；不同的是外形，不是本質。一個人能達到成就最根本的原因，是在修持本尊時認識到了心的本質。真正的修持是認識出本覺，而本尊修持是外在的形式。雖然每一本尊顯現出不同特質的不同面向，但在本質上他們都是相同的。

人們用各種不同的方式形容太陽昇起的狀態：有些人說當太陽昇起，就不再寒冷；另一些人說太陽出來就不再黑暗，或是它的光亮讓人可以看得見。這跟描述證悟狀態的不同面向是同理。證悟之中，如智慧、慈悲和力量等一切功德，都任運現前。

試著把本尊修持看作是由於我們的請求，而得到的諸佛給予的贈禮。當我們皈依時，我們請求得到保護，獲得庇佑；而真正的保護，存在於「如何去除覆障，並得到證悟」的教法之中。真正的保護，是透過本尊修持，我們可以消除需要消除的，證悟需要證悟的，就此獲得成就。

證悟：不點不亮

儘管我們都有這樣證悟的本質，卻還沒證悟，就如同酥油燈還沒被點亮。為了讓它點亮，我們需要將它接觸到一盞已經點燃的油燈上。想像兩盞燈在一起：一盞還未點亮；另一盞已經亮了。還未點亮的那盞，必須低頭臣服而得到火光。

同樣的，我們雖然已經具備佛性，但還沒把握住它。我們還未認識到它、修持它，並獲得穩固。與其他「燈燭」連結上會帶來大利益，因為他們已經認識到了自己的佛性，修持過並得到了穩固。我們的燈燭雖然已經準備好被點燃、發光，但它還未認識出自己，還沒經歷修持，也還未達到穩定。

本尊修持的利益極大。米龐仁波切曾經有過他的無上本尊——淨相文殊菩薩，因此他成為了大班智達——極其博學的學者。很多印度的大成就者修持度母儀軌，他們結合認識心性和本尊修持，而獲得成就。所有成就者的生平，都在講述他們修持本尊的故事。你絕不會聽到有人這麼說：「我沒有運用任何本尊而獲得了成就。我不需要念任何咒語。」本尊修持就像在火上加油，火焰會因此燃得更高更旺。

第一部

除障第一，普巴金剛

普巴金剛是一切諸佛事業的主尊，
大部分印度和西藏大成就者，
都由修持普巴金剛獲得完全成就。
蓮花生大士在修持過程中，
也是靠普巴金剛壇城遣除障難，獲得殊勝成就。
修持普巴的大師們都壽命綿長又富足，
且具備大神力而名聲遠播。

| 原典 |

༄༅། །གསང་ཐིག་སྙིང་པོའི་སྐོར་ལས༔ རྡོ་རྗེ་གཞོན་ནུ་ཕྱག་རྒྱ་གཅིག་པའི་སྒྲུབ་ཐབས་བཞུགས་སོ༔

密要精粹之金剛童子一印修法

作者：蓮花生大士　掘藏：秋吉德千林巴
藏譯中：祖古貝瑪滇津

༄༅། །ཀུན་བཟང་རྡོར་སེམས་དཔལ་ཆེན་ཧེ་རུ་ཀ །རྡོ་རྗེ་ཆོས་དང་མཁའ་འགྲོ་ལས་དབང་མོ།
普賢金剛薩埵大威德，金剛法尊自在空行母，1

།པྲ་བྷ་ཧསྟི་དྷ་ན་སཾ་སྐྲི་ཏ། །གསོལ་བ་འདེབས་སོ་བར་ཆད་གཡུལ་འཛོམས་ཤོག
巴跋哈諦達納桑吉達，祈請願能戰勝諸障礙。

།དགའ་རབ་རྡོ་རྗེ་སློབ་དཔོན་ཧཱུྃ་ཀཱ་ར། །རྡོ་རྗེ་ཐོད་ཕྲེང་རྩལ་དང་བི་མ་ལ།
極喜金剛導師吽嘎拉，金剛顱鬘力尊比瑪拉，

།བལ་འབངས་ཀ་ལཱ་སིདྡྷི་མཁར་ཆེན་བཟའ། །གསོལ་བ་འདེབས་སོ་བར་ཆད་གཡུལ་འཛོམས་ཤོག
尼國嘎拉悉地卡千薩，祈請願能戰勝諸障礙。

｜原典｜

The Sadhana of the Single Form of Vajrakumara

According to the Sangtik Nyingpo Cycle

密要精粹之金剛童子一印修法

作者：蓮花生大士　掘藏：秋吉德千林巴
藏譯英：艾力克．貝瑪．昆桑｜英譯中：妙琳法師

Samantabhadra, Vajrasattva, Great Glorious Heruka,
Vajrasharma and Dakini Karmeshuari,
普賢王如來、金剛薩埵、偉大殊勝的嘿汝嘎，
金剛薩瑪和業自在空行，

Prabhahasti and Dhanasamskrita, I supplicate you;
may all obstacles be defeated.
巴跋哈諦達納桑吉達，我向您們祈請：願戰勝一切障礙。

Garab Dorje and Acharya Hungkara, Vajra Tötreng Tsal and Vimalamitra,
噶拉多傑及阿闍梨弘卡拉，金剛顱鬘力和無垢友，

Kalasiddhi of Nepal and Princess of Kharchen, I supplicate you;
may all obstacles be defeated.
尼泊爾的臣民嘎拉悉地以及卡城的公主，我向您們祈請：
願戰勝一切障礙。

།ཆོས་རྒྱལ་ཡབ་སྲས་མཆོག་གྱུར་བདེ་ཆེན་གླིང་། །རྩ་བ་ཡན་ལག་རྒྱུད་ལུང་མན་ངག་གི
藏王父子秋珠德謙林，根本支分續教與口訣，2

།བརྒྱུད་པའི་བླ་མ་རིམ་པར་བྱོན་རྣམས་ལ། །གསོལ་བ་འདེབས་སོ་བར་ཆད་ཡུལ་འཇོམས་ཤོག
歷代傳承諸位上師尊，祈請願能戰勝諸障礙。

།ཐུན་མོང་ཐུན་མིན་སྔོན་འགྲོས་རྒྱུད་སྦྱངས་ཤིང་། །ལམ་གྱི་དངོས་པོ་ཡོངས་རྫོགས་ཉམས་བླངས་པས།
修習共與不共前行法，覺受所有一切正行道，

།གདོས་བཅས་ལུས་ལ་ཡེ་ཤེས་སྐུར་སྨིན་ཏེ།།བདུད་འཇོམས་དཔའ་བོའི་གོ་འཕང་མངོན་འགྱུར་ཤོག །།
令此軀體成就智慧尊，祈願現證大雄降魔位。

༄༅། །གསང་ཐིག་སྙིང་པོའི་སྐོར་ལས༔ རྡོ་རྗེ་གཞོན་ནུ་ཕྱག་རྒྱ་གཅིག་པའི་སྒྲུབ་ཐབས་བཞུགས་སོ༔
（密要精粹之金剛童子一印修法。）3

ན་མོ་བཛྲ་ཀུ་མཱ་རཱ་ཡ༔ དཔལ་ཆེན་རྡོ་རྗེ་གཞོན་ནུ་ཡི༔ ཕྲིན་ལས་སྙིང་པོར་བསྡུས་པ་ནི༔ སྐྱབས་ཡུལ་ཐམས་ཅད་མདུན་དུ་བསྒོམས༔
（南無班札咕瑪拉亞。大德金剛童，事業精要者，觀前皈依境。）

Dharma king, father and son, and Chokgyur Dechen Lingpa,

All successive lineage gurus Of the root and branches,

and of the tantra, texts, and instructions,

I supplicate you; may all obstacles be defeated.

法王父子（譯按：藏王與王子）和秋吉・德千・林巴，

所有傳承相繼的主要和分支、經、續和口訣的上師們。

我向您們祈請：願戰勝一切障礙。

Through purifying my being by practicing the general and special preliminaries, As well as the entire main part of the path,

透過共與不共前行，以及整個道法之正行的修持來清淨我的心，

May this physical body ripen into the wisdom body.

Thus, may I realize the state of Dudjom Pawo.

願此色身成熟為智慧身。藉此，願我證悟摧魔勇士的果位。

Namo Vajrakumaraya༔

南無普巴童子耶

For this activity practice of the༔

Great Glorious Vajrakumara, condensed to the essence,༔

Visualize all the objects of refuge before you.༔

為了進行這一提煉為精髓的

偉大殊勝的金剛童子的事業修持

在你自己面前觀想所有皈依境

བླ་མ་དཀོན་མཆོག་གསུམ་རྣམས་དང་༔ ཧེ་རུ་ཀ་དང་མཁའ་འགྲོ་མ༔
上師三寶尊，怒尊空行母，

སྐྱབས་ཡུལ་རྒྱ་མཚོ་ཁྲིད་རྣམས་ལ༔ བྱང་ཆུབ་བར་དུ་སྐྱབས་སུ་མཆི༔
海會諸聖眾，皈依至菩提。

སེམས་ཅན་ཀུན་གྱི་དོན་གྱི་ཕྱིར༔ རྫོགས་པའི་སངས་རྒྱས་ཐོབ་འདོད་ལ༔
為利益有情，願證圓滿佛，

བར་དུ་གཅོད་པའི་བདུད་འདུལ་ཕྱིར༔ དཔལ་ཆེན་པོ་འཕང་ཐོབ་པར་བྱ༔
為降伏魔障，願證大威德。4

རྡོ་རྗེ་ཁྲོས་པས་ཞེ་སྡང་གཅོད༔ མཆོན་ཆེན་སྔོན་པོ་འབར་བ་ནི༔
金剛怒斷瞋，青藍極熾盛，

ནམ་མཁའི་དཀྱིལ་ནས་ཐིག་པ་ཤར༔ ཧཱུྃ་གི་འོད་ཟེར་ཕྱོགས་བཅུར་འཕྲོས༔
空中現明點，吽光照十方，

སྣང་སྲིད་ཕུར་བུའི་ཞིང་ཁམས་སྒྱུར༔ མཐིང་ནག་ཨེ་ཡི་ཀློང་དཀྱིལ་དུ༔
成普巴淨土。暗藍智空界，

བྲག་ཆེན་པད་ཉི་ལྷ་ཆེན་སྟེང་༔ ཧཱུྃ་ཡིག་ཡོངས་སུ་སྒྱུར་པ་ལས༔
岩蓮日神上，吽字成金剛，5

Gurus and Three Jewels,༔ Herukas and dakinis,༔
上師及三寶，嘿汝嘎與空行，

In all of you, the ocean of objects of refuge,༔ I take refuge until enlightenment.༔
一切皈依海眾前，直至證悟我皈依。

For the sake of all sentient beings,༔ I intend to attain complete buddhahood.༔
為利一切有情眾，我願證悟佛道。

In order to tame the maras, who create obstacles,༔ I will attain the level of the great Glorious One.༔
為調伏製造障礙之魔眾，我要達至勝者位。

Vajra-wrath cuts through aggression.༔ The great, blazing blue color༔༔
金剛忿怒斷除瞋恚，明耀光亮的藍色，

Manifests as a drop in the center of space.༔ By light rays of hung radiating in the ten directions,༔
在虛空中央以一明點顯現，放射出吽字光芒遍十方。

Appearance and existence are the realm of Kilaya.༔ Amidst the space of the dark blue e,༔
顯相和存有都是普巴之界域，青藍色的 E 之中，

Upon the great rock, lotus, sun, and Mahadeva,༔ From the transformation of the letter hung,༔
在偉大的岩石、蓮花、日輪和瑪哈德娃（Mahadeva）之上，
從種子字吽的轉化中，

རྡོ་རྗེ་མཐིང་ནག་ཧཱུྃ་གིས་མཚན༔ འོད་ཟེར་མཆོག་ཏུ་འབར་བ་ལས༔

暗藍吽字相，光芒極熾盛，

དང་ཉིད་རྡོ་རྗེ་ཆོས་དབྱིངས་ལས༔ འབར་བའི་ཁྲོ་བོ་མི་བཟད་པ༔

金剛法界中，熾盛怒無盡。

མཐིང་ནག་ཞལ་གསུམ་ཕྱག་དྲུག་པ༔ གཡས་དཀར་གཡོན་དམར་དབུས་མཐིང་ཞལ༔

暗藍三面六臂相，右白左紅中藍面，

དྲག་པོའི་སྤྱན་དགུ་ཕྱོགས་བཅུར་བགྲད༔ ཞལ་གདངས་ལྗགས་འདྲིལ་མཆེ་གཙིགས་ཤིང་༔

九目怒睜觀十方。張口卷舌露獠牙，6

ཨཱ་རལླི་ཡི་སྒྲ་ཆེན་སྒྲོགས༔ སྨ་ར་སྨིན་མ་མེ་ལྟར་འབར༔

阿剌力之大音聲，鬚眉熾盛如火焰。

དབུ་སྐྲ་གྱེན་འཁྱིལ་སྐྲ་གསེབ་ཏུ༔ རྡོ་རྗེ་ཕྱེད་པས་མཚན་པ་ཡི༔

於彼沖天長髮間，顯現金剛半杵相，

ལྟེ་བར་བླ་མ་མི་བསྐྱོད་པ༔ གཡས་པ་དང་པོས་རྩེ་དགུ་དང་༔

圓心尊聖不動佛。右上執有九股杵，

བར་པས་རྩེ་ལྔ་ཕྱོགས་བཅུར་གཟིར༔ གཡོན་པ་དང་པོས་མེ་ཕུང་དང་༔

右中五股震十方。左上掌中持火焰，7

A dark blue vajra appears, marked with hung.༔ By dazzling rays of light blazing forth༔
一個青藍色帶著吽的金剛杵出現，閃耀出光芒四射，

From the vajra state of dharmadhatu,༔ The overwhelming, blazing Wrathful One appears.༔
從體性不動的金剛法界中，不可抵禦而光芒四射的忿怒尊出現。

He is dark blue, with three faces and six arms.༔ His right face is white, his left one is red, and his central one is blue.༔
尊身青藍，三面六臂，右臉白色左臉紅，正中臉頰為藍色，

His nine eyes fiercely glare in the ten directions.༔ With open mouth and rolling tongue, he bares his fangs,༔
九隻眼睛瞪視十方，三嘴張開舌捲曲，露出獠牙。

Roaring the great sound aralli.༔ His beard and eyebrows blaze like fire.༔
呼嘯雷震般阿繞哩聲，尊之眉鬚如火焰，

His hair streams upward, marked.༔ In the middle with a half-vajra,༔
怒髮衝向上，於中成半金剛。

With Guru Akshobhya in its center.༔ His first right hand holds a nine-pronged vajra;༔
髻中為上師不動佛，第一隻右手持九股金剛杵，

His middle one aims a five-pronged vajra in the ten directions.༔
His first left hand holds a mound of fire;༔
中間一手持五股金剛杵向十方，第一隻左手持火團，

བར་པས་ཁ་ཊྭཱཾ་རྩེ་གསུམ་འཛིན༔ ཐ་མས་རི་རབ་ཕུར་བུ་བསྒྲིལ༔

左中掌握三尖杖，掌搓須彌普巴杵。

རྡོ་རྗེ་རིན་ཆེན་གཤོག་པ་གདེངས༔ གླང་ཆེན་ཞིང་ལྤགས་སྟོད་དུ་གསོལ༔

高展金剛珍寶翼，上身披著象人皮，

སྟག་གི་པགས་པའི་ཤམ་ཐབས་མཛད༔ ཐོད་ཕྲེང་ཚར་གསུམ་དོ་ཤལ་དང་༔

下身虎皮為衣裙。三串顱鬘戴頸項，

ཐོད་སྐམ་རྣམས་ཀྱི་དབུ་བརྒྱན་ཅིང་༔ རིན་པོ་ཆེ་ཡི་རྩེ་ཕྲན་དང་༔

乾枯顱骨作頭冠，珍寶點綴髮髻間，8

སྦྲུལ་རིགས་ལྔ་ཡི་རྒྱན་པོས་བརྒྱན༔ ཁྲག་ཞག་ཐལ་བ་རྣམས་ཀྱིས་བྱུགས༔

五種蛇束飾莊嚴。塗上血脂與骨灰，

རུས་པའི་རྒྱན་དྲུག་ལ་སོགས་པའི༔ དཔལ་གྱི་ཆས་བཅུ་སྐུ་ལ་རྫོགས༔

尊身具足六骨飾，種種威德十莊嚴。

ཞབས་བཞི་རོལ་པའི་སྟབས་ཀྱིས་འགྲེང་༔ དེ་ཡི་པང་དུ་སྦྱོར་བའི་ཡུམ༔

四足舞姿傲立相，懷抱交合輪印母。

འཁོར་ལོ་རྒྱས་འདེབས་མཐིང་ནག་འབར༔ གཡས་པས་ཨུཏྤལ་ཡབ་མགུལ་འཁྱུད༔

佛母暗藍極熾盛，右青蓮華摟父頸，9

The middle one holds a trident khatvanga.ༀ His last hands roll the sumeru kilaya.ༀ

中間一手持三叉戟卡章嘎，後面雙手舞動須彌金剛橛，

With vajra-jewel wings outspread,ༀ He wears an elephant and human skin above,ༀ

帶著展開的金剛寶翼，身披大象人皮衣。

And a tiger skin as a skirt.ༀ Wearing the threefold head garland,ༀ

下著虎皮裙，配戴三串頭顱鬘，

His head is adorned with five dry skulls,ༀ Each with jeweled points.ༀ

頂飾五乾顱冠，每一頭顱亦以珍寶嚴飾。

Ornamented with wreaths of five classes of snakes,ༀ He is smeared with blood, fat, and ashesༀ

五類蛇飾，血、脂、灰塗身，

And wears the six bone ornaments and so forth;ༀ Thus, the tenfold glorious attire is complete on his body.ༀ

穿戴六骨嚴飾，如此全身具備十種莊嚴配飾，

His four legs are poised in the dancing posture.ༀ On his lap is the consort of union,ༀ

四條腿以舞姿站立。尊之胯間為雙運明妃。

The dark blue, blazing Diptachakra.ༀ Her right hand, with a blue lotus, embraces the lord,ༀ

青藍色光耀的洛格津母，她的右手持藍蓮擁著佛父，

གཡོན་པས་ཐོད་ཁྲག་ཡབ་ལ་སྟོབ༔ ལང་ཚོ་རྒྱས་པའི་འགྱུར་བག་ཅན༔

左持顱血供父尊，妙齡正盛婀娜相，

ཕྱག་རྒྱ་ལྔ་ཡི་རྒྱན་འཆང་ཞིང་༔ གཡོན་བསྐུམ་ཡབ་ཀྱི་རྐེད་ལ་འཁྲིལ༔

持五手印為莊嚴。母屈左足纏父腰，

གཡས་བརྐྱང་བདེ་བ་ཆེན་པོར་སྦྱོར༔ སྤྱི་བོར་ཨོཾ་ཧཱུྃ་ཏྲཱྃ་ཧྲཱིཿཨཱ༔

伸展右足大樂合。頂間嗡吽丈啥阿，

ཡེ་ཤེས་ལྔ་ཡི་བདག་ཉིད་ཅན༔ གནས་གསུམ་ཨོཾ་ཨཱ༔ཧཱུྃ་གིས་མཚན༔

具足五種本智性。三處顯現嗡阿吽，10

སྐུ་གསུང་ཐུགས་སུ་བྱིན་གྱིས་བརླབས༔ ཡབ་ཀྱི་གསང་གནས་ཧཱུྃ་ཡིག་ལས༔

加持尊聖身語意。父尊密處顯吽字，

རྡོ་རྗེའི་ལྟེ་བར་ཧཱུྃ་གིས་མཚན༔ ཡུམ་གྱི་མཁའ་གསང་ཕཾ་ཡིག་ལས༔

現杵圓心吽字相，母尊密處顯磅字，

པདྨ་ཉི་མ་ཨཱཾ་གིས་མཚན༔ བདེ་བ་ཆེན་པོའི་དབྱིངས་སུ་རོལ༔

現蓮日輪盎字相，享受大樂之境界。

བ་སྤུ་རྡོ་རྗེ་ཕྱེད་པ་དང་༔ སྣ་ཚོགས་རྡོ་རྗེའི་གོ་ཁྲབ་གསོལ༔

毫毛金剛半杵相，披著交杵金剛鎧，11

And her left proffers a skull cup of blood.༔ She is endowed with the expressions of a fully bloomed maiden.༔
她的左手托著盛滿鮮血之顱器，她具足完全成熟的少女之姿。

She wears the five mudra ornaments.༔ Her left leg, bent, embraces the waist of the lord,༔
身著五種嚴飾。她的左腿彎曲盤繞在佛父腰間，

And with her right leg extended, they are joined in great bliss.༔ At the top of his head are om hung tram hrih ah,༔
右腿舒展，與佛父雙運於大樂。尊之頭頂為嗡 吽 贊 啥 阿，

Possessing the nature of the five wisdoms.༔ The three places, marked with om ah hung, Are blessed as body, speech, and mind.༔
具五智之本質，三門示以嗡 阿 吽，身、口、意之加持。

From the letter hung at the secret place of the lord,༔
A vajra appears, marked with hung in the center.༔
從本尊密處之吽字中，出現一個金剛杵，中央以吽字標示，

From the letter bam in the secret space of the consort,༔
A sun appears, marked with ang in her lotus. They sport in the space of great bliss.༔
從明妃密處之磅字中，出現以她的蓮花中盎標示的太陽，
他們任運在大樂之虛空中，

His body hairs are half-vajras,༔ And he wears an armor of crossed-vajras.༔
本尊的毛髮呈半個金剛杵，配戴十字金剛杵之盔甲，

ཕུར་བུའི་ཙྭ་ཙྭ་སྐར་ལྟར་འཁྲུགས༔ ཐུགས་ཀར་འོད་ཀྱི་གུར་ཁྱིམ་དབུས༔
火星亂竄普巴杵。心間光明帳幕中，

པདྨ་ཉི་ཟླའི་གདན་སྟེང་དུ༔ ཡེ་ཤེས་སེམས་དཔའ་རྡོ་རྗེ་སེམས༔
蓮花日月圓座上，金剛薩埵智慧尊，

དཀར་གསལ་རྡོ་རྗེ་དྲིལ་བུ་འཛིན༔ སྙེམས་མ་གྲི་ཐོད་འཛིན་དང་འཁྲིལ༔
白淨明晰執鈴杵，交纏傲母持刀顱。

སྐྱིལ་ཀྲུང་བཞུགས་པའི་སྲོག་གི་གོར༔ རིན་ཆེན་ཆ་བརྒྱད་ཉི་ཟླའི་སྟེང༔
安住跏趺命輪中，八角珍寶日月上，12

རྡོ་རྗེ་སྔོན་པོའི་ལྟེ་བ་ལ༔ ཉི་མའི་སྟེང་དུ་ཧཱུྃ་མཐིང་ནག༔
金剛藍杵圓心中，日輪之上吽暗藍，

མཐའ་བསྐོར་འབྲུ་དགུ་རང་སྒྲར་བཅས༔ དེ་ལས་འོད་ཟེར་རབ་འཕྲོས་པས༔
周圍九字具本音。由彼舒展大光明，

ཕྱོགས་བཅུའི་རྒྱལ་བ་ཐམས་ཅད་ཀྱི༔ སྐུ་གསུང་ཐུགས་ལ་མཉེས་མཆོད་ཕུལ༔
供養十方一切佛，愉悅諸佛身語意。

སྐུ་གསུང་ཐུགས་ཀྱི་བྱིན་རླབས་རྣམས༔ ཨོཾ་དཀར་ཨཱཿདམར་ཧཱུྃ་མཐིང་ནི༔
佛身語意諸加持，嗡白阿紅吽藍色，13

Kilaya tsa-tsas shoot out like stars.༔ In his heart center, amidst a dome of light,༔

橛有火花如星辰般向外放射，在他心間圓頂光暈中的，

Upon a seat of lotus, sun, and moon,༔ Is the wisdom being, Vajrasattva. White and luminous,༔

蓮座日月墊上，是智慧尊金剛薩埵，

holding a vajra and bell,༔ He embraces Atopa, who is holding a knife and skull.༔

持鈴杵白光身，他環抱手持彎刀與顱器之傲慢母，

He is seated cross-legged, and within his life-sphere,༔ Upon a jewel octagon, sun, and moon,༔

結跏趺坐，在他命輪中的，八角珍寶和日月上，

Is a blue vajra with a deep blue hung,༔ Resting upon a sun in its center,༔

是一個帶有深藍色吽字的藍色金剛杵，安住於日輪之中心，

Around which are the self-resounding nine syllables.༔ Immense light rays stream from them,༔

周圍是自鳴響亮的九個種子字，咒字放射出強烈光芒，

Making pleasing offerings to the body, speech, and mind.༔ Of all the victorious ones of the ten directions.༔

向十方諸佛勝者，作身、口、意之愉悅供養，

All the blessings of body, speech, and mind༔ Are invited as white om, red ah, and blue hung,༔

迎請一切身、口、意的加持，以白色嗡、紅色阿和藍色吽呈現，

དཔག་ཏུ་མེད་པ་སྤྱན་དྲངས་ཏེ༔ རང་གི་གནས་གསུམ་ཐིམ་པ་ཡིས༔

無量無邊悉迎請，融入自身之三處，

དབང་བསྐུར་བྱིན་རླབས་དངོས་གྲུབ་ཐོབ༔ བདེ་གཤེགས་བླ་མ་མཉེས་པར་བྱས༔

灌頂加持得成就。愉悅善逝上師尊，

མཆེད་དང་ལྕམ་དྲལ་ཉམས་ཆག་བསྐངས༔ མཁའ་འགྲོ་ཆོས་སྐྱོང་འཁོན་པ་སྦྱངས༔

補償法眷破戒罪，清淨空行護法怨，

དྲེགས་པ་ཐམས་ཅད་ལས་ལ་བཙུད༔ བདུད་དང་དམ་སྲི་ཐལ་བར་བརླག༔

驅使一切傲慢眾，粉碎惡魔毀誓鬼，14

འགྲོ་བའི་སྒོ་གསུམ་སྒྲིབ་པ་སྦྱངས༔ སྣང་བ་ཐམས་ཅད་ལྷ་ཡི་སྐུ༔

清淨眾生三門障。所見皆是本尊身，

གྲགས་པ་ཐམས་ཅད་སྔགས་ཀྱི་སྒྲ༔ དྲན་རྟོག་ཡེ་ཤེས་རོལ་པར་བསྒོམ༔

所聞皆是咒音聲，念念本智如是修。

རང་གི་སེམས་ཉིད་འདི་དག་ནི༔ རྡོ་རྗེ་གཞོན་ནུ་ཉིད་དུ་བལྟ༔

（當觀自心性，金剛童子尊。）15

ཨོཾ་བཛྲ་ཀཱི་ལི་ཀཱི་ལ་ཡ་སརྦ་བིགྷྣཱན་བཾ་ཧཱུྃ་ཕཊ༔

嗡 班札 激勵基拉亞 薩爾瓦 比念磅 吽呸

In an immeasurable amount.༔ As they dissolve into my three places,༔
無量無邊。當它們融入我的三門，

I obtain the empowerments, blessings, and siddhis.༔ The sugatas and gurus are pleased;༔
我接受到灌頂、加持和成就，諸佛上師們皆歡喜，

Breaches with dharma brothers and sisters are amended;༔ Grudges of dakinis and dharmapalas are cleared;༔
法友間的分歧裂痕得到修復。空行護法之不悅皆消散，

All the drekpas are brought to action;༔ Maras and samaya-breakers are reduced to dust;༔
所有傲慢者都能付諸行動，魔眾及毀壞三昧耶者都歸於塵土，

And all the obscurations of beings' three gates are purified.༔ All sights are the form of deities,༔
有情三門的所有覆障皆清淨。一切所見皆為本尊身，

All sounds are the sound of mantra,༔ And thoughts are visualized as the display of wisdom.༔
一切聽聞皆為咒音，一切念頭都視為智慧的顯現。

The essence of your mind should be regarded
As Vajrakumara himself.༔
你的心的本質應該被視為普巴童子本身

Om benza kili kilaya sarva bighanen bam hung phat༔
嗡・班札・激勵基拉亞・薩爾瓦・比念・磅・吽・呸

ཅེས་བཟླས་ཐུན་མཚམས་གཏོར་མ་འབུལ༔ སྐབས་སུ་དཔལ་གྱི་གཏོར་མ་ནི༔ ལྷ་རུ་བསྒོམས་ལ་དབང་བླངས་ཏེ༔ དེ་ཡང་དང་པོ་མེ་ཏོག་འབུལ༔

（誦已座間供食子，觀修威德之食子，視為本尊受灌頂，首先獻上香花朵。）

བླ་མ་དཔལ་ཆེན་ཧེ་རུ་ཀ༔ རྡོ་རྗེ་གཞོན་ནུ་ཡབ་ཡུམ་གྱིས༔

上師怒尊大威德，金剛童子父母尊，

བདག་ལ་བྱིན་གྱིས་བརླབས་ནས་ཀྱང༔ སྐུ་གསུང་ཐུགས་ཀྱི་དབང་མཆོག་སྩོལ༔

加持我已請垂賜，尊身語意勝灌頂。16

ཞེས་གསོལ་རང་ཉིད་ལྷ་རུ་བསྒོམ༔

（祈請後觀修，自身為本尊。）

གཏོར་མ་ལྷ་ཡི་གནས་གསུམ་ནས༔ འོད་ཟེར་དཀར་དམར་མཐིང་གསུམ་འཕྲོས༔

食子本尊之三處，放出白紅藍光明，

རང་གི་གནས་གསུམ་ཐིམ་པ་ཡིས༔ སྒོ་གསུམ་སྒྲིབ་པ་མ་ལུས་སྦྱངས༔

融入自身之三處，清淨三門一切障，

སྐུ་གསུང་ཐུགས་ཀྱི་དབང་ཐོབ་བསམ༔

獲得身語意灌頂。

Thus recite. Offer torma in the session breaks. Visualize the glorious torma To be the deity and receive the empowerments.༔
Begin by offering the flower.༔
如此念誦。座間供食子。觀想絢麗的食子為本尊而接受灌頂。開始時供以鮮花。

Guru Glorious Heruka, Vajrakumara, lord and consort,༔
尊勝的上師嘿汝嘎，金剛童子，佛父與佛母，

Please bestow the blessings upon me, And grant the supreme empowerments of body, speech, and mind.༔
請給予我加持，
授予我無上的身、口、意灌頂。

Thus supplicate and visualize yourself as the deity༔
如此祈請並將自身觀作本尊。

From the three places of the deity, the torma,༔
Three rays of white, red, and blue light stream out.༔
從本尊食子之三處，放射出白、紅、藍三光，

As they dissolve into my three places,༔ All the obscurations of the three gates are purified,༔
融入自身三處，三門所有覆障皆清淨，

And the empowerments of body, speech, and mind are obtained.༔
獲得身、口、意的灌頂。

ཧཱུྃ༔ གཏོར་སྣོད་མཐིང་ནག་གྲུ་གསུམ་འབར་བའི་དབྱིངས༔ གཏོར་མའི་ངོ་བོ་དཔལ་ཆེན་ཧེ་རུ་ཀ༔
吽 三角暗藍熾盛食器中，食子體性怒尊大威德，17

བཅོམ་ལྡན་རྡོ་རྗེ་གཞོན་ནུ་ཁྲོ་བོའི་རྒྱལ༔ ཡུམ་མཆོག་སྒྲོལ་མ་འཁོར་ལོ་རྒྱས་འདེབས་མ༔
世尊金剛童子忿怒王，殊勝救度佛母輪印母，

བདུད་འདུལ་ཁྲོ་བཅུ་ཡབ་ཡུམ་ཁྲ་ཐབས་དང་༔ སྲས་མཆོག་སྒོ་སྐྱོང་སྲུང་མའི་ཚོགས་རྣམས་ཀྱིས༔
降魔十怒父母極華麗，殊勝佛子守門護法神，18

དུས་འདིར་ཐུགས་དམ་གཉན་པོའི་སྒོ་ཕྱེས་ལ༔ གཟི་བརྗིད་སྐུ་ཡི་དབང་མཆོག་ལུས་ལ་སྩོལ༔
此時開啟堅固誓願門。請賜威德殊勝身灌頂，

ལུས་ཀྱི་ནད་གདོན་སྡིག་སྒྲིབ་བར་ཆད་སོལ༔ འཇའ་ལུས་རྡོ་རྗེའི་སྐུ་རུ་འགྲུབ་པར་མཛོད༔
消除身體病魔與罪障，成就虹光金剛之尊身。

ཚངས་དབྱངས་གསུང་གི་དབང་མཆོག་ངག་ལ་སྩོལ༔ ངག་སྒྲིབ་ངག་མནན་དིག་ལྐུགས་བསལ་བ་དང་༔
請賜梵音殊勝語灌頂，消除囁嚅口吃語障礙，19

Hung The torma vessel is the blazing space of the dark blue triangle.༔ The torma essence is the great Glorious Heruka,༔

吽 食子容器為深藍色三角的明燦空間，

食子精髓即是至尊偉大的嘿汝嘎，

Bhagavan Vajrakumara, king of the wrathful.༔ With supreme consort, Tara Diptachakra,༔

聖者普巴童子，連同無上明妃普巴金剛佛母

Mara tamers, ten dancing wrathful ones and consorts,༔ Supreme sons and all gatekeepers and protectors,

忿怒尊之王，伏魔者，十位忿怒舞者和明妃，至上的法子以及一切門神和護法，

Open the gate of your powerful samaya now,༔

And bestow upon my body the majestic, supreme body empowerment.༔

此刻打開你有力量的三昧耶之門，授予我身體崇高無比的身灌頂。

Clear away physical sickness, evil forces, misdeeds, and obscurations.༔ Make me accomplished in the rainbow body vajra form.༔

掃除身體的病痛、魔障、過失和遮蔽，讓我成就虹光金剛身，

Bestow upon my speech the supreme empowerment of Brahma's voice.༔ Clear away speech obscurations, stuttering, and muteness.༔

賜予我的語無上梵天聲之灌頂，消除語之覆障、不順及喑啞。

དྲག་སྔགས་མཐུ་ཡི་དངོས་གྲུབ་སྩོལ་དུ་སོལ༔ སྤྲོས་བྲལ་ཐུགས་ཀྱི་དབང་མཆོག་སེམས་ལ་སྩོལ༔
請賜威猛咒力之成就。請賜離戲殊勝意灌頂，

ཡིད་སྒྲིབ་སྨྱོ་འབོག་བརྒྱལ་ནད་ཞི་བ་དང་༔ བདེ་ཆེན་ཐུགས་ཀྱི་དངོས་གྲུབ་སྩོལ་དུ་གསོལ༔
平息瘋癲昏迷意障礙，請賜大樂心意之成就。

གཞན་ཡང་བྱད་ཁ་རྦོད་གཏོང་བཟློག་པ་དང་༔ གདུག་ཅིང་སྡང་སེམས་ལྡན་པ་ཚར་ཆོད་ལ༔
此外驅退咒蠱之災禍，降伏懷恨居心惡毒者，20

ཚེ་བསོད་དཔལ་འབྱོར་རྒྱས་པར་མཛད་དུ་གསོལ༔
祈請福壽富貴廣增延。

སྔགས་མཐར་ཀཱ་ཡ་ཝཱཀ་ཙིཏྟ་སརྦ་སིདྡྷི་ཕ་ལ་ཨ་བྷི་ཥིཉྩ་ཧཱུྃ༔ ཞེས་པས་དབང་བླང་གཏོར་འབུལ་ནི༔
（念誦本尊咒語，後面加上「嘎亞 瓦嘎 資達 薩爾瓦 悉地 帕拉 阿毘匝吽」，以此領受灌頂，然後供獻食子。）

རཾ་ཡཾ་ཁཾ་གིས་གཏོར་མ་བསྲེགས་གཏོར་བཀྲུས༔ སྟོང་པའི་ངང་ལས་རླུང་མེ་ཐོད་སྐྱེད་སྟེང་༔
朗揚亢字燒散洗食子，空性中現風火顱灶上，21

Please grant the siddhi of the power of wrathful mantras.༔

Bestow upon my mind the supreme mind empowerment of simplicity.༔

請賜予忿怒咒語之力的成就，賜予我的心無上的平常心之灌頂，

Pacify mental obscurations, insanity, strokes,༔ and illness. And grant the siddhi of the mind of great bliss.༔

平息內心的障蔽、癲狂、撞擊和疾病，給予我成就心的殊勝加持。

Moreover, avert sorcery and evil spells,༔ Annihilate viciousness and ill-will,༔

此外，避免巫術和邪咒，殲滅惡意與惡念，

And increase life, merit, splendor, and wealth.༔

增進壽命、福德、榮耀與財富。

At the end of the mantra, attach:༔ Kaya vaka chitta sarva siddhi phala abhikhentsa hoh༔ Thus receive the empowerment.༔

For the torma offering, say:༔

持咒最後加誦：

卡雅 伐卡 支塔 薩伐 悉地 帕哈拉 阿比肯雜 霍

藉此接受灌頂，供食子時念：

Ram yam kham burns, scatters, and washes away the torma.༔

From the state of emptiness, upon wind, fire, and a skull-stand,༔

讓 樣 康， 焚毀、分散、滌淨食子。從空性狀態之風火人頭爐灶上，

ཧཱུྃ་ལས་ནྲྀ་ཏྲི་ཡངས་ཤིང་རྒྱ་ཆེ་ནང་༔ གོ་ཀུ་ད་ཧ་ན་ལས་ཤ་ལྔ་དང་༔
仲字化為廣大顱器中，果固達哈納成五種肉，

བི་མུ་མ་ར་ཤུ་ལས་བདུད་རྩི་ལྔ༔ ཁ་ཆོད་ཉི་མ་ཟླ་བ་རྡོ་རྗེས་མཚན༔
毘穆瑪拉秀成五甘露，顱蓋上有日月金剛相。

མེ་རླུང་སྦྱོར་བས་བདུད་རྩི་ཞུ་ཞིང་ཁོལ༔ རླངས་པས་འཁོར་འདས་དྭངས་མ་བཅུད་རྣམས་འདུས༔
風火相合甘露融沸騰，熱氣聚集輪涅諸精粹，22

རིགས་ལྔ་ཡབ་ཡུམ་སྐུར་གྱུར་བདེ་ཆེན་སྦྱོར༔ ཁ་ཆོད་བཅས་པ་བྱང་ཆུབ་སེམས་སུ་ཞུ༔
化成五佛父母大樂合，顱蓋悉皆融為菩提心，

དམ་ཚིག་ཡེ་ཤེས་བདུད་རྩིར་གཉིས་མེད་འདྲེས༔ འདོད་ཡོན་མཆོད་སྤྲིན་ནམ་མཁའ་གང་བར་གྱུར༔
誓言本智甘露融無二，妙欲供雲遍滿虛空界。

ཨོཾ་ཨཱཿཧཱུྃ་ཧོ༔
嗡阿吽吙

ལག་པ་གཡས་སྒྱུར་གཡོན་གདེངས་ཤིང་༔ མཐེབ་མཛུབ་སྦྲེལ་བའི་ཕྱག་རྒྱས་བརླབ༔
（揮舞右手舉左手，拇食指合印加持。）23

A vast and extensive skull cup manifests from bhrum.༔

Inside it, the five meats appear from go ku da ha na,༔

巴榮中化現廣大開闊之顱器，郭 谷 達 哈 那 中出現五肉。

And the five nectars flow from bi mu ma ra shu.༔ The lid is a sun and moon marked with a vajra.༔

畢 木 瑪 囔 束 之中流出五甘露，標誌有金剛杵之日月蓋，

By the joining of fire and wind, the nectar melts and boils.༔ The steam gathers all the essences of samsara and nirvana.༔

加入風、火而使甘露融化燒煮，蒸氣積聚輪涅之一切精華。

They become the forms of the five families of lords and consorts, united in great bliss.༔ Together with the lid, they melt into bodhichitta.༔

它們化現成五方佛與佛母，雙運大樂，連同日月蓋，他們融於菩提心，

Samaya and wisdom mingle indivisibly as nectar.༔ An offering cloud of desirable objects fills the sky.༔

誓言和智慧如甘露相容不可分，空中充滿妙欲供養雲，

Om ah hung hoh༔

嗡 阿 吽 吙

Raising the right hand and pointing the left,༔

Consecrate with the mudra of joined thumb and finger.༔

舉起右手指向左手，以拇指和其他手指合攏結手印加持

ཧཱུྃ༔ ཆོས་ཀྱི་དབྱིངས་ཀྱི་ཕོ་བྲང་ནས༔ བཅོམ་ལྡན་རྡོ་རྗེ་གཞོན་ནུ་དང་༔
吽 如是法界宮殿中，金剛童子薄伽梵，

སྲུང་མ་དམ་ཅན་འཁོར་དང་བཅས༔ སྲིད་པའི་ཕུར་བུ་སྒྲུབ་པ་དང་༔
護法具誓諸部眾，為成現有金剛橛，

དབང་དང་དངོས་གྲུབ་སྩོལ་བའི་ཕྱིར༔ ཡེ་ཤེས་ཁྲོ་བོ་གཤེགས་སུ་གསོལ༔
賜予灌頂與成就，本智怒尊請降臨。

ཡེ་ཤེས་ཁྲོ་བོ་གཤེགས་ནས་ཀྱང་༔ རྟགས་དང་མཚན་མ་བསྟན་པ་དང་༔
本智怒尊降臨已，祈請示現諸徵象，

ཀཱི་ལ་ཡ་ཡི་དངོས་གྲུབ་སྩོལ༔ བཛྲ་ས་མཱ་ཛཿ
賜予成就基拉亞。班札薩瑪札 24

ཧཱུྃ༔ བླ་མེད་མཆོག་གི་མཆོད་པ་དམ་པ་ནི༔ ཡེ་ཤེས་ལྔ་ཡི་འོད་ཟེར་རྣམ་པར་འཕྲོ༔
吽 無上殊勝之供養，大放五智之光明，

འདོད་པའི་ཡོན་ཏན་ལྔ་ཡིས་རབ་བརྒྱན་ཏེ༔ ཐུགས་དམ་བཞིན་དུ་ཅི་བདེར་བཞེས་སུ་གསོལ༔
五種妙欲極莊嚴，任隨意樂請納受。

Hung༔

From the palace of dharmadhatu, Bhagavan Vajrakumara,༔

吽 從法界之宮殿，世尊普巴童子，

With your retinue of protectors and pledge-holders,༔

以及隨侍你的護法和持守誓言者，

Please bestow the empowerments and siddhis,༔ In order that I may accomplish the Kilaya of existence.༔ Wrathful Wisdom, please come.

請授予灌頂和成就，為了我能夠達到普巴之成就，

忿怒智慧，祈降臨。

Wrathful Wisdom, having now arrived,༔ Manifest the signs and marks༔

忿怒智慧，此刻正來臨，展現其徵兆和印記，

And bestow the accomplishment of Kilaya.༔ Vajra sama dzah༔

並授予普巴之成就。班雜 薩瑪 匝。

Hung This sacred and supreme offering༔

Radiates the light rays of the five wisdoms,༔

吽 此神聖無上之供養，放射出五智之光芒，

Fully adorned with the five desirable objects.༔

As your heart-samaya, accept these as you please.༔

以五欲對境充滿而嚴飾，因你的心三昧耶，祈請納受。

ཨོཾ་ཤྲཱི་བཛྲ་ཀུ་མཱ་ར་དྷརྨ་པཱ་ལ་ས་པ་རི་ཝཱ་ར་པུཥྤེ་དྷཱུ་པེ་ཨཱ་ལོ་ཀེ་གནྡྷེ་ནཻ་ཝེདྱ་ཤབྡ་པྲ་ཏཱིཙྪ་སྭཱཧཱ༔ མ་ཧཱ་པཉྩ་ཨ་མྲི་ཏ་ཁ་རཾ་ཁཱ་ཧི༔ མ་ཧཱ་རཀྟ་ཁ་རཾ་ཁཱ་ཧི༔ ཨོཾ་བཛྲ་ཀཱི་ལི་ཀཱི་ལ་ཡ་ས་པ་རི་ཝཱ་ར་ཨི་དཾ་བ་ལ་གྲིཧྣནྟུ༔ མ་མ་སརྦ་སིདྡྷི་མེ་པྲ་ཡཙྪ༔ ཨོཾ་བཛྲ་ཀཱི་ལི་ཀཱི་ལ་ཡ་དྷརྨ་པཱ་ལ་ས་པ་རི་ཝཱ་ར་ཨི་དཾ་བ་ལིཾ་ཏ་ཁ་ཁ་ཁཱ་ཧི་ཁཱ་ཧི༔

嗡 室利 班札 咕瑪拉 達爾瑪巴拉 薩巴利瓦拉 餔北 督北 阿洛給 根蝶 涅威蝶 夏達 巴爾諦嚓 梭哈 瑪哈奔札 阿爾彌達 卡讓卡西 瑪哈剌大 卡讓卡西 嗡 班札 激勵基拉亞 薩巴利瓦拉 依當巴林 奇利翰度 瑪瑪 薩爾瓦 悉地 梅巴爾亞乍 嗡 班札 激勵基拉亞 達爾瑪巴拉 薩巴利瓦 拉 依當 巴林達 卡卡 卡依卡依 25

ཧཱུྃ༔ ཐབས་ཀྱི་སྤྱོད་པའི་འགྲོ་དོན་དུ༔ བྱམས་དང་སྙིང་རྗེས་གང་འདུལ་བ༔

吽 利益眾生方便行，慈悲隨類行調伏，

སངས་རྒྱས་ཕྲིན་ལས་རྫོགས་མཛད་པའི༔ ཕུར་པ་ཕྲིན་ལས་ལྷ་ལ་ཕྱག་འཚལ་བསྟོད༔

圓滿一切佛事業，禮讚普巴事業尊。26

Om shri vajra kumara dharma pala saparivara༔
pushpe dhupe aloke gandhe naividya shabda praticchaye svaha༔
maha pancha amrita kharam khahi༔
maha rakta kharam khahi༔
om vajra kili kilaya saparivara idam baling grihanantu༔
mama sarva siddhi mem prayaccha༔
om vajra kili kilaya dharma pala saparivara༔
idam balingta kha kha khahi khahi༔

嗡 舍利 班雜庫瑪拉 達瑪 帕拉 薩帕里瓦拉 布唄 度唄 阿囉給 岡碟 涅韋迪亞 夏達 普拉迪察耶 梭哈
瑪哈 班雜 阿蜜日達 卡讓 卡黑依 哈瑪 然達 卡讓 卡黑依
嗡 班雜 磯哩 磯拉牙 薩帕里瓦拉 伊當 巴鈴 格日杭南圖 瑪哈 薩瓦 悉頂 美 普拉亞嚓
嗡 班雜 磯哩 磯拉牙 達瑪 帕拉 薩帕里瓦拉 伊當 巴鈴達 卡 卡 卡依 卡依

Hung　Skillfully acting for the sake of beings,༔
Through love and compassion you tame whoever needs help༔
吽 為利有情故請善巧行，透過慈愛和悲心，你調伏需要幫助之人，

And perfect the activities of the buddhas.༔
To all Kilaya Activity deities, I prostrate and offer praise.༔
圓滿佛行事業，我向一切普巴事業本尊頂禮讚歎。

ཧཱུྃ༔ མ་བཅོས་སྤྲོས་མེད་དེ་བཞིན་ཉིད་དབྱིངས་ལས༔ བདེ་ཆེན་ལྷུན་གྲུབ་འབར་བའི་སྐུར་བཞེངས་པ༔
吽 無作離戲真如法界中，現起大樂任運熾焰尊，

བཅོམ་ལྡན་དཔལ་ཆེན་རྡོ་རྗེ་གཞོན་ནུ་དང་༔ ཡུམ་མཆོག་སྒྲོལ་མ་འཁོར་ལོ་རྒྱས་འདེབས་མ༔
世尊具大威德金剛童，殊勝救度佛母輪印母。

རྡོ་རྗེ་ཕུར་བུའི་རིག་པ་འཛིན་རྣམས་དང་༔ ཁྲོ་བཅུ་ཡབ་ཡུམ་ཟ་བྱེད་གསོད་བྱེད་ཚོགས༔
金剛普巴持明諸聖眾，十怒父母能行食殺眾，27

སྲས་མཆོག་ཉེར་གཅིག་ཁྲོ་མོ་སྒོ་མ་བཞི༔ ཤྭ་ན་བདག་ཉིད་ས་བདག་སྐྱེས་བུའི་ཚོགས༔
廿一勝子守門四怒母，梭納主尊地神諸士眾，

ཕུར་པའི་སྲུང་མ་དམ་ཅན་རྒྱ་མཚོར་བཅས༔ མི་མངོན་དབྱིངས་ནས་གནས་འདིར་སྐུར་བཞེངས་ལ༔
普巴具誓護法海會眾，無形界中此處現尊身。

དམ་རྫས་ཕྱི་ནང་གསང་བའི་ཚོགས་མཆོད་དང་༔ བདུད་རྩི་རཀྟ་གཏོར་མའི་མཆོད་པ་བཞེས༔
聖物外內秘密之會供，甘露鮮血食子請納受，

བདག་ཅག་དཔོན་སློབ་ཡོན་མཆོད་འཁོར་བཅས་ཀྱི༔ སྒོ་གསུམ་ལོངས་སྤྱོད་བཅས་པ་སྲུང་བ་དང་༔
護佑我等師徒施主眾，三門一切受用諸資具，28

Hung From the uncontrived space of suchness beyond constructs,༔
Manifests the blazing form of spontaneously present great bliss,༔
吽 從超越建構的如是之無造作虛空，
展現出任運當下的偉大加持的熾烈之形

Bhagavan great Glorious Vajrakumara,༔ With the supreme consort,༔
Tara Diptachakra.༔
尊勝輝煌的普巴童子，及其勝妙的明妃，救度母洛格津母。

All knowledge-holders of Vajrakilaya,༔
The ten wrathful ones, lords and consorts, hosts of devourers and slayers,༔
全知者普巴金剛，十位忿怒尊、佛父佛母、噬殺人之主，

Twenty-one supreme sons,༔ four female wrathful gatekeepers,༔ Hosts of shvanas, sovereigns, bhumipatis, and great beings,༔
二十一聖子，四位忿怒女門神，主宰者、君主、地主和偉人，

Together with the ocean of Kilaya protectors and pledge-holders,༔
Manifest here in form, from invisible space.༔
連同普巴護法和誓言守持之海眾，從無形的虛空化現出身形。

Accept the samaya substances of outer, inner, and secret offerings,༔
And the offerings of nectar, rakta, and torma༔
接受外內密供養的三昧耶加持物，以及甘露、鮮血、食子的供養，

For all of us, master and disciples, patron and recipient,༔ together with our retinues,༔ Protect our three gates as well as our riches;༔
為了我們所有人——師徒、供養主、受益人以及眷屬，保護我們的三門及資具。

སྐུ་གསུང་ཐུགས་ཀྱི་དངོས་གྲུབ་སྩལ་དུ་གསོལ༔ ནད་གདོན་བར་ཆད་ཐམས་ཅད་ཞི་བ་དང་༔
請賜尊身語意之成就。息滅疾病惡魔一切障，

ཚེ་བསོད་དཔལ་འབྱོར་ཐམས་ཅད་རྒྱས་པ་དང་༔ ཁམས་གསུམ་སྲིད་གསུམ་དབང་དུ་སྡུད་པ་དང་༔
增廣一切福壽與富足，懷柔統攝三界諸世間，

དགྲ་བགེགས་ཐལ་བར་བརླག་པའི་ཕྲིན་ལས་མཛོད༔ བྱད་ཁ་ཕུར་ཁ་ཐམས་ཅད་བཟློག་ཏུ་གསོལ༔
誅滅怨敵粉碎眾魔障，祈請驅退一切詛咒殃，

བཀྲ་ཤིས་བདེ་ལེགས་འབྱུང་བར་མཛད་དུ་གསོལ༔
祈請現起吉祥與安樂。

ཞེས་བཅོལ་ཡེ་ཤེས་པ་རང་ལ་བསྟིམ༔ འཇིག་རྟེན་པ་རྣམས་རང་གནས་གཤེགས༔ འདིས་ནི་བར་ཆད་ཐམས་ཅད་ཞི༔ བསམ་པ་ཐམས་ཅད་འདི་ཡིས་འགྲུབ༔ དེ་ཕྱིར་འདི་ལ་བརྩོན་པར་གྱིས༔ ཟབ་མོའི་གདམས་པ་འདི་ཉིད་ཀྱང་༔ མ་འོངས་དོན་དུ་གཏེར་དུ་སྦས༔ ལས་ཅན་ཞིག་དང་འཕྲད་པར་ཤོག༔ ས་མ་ཡ༔ རྒྱ་རྒྱ་རྒྱ༔ སྤྲུལ་པའི་གཏེར་ཆེན་མཆོག་གྱུར་བདེ་ཆེན་གླིང་པས་ཙ་འདྲ་རིན་ཆེན་བྲག་ནས་སྤྱན་དྲངས་ཏེ་ཡང་ཁྲོད་ཀུན་བཟང་བདེ་ཆེན་འོད་གསལ་གླིང་དུ་གཏན་ལ་ཕབ་པའི་ཡིག་བྲིས་པདྨ་གར་གྱི་དབང་ཕྱུག་གིས་བགྱིས་པ་དགེ་ལེགས་འཕེལ༔

（託已智尊融自身，世間眾神歸本位。此能平息一切障，此能成就一切願，是故此法當勤修。如是甚深之教法，為利後世埋伏藏，祈願能遇有緣人。薩瑪亞。印印印。此法由化身大伏藏師秋珠德謙林巴，於「札乍仁謙查」岩石中請出。後由貝瑪卡吉望秋，於「袞桑德謙沃瑟林」靜修禪院轉錄。願增善好。）

Bestow the siddhis of body, speech, and mind;༔ Pacify all illnesses, negative forces, and obstacles;༔
給予身口意成就，平息疾病、阻力與障礙。

Increase our life spans, merit, glory, and riches;༔ Magnetize the three realms and the three existences;༔
增長壽命、功德、榮耀與富足，攝受三界與三有。

Perform the activity of reducing animosity and obstructing forces to dust;༔
Turn away all black magic and evil spells;༔
展現減少敵意及令阻力消散之事業，
反轉所有黑法及邪咒，

And make auspicious goodness manifest.༔
示現吉祥善妙。

Thus, entreat.༔
Dissolve the wisdom beings into yourself.༔
Let the loka beings leave to their own places.༔
Through this, all obstacles will be pacified༔
And all wishes will be fulfilled.༔
Therefore, exert yourself in this.༔
This profound oral instruction༔
Is concealed for the sake of future times.༔
May it meet with the person of right karma.༔
Samaya gya gya༔
The incarnated tertön Chokgyur Dechen Lingpa revealed this from the Tsari-like Jewel Rock (Tsadra Rinchen Drak) and established it in writing at the upper retreat of Künzang Dechen Ösel Ling. Padma Gargyi Wangchuk (Jamgön

編按：此處開始至文末，空白頁是因為本書採用之藏中版本所無。

Kongtrül Lodrö Thaye) then wrote it down. May virtuous goodness increase.༔

如此懇請，消融智慧尊於自身，世間凡夫各歸其位，由此淨除一切障礙，所有願望悉皆成就，因此盡力做修持，

這一甚深口訣，為利未來之世而封存，願它適逢業緣相應之人。三昧耶印印！轉世伏藏師秋吉・德千・林巴從如匝的珍寶岩（Tsadra Rinchen Drak）掘出這個伏藏，而後在昆桑・德千・威瑟林上閉關之中寫成。貝瑪・噶吉・旺楚（蔣貢・康楚・羅卓・泰耶）將此記錄下來。願善妙增長。

(Note: Now follows a short way of finishing the sadhana after the main mantra, according to the instructions of Tulku Urgyen Rinpoche.)

（註釋：根據祖古・烏金仁波切的指導，在主要咒語之後跟一個結束修持的簡短方式）

Hung༔

Appearance and existence, the entire Kilaya mandala,༔

Dissolve into the great mind bindu.༔

From the space of the great Glorious One,༔

Manifests the mandala of body, speech, and mind.༔

吽

顯相及生有，整個普巴曼達拉，消融於精妙之心明點，

從偉大勝者之域，展現成身、口、意之曼達。

Thus, perform the dissolution and emergence.༔

如此，修持消融和融入

Gaccha gaccha svabhava nam༔

噶恰 噶恰 索巴瓦 喃

Thus, let the worldly guests take leave.

如此，讓世間賓客 離去

Hung༔

Having attained the spontaneous accomplishment of body, speech, and mind. In the mandala of nondwelling wisdom, May we attain the state of Vajrakumara༔ For the splendorous benefit of all beings.

吽

證得任運身語意成就，在無住之智慧壇城中，

願吾等證得普巴果位，為有情帶來非凡利益。

Hung༔

May the power-wielding vidyadharas, the lords of all blessings,

The existence Kilaya, the treasury of all accomplishments,

And the mother dakinis, endowed with swift activities

All be present as the auspicious mandala deities of Kilaya.

吽

願大力持明者，一切加持之主，金剛橛，一切成就之寶藏，

如母空行眾，具足迅猛事業者，悉皆以普巴之吉祥曼達本尊現前。

Thus, create virtuous goodness through dedication, aspiration, and the utterance of auspiciousness.

This was translated under the guidance of Tsikey Chokling Rinpoche, Gyurmey Dewey Dorje, and Orgyen Tobgyal Rinpoche by Erik Pema Kunsang

如此，透過迴向、發願和祈吉祥帶來善妙功德

此文是在慈克・秋林仁波切、久美・德維多傑和鄔金・托嘉仁波切指導下，由艾力克・貝瑪・昆桑翻譯完成。

| 第二章 |

密義普巴介紹

慈克・秋林仁波切

修持普巴的力量，能摧毀外在的敵人和製造障礙者，
降伏內在情緒的遮障，讓修行人證悟那不可言喻之法性。

來自上師普賢王如來，於超越過去、現在和未來的四時之平等性中，在法界佛國之密嚴淨土，不動於無限和無生之偉大佛心，法性本然之壇城的無礙神妙顯現，以金剛童子和明妃的外形生起。從這樣無二智慧和方便之雙運中，十方不同的忿怒尊和普巴童子的壇城全然化現，並被賦予事業普巴之不同密續的十萬教法。

傳承便這樣從偉大的普賢王如來上師開始，接著傳續至金剛薩埵、金剛手和空行業自在（Dakini Leykyi Wangmo），再由他們傳續到婆羅門米宜多巴欽和其他弟子。之後，在普巴密續出現在人類世界之後，班智達普拉巴哈斯迪擊敗印度金色島嶼上的反對佛法的異教徒，並把他們轉成虔信的佛弟子。阿闍梨噶拉・多傑在他的密法中敘述說，他自己其實是在瑪拉雅山（Mount Malaya）山頂，從金剛薩埵處接受到了普巴密續的教法。阿闍梨弘晨卡拉和其他持明者，將成就法這一部分，從狂笑屍陀寒林掘出的伏藏法之中移除了 [3]。

3. 英譯註：根據祖古・鄔金仁波切的說法，「八部嘿汝嘎密續」，包含普巴密續都來自化現為金翅鳥的康卓・業自在的心意。從此金翅鳥化現出八部嘿汝嘎密續的伏藏法。

普巴大神力

當栴檀林遭異教徒縱火焚毀後，蓮花生大士用他的普巴之力將它恢復完好如初。無垢光尊者揮舞他的普巴，令恆河逆流，分流出上下兩段，而摧毀了水中的噬人害獸。尼泊爾的師利曼珠在扎瑪貢臣粉碎了岩石山，並降伏了岩石妖精和盜賊。類似的事蹟，還有尼泊爾女修行人卡拉悉地擊破嘎空的岩石，展現出修持的成就。

卡城之女耶喜措嘉，揮舞普巴，放倒擊退襲擊她的狼。在調伏了祖輩精魅之後，她還調伏了一連串的神祇，因此名滿天下。這都是她解脫事業的延續，比如她可以殺死烏鴉，又令牠們復活，或是讓亡者復甦。這些以及其他很多實例，在在展示了她無量的證悟成就。措嘉披戴著烏鴉飾環的弟子梅奴．嘉威．寧波，透過他普巴觀想的密意，可以讓牠們都落到地面。羅族的帕吉．羅卓用他的普巴和兵營對抗，徹底的擊敗了尼泊爾軍隊。此外，亞吉納那完全摧毀他兄弟的敵人。類似這樣的相關故事不勝枚舉。

普巴修持的力量能摧毀外在的敵人和製造障礙者，並且降伏內在情緒的遮障，以此允許修行人證悟那不可言喻之法性。當普巴密續一進入西藏，它就成為了平息障礙、魔難和阻礙的方法。當威托塔瑪普巴（Phurba of Vitotama）被帶到尼泊爾之後，立即淨除了所有的障礙。在物質層面來說，神變的確有所示現；而主觀層面，在法界中已經獲得了解脫之不可思議的加持。因為普巴是一切諸佛事業的主尊，修持普巴的大師們壽命都很綿長富足，而且他們都具備大力量而名聲遠播。

普巴金剛傳承與秋吉林巴

偉大的伏藏大師，法王秋吉·林巴有三個普巴的修持次第：密續或大瑜伽——甚深普巴；口傳或阿努瑜伽——隆欽金剛意普巴（譯按：隆欽，廣大之意）；以及竅訣或阿底瑜伽——密義普巴。蔣揚·欽哲·旺波持有耳傳的傳承，叫做「事業普巴精要」。就如上面所解釋的那樣，欽哲和秋林都有內外證悟的示現。這樣便圓滿了甚深伏藏的傳統和口耳傳承的授權。

因為密義普巴具備嘿汝嘎的特點，所以他包含所有嘿汝嘎的特質和配飾。他代表了充滿慈悲心的報身佛，能令眾生解脫。密義普巴作為精髓普巴，是所有秋林傳承的本尊，它就是阿底瑜伽普巴——口傳指引的普巴，其修持既簡潔又易行，具有殊勝的加持，對消除所有障礙非常有效。

普巴金剛

｜第三章｜

令嘿汝嘎欣喜之咆哮

秘密心髓續之一印普巴童子本尊修持的清晰指導／卡美．堪布 仁欽．達傑

一切顯相都是金剛童子的身形；一切聲音是普巴之聲；
一切念頭都是智慧的展現，
觀修一切事物都是金剛童子身語意的壇城。

南無普巴童子耶！
你具足七德相的喜樂智慧之身，
即是不可超越的離邊法界，
因爲您無分別的悲心包容所有眾生，
我向您禮拜，十法界之解脫者，師利嘿汝嘎。

以此皈依和向不離於偉大伏藏師金剛總持的曼達之首祈請文開始，我在此用適合日常修持的方式，來扼要解說取自《秘密心髓續》的一印（例如：單身相）普巴金剛的簡略生起和圓滿次第的修持。

皈依發心的觀想

首先，極其重要的是將你的心轉向不同層面的前行修持，生起如信心、悲心和出離心的功德。接著觀想面前的皈依境——與普巴童子無別的你金剛乘的精神導師，周圍簇擁勇父空行之雲。另一種方式是，可以在念誦文詞間，隨文入觀，在內心生起對皈依境明晰、誠摯的憶念。假使你已經熟練於共前行的修持，無論它是舊派（寧瑪）或新派（薩瑪，Sarma，即指噶舉、薩迦、格魯）傳承的共前行，就

不需要太過細節的觀修皈依境。這裡，你應該視普巴童子為具足一切之尊——將他視為金剛乘不可分的根與果，或是結果的本質（例如：等同於法身的顯空不二）。《寶庫幻鑰》[4] 中寫道：

以手印曼達爲道，
果乘的金剛乘，
以果爲道。
一個人的身、口、意，
與金剛身、口、意結合，
對此明瞭便是金剛乘之教導。

這是究竟，或說是根本精要的皈依，以及達到證悟的意願（菩提心）。在眾多不同的經、續及其釋論中，已有詳盡解說依賴善知識——四種或六種外在的上師，因其內在堅固的信心和信念已形成了道的根基。尤其是，你應該參考過去印度和西藏偉大的禪修大師們的生平事蹟。思維他們的經歷和故事，並將他們的諫言運用於自身。

法身本質為空，無生滅的非二元。它光明的自性即為報身。化身是悲心的多種展現。三身的縮影——上師，便是最終、獨一的皈依——對自覺精髓之義的認證。

「嘿汝嘎」，按字面意思是「飲血尊」。想像這樣的本尊可以有三種方式：外在的方式——如同一個有漏的本尊，意思是寂忿天神等眾的無量壇城；內在的方式——自身清淨為諸佛的壇城，其中五毒

4. 英譯註：根據法本，藏文是Bang mdzod 'phrul sde，但多半應該是phrul lde。此為寧瑪派密續。

即為五智，五蘊即為五方佛，五大即為五方佛的明妃，等等；或是秘密的方式——聲音和顯相無礙的顯現，即是由自覺空性的強大潛力生起的本尊自性。

類似的，空行（dakini）也有三層理解：外在的層次——由她們本初智慧或業形成的二十四剎土的空行母；內在的層次——空行即是住於五個脈輪中的氣、脈、明點；或是秘密的層次——視其為大樂空行，即為空之精髓代表智慧，與方便之勇父融合，或是明覺的無礙示現。

當談到「皈依海眾」的時候，法本中表述為有很多皈依的對境，指一切存在的事物。「直至證悟」的意思是，儘管沒有「證悟之後就不需要皈依」這回事，究竟的皈依是一個人自心所展現的法身，於此，皈依的對境和尋求皈依的自覺心合二為一，了無分別。這就像是一個想進入國王宮殿的人，一旦走進其中，便無需再次進入。

你應該要思維，「因為我此刻沒有幫助一切眾生的能力，為此我要達到圓滿的佛之果位。」障礙這個行願的惡魔是四種魔。他們是死魔、五陰魔、煩惱魔和天子魔。為了降伏這些魔障，法本中說：「我要達至勝者位」。

這裡的意思是，所有的障礙和魔障都來自現象和人。一般來說，一切現象都屬於十八界，十八界又包含在十二根識當中，十二根識又落入五蘊之中。一個人的自我是基於一種自我意識的想法——「我是」。而現象的自我源自把歸屬於五蘊的認定為真實或實存的。

在皈依中見到無我

「無我」是指既無實存的人（例如：人無我），亦無實存的眼、鼻和其他現象（例如：法無我）。認為有這兩種形式的「自我」，便是將一個人綑縛於輪迴的無明。在現象有自性的理解基礎上，無明開始啟動人我的認知。由此，行和其他所有便生起了。[5] 如果此無明反轉過來，思考者和被思考者都成空，就如同龍樹菩薩的《讚法界頌》（Dharmadhātustava）中所述：

見到兩種無我之眞義，
便可根除輪迴之種子。

因此，重要的是認識到證悟無我的智慧，才能摧毀一切魔障。

主要的修持從三種三摩地或者說三種等持開始。這是很重要的，但要理解也很困難，我會具體解說。三種等持之中第一種的精華是本然法身。它的名稱「真如等持」所要表達的，是一種禪修狀態，它安住於自然進入的無誤無作——空的本質，和無念無執——無散的保持於明空的清明自性之中。法本中「金剛」（即鑽石）一詞就是這個意思。如《鏡子續》中解釋道：

金剛被稱爲空性。

而在《釋續明鏡》（bshad rgyud me long）中講述道：

超越特質的自性，
即被解釋爲金剛。

5. 英譯註：十二因緣的其他。

這個無實體的自性是什麼意思呢？《中論》：

自性必為無造作，
亦不依賴其他物。
自性若變為其他，
究竟無法成理由。[6]

第一個禪修三摩地的目的是什麼？所有的眾生一直困惑於有個「我」的無明認知，而流轉於輪迴。對此要用無執於超越言詮的明空法身的禪修來對治。因為這代表了密咒的禪修，它以果為道，而與法身相應的報、化二身也就出現了。

第二是「遍顯等持」[7]。它是深刻悲心的精髓。這個名相指的是深刻悲心的展現或光芒，照亮了對空性不明瞭的眾生。它透過悲心之方便，在真如的空無自性、不可言詮與有形有相的因地種子字三摩地之間，起到一個橋樑的作用。換句話說，種子字如幻的展現即是從相應於空性而生起，而其充滿的核心就是悲心。法本中特別用了「金剛忿怒破除瞋恚」這句。其中「忿怒」其實指的是十法界慈悲的深刻悲心，能以忿怒的狀態消滅瞋怒。這經常跟「解脫惡道之不可思議權巧」這句相提並論，意思是帶著深刻的悲心面對因為惡行必將墮入惡道的眾生。

第三是「本因等持」，它的精髓是任運的本覺本身。這個名稱指的

6. 中譯註：原句於漢譯本作：若法實有性，後則不應無，性若有異相，是事終不然。
7. 中譯註：即遍顯三摩地，英文作All-illuminating samadhi，illuminating其實有照亮的意思。此處參考《吉祥普巴金剛成就心要總釋》，作「遍顯等持」、「遍顯三摩地」。也有其他譯作「大悲三摩地」，突顯此三摩地強調悲心的意思。

是，此禪定成為所依境的越量宮和能依的本尊之因。它的目的是生起壇城本尊的因。文中這句「明耀光亮的藍色，在虛空中央以一明點顯現」，意思是青藍色的種子字吽，象徵著空性和悲心的結合，以一個碩大而不變的明點出現。帶著對自己的本覺就是以吽的外形出現這樣堅固的信心來禪修，將吽觀想為懸於廣大虛空的月亮。吽從 ha 之中衍生出來，ha 來自於梵文 grahaka 一詞，意思是「被攝持者」，而 hagrahaca[8] 意思是「能攝持者」。當元音 u 和輔音 s 連在一起時，組合成 sú，意為空性或零，也被稱為 lato[9]。因此，吽是能攝持者和被攝持者空性的種子或因。由此，光芒射向十方——表示上下及其他八方。這樣你應該單純將外內宇宙以及一切現象看作普巴童子之宮殿。這裡沒有必要觀修越量宮的過多細節。

生起本尊的觀想

如此在心中清晰的生起這樣一個越量宮，觀想它的中央有一個三角形的深藍色 E。觀想它自身是由光形成的藍色法座，帶著一個作為帷幕的背光，高至膝蓋。或是，你可以觀想一個大而開闊的深藍色三角形，窄的一角向下，開口向上。一端向前，或是一端向後，前面有門。

這其中有一個深藍色星形藍寶石的金剛岩石，它也是三角形的，以光組成。它的中心是一朵色彩斑駁的十萬瓣蓮花，其中鋪設日墊。日墊之上，觀想一個被鎮壓的黑色瑪哈德瓦和躺著的紅色烏瑪德維（Umadevi）。兩者皆全身赤裸，沒有佩飾，雙手呈祈請狀。另一

8. 英譯注：「能攝持者」在梵文是grahya。Hagrahaca的詞源未知。
9. 英譯注：譯者無法理解lato。推測su是指sunyata，即空性。

種觀想方式，可以觀想被鎮壓的哈瑪德娃在右邊，面露憤怒相的躺著。他頭髮為金紅色，以虎皮袍子遮身，右手持三叉戟，左手捧充滿鮮血之顱器。他的左邊是面朝上躺著的紅色烏瑪德維，面露情慾相。她身著豹皮，右手持三叉戟，左手捧著盛滿鮮血之顱器。

他們的上方，吽字轉化為深藍色金剛杵，其中心另有一吽字為標記。它放射出光芒，光中向勝者獻供養。由此清淨染污、覆障以及一切眾生之痛苦。當光芒回收向內，從最初呈現於本然虛空——金剛真如之智慧中，生起充滿熾盛忿怒之尊。根本頌對此作形容時，指出本尊因其「醜陋」及其九種舞姿[10]之展現而誘人。

本尊的身、語、意

因為一切忿怒的表現在無窮盡的嚴飾之輪中是完整無缺的，故本尊的青藍色身體代表的就是事物不變的本質。他的三張臉象徵了三身（中間藍色是法身，左邊紅色是報身，右邊白色是化身）。他的六隻手象徵六度。換一種方式觀想，你可以把右邊白色臉龐理解為身的象徵，左邊紅色是語，中間深藍色是心。他九隻熾烈狂怒的眼睛外凸，瞪視十方，代表九乘或九種智慧。他貪婪的三張嘴大開，露出紅色的舌頭——捲曲但如閃電快速伸縮。他還露出緊咬的四顆如雪山般潔白的獠牙。

他發出阿繞利之聲。咒語「班雜 阿繞哩」（VAJRA ARALLI）可以理解為意味著「無垢之一金剛橛翺翔著」，意思是「在一切事業中獲得滿足」，或是「金剛橛摧滅敵人」。我懷疑最後一種由夏魯譯

10. 英譯注：九種舞姿表現是：三種身方面——嫵媚姿、勇健姿和厭惡姿；三種語方面——驚訝姿、喜笑姿和怒吼姿；三種心方面——悲憫姿、威猛姿和寂靜姿。

師（Zhalu Lotsawa）翻譯的版本更加準確。他金紅色的鬍子、眉毛和鬚髮，如火焰般燃燒，呈淩亂、兇猛狀。他的頭髮大部分向上捲曲攢成髻，其餘頭髮由髮根直豎。

在他的頭髮中有頭頂肉髻（usnisa），髻尖是光形成的深藍色金剛杵。這個金剛杵的中央，是一個由兩邊各兩對的八頭大象托住的珍寶法座。想像在這之上安放著蓮座和日月輪，承著現報身相單身的不動佛。他的右手觸碰地面，左手持五股金剛杵平放。在普巴金剛明妃的頭髮之中的肉髻頂上，觀想深藍色的洛卡納（Locana），同樣也現報身相。她的右手觸碰地面，左手持金剛杵平放，金剛杵之中也有大象托住的寶座，等等觀想如上。

本尊的手臂

本尊的六隻手臂的觀想，第一隻右手握著帶有齒尖的九股金剛杵，象徵著摧毀九地的概念。一些跟隨舊譯本的人將這三界的九地解釋為：毀滅的地獄；沈溺的餓鬼和畜生；可以增長福德的人；能移動一切的風；上層的天；預示徵兆的雲；無染智慧芬芳之地；以及名稱、標記和能力之地[11]。不管怎樣，比較普遍的是跟菩薩十地[12]聯繫在一起的解釋，那也是更正確的。

本尊中間的右手握著五股金剛杵，指向所有方向。它代表了五毒煩惱的概念淨化為五種智慧。他上方的左手托著一個光耀的火球，他

11. 英譯注：法本中只列舉出八種。缺一種。且有的意思很模糊。需查證。

12. 英譯注：字面意思為「十地之後的概念」，藏文sa bcu phyin chad kyi rtog pa。或許文中應讀作tshun chad，意思為「直到十地」。它看起來更像是指與禪修的九次第定相關的九種「概念」——如「現觀莊嚴寶論」所述。

的手指展示出威猛之姿，象徵著燃燒掉無明黑暗。他中間的左手拿著三叉戟卡章嘎，代表三毒的清淨。他最下面的手扭曲成須彌普巴，或說是山王柱。無論是常、斷、自我，或獨特等執著的對境，都會被此柱穿透，無誤的融於不變的大樂。「存有之柱」這個名相指的是三界的三有，都在本尊的壇城之中圓滿。因此，須彌普巴就是這樣，柱子頂上的一節跟無色界相關聯；手柄十六隻飛翼，以及下端一節是跟色界相關；海獸的欲望之口和柱子尖銳的末梢，便是跟欲界相關聯。這生有的三界也是身、口、意的壇城。這些都在《意之一橛續總集》（thugs kyi phur gcig rgyud kyi dgongs dril）之中有解釋，如下：

為了解脫生有界植物樹木等的六種因[13]，
本尊的六隻手持九股金剛杵，
截斷覆障至全知，
揮舞著五股金剛杵摧毀五毒，
持卡章嘎解脫三毒，
威猛身姿摧滅概念，
扭旋柱子解脫邪惡。

你應該把此處的觀想做這樣的理解。

本尊的右手臂是不動佛的本質，左手是寶生佛的本質。類似的，他的左右翼也相應是不動佛和寶生佛的本質。這便是為什麼法本中有「帶著展開的金剛寶翼」這句。你也可以想像他的右邊金剛翼鑲嵌著金剛，左邊刀鋒翼鑲嵌著珠寶。

13. 英譯注：大概是指在《俱舍論》中能找到的六種因。

本尊的莊嚴

本尊上身披著新鮮的象皮，因為他已經調伏了因陀羅的象乘。他還身著所謂偉大之地的人皮衣，因為他度脫了梵天。他的下身穿著虎皮，是因為擊敗了太陽神瑪哈格拉哈．蘇亞一眼虎面的女兒[14]。他的脖子上三串濕、乾、老的頭骨長項鍊，象徵著他已經解脫了三個樓陀羅（Rudra）。在一些普巴金剛的傳統中，比如「若」（Rok）這個傳承中，本尊頭戴骷髏冠，脖子上是一條長長的濕頭骨項鍊，以及骨頭做成的手鍊、腳環。但我們這個特定的伏藏法本，只遵循前一種解釋。

本尊的頭飾，是由腸串成的五個乾頭骨冠。儘管從外面看它們是頭骨，裡面小房間有不帶明妃的五位飲血尊。他們的右手持著各自手印及其法器，左手捧著盛滿鮮血的顱器。他們都穿戴者莊嚴的屍林裝飾，就跟通常形容的一樣。另一種可以接受的觀想方式是觀想他們沒有配戴飾物。在本尊正中頭上中間的頭骨裡，住著金剛嘿汝嘎。在右邊頭上，中間的頭骨裡，住著佛部嘿汝嘎，而蓮花部嘿汝嘎則位於本尊左邊的頭上。在普巴金剛明妃的乾頭骨中央，坐著以黑忿怒空行母（Vajrakrodhi）為中心的五位飲血尊之母。

五方佛的寂靜尊作為頭骨頂上寶飾安座於珍寶中，不動佛為中間一面的主尊，毗盧遮那佛在右，阿彌陀佛在左。如前所述，你可以用自己感覺最適宜的方式來觀想他們的飾物瓔珞。觀想洛卡納和其他四位明妃位於普巴金剛明妃頭上的頂端骨飾之中。我已經解釋過跟本尊的五乾骨飾相關的五部寂忿本尊的觀想，但實際的觀想稍後在

14. 英譯注：無法確定這是指誰。有著虎面的人在梵文中是Vyaghrasya；但跟太陽神（Surya）的關係並不清楚。

迎請灌頂本尊的時候才會出現。當作為簡軌修持時，只是憶念五乾骨具備五方佛部的本質，就已經足夠了。

因為他降伏了惡毒的蛇王（nagarajas），普巴金剛配戴著屬於五個種姓的蛇飾。在瑪雅傳統的「傳續戒法」中，這些種姓是指：戰士種姓的白蛇作為頭飾；商人種姓的黃蛇作耳環；婆羅門種姓的紅蛇作頸飾；不可觸碰的黑蛇作短頸鏈；勞役種姓的綠蛇作腳環、手環和中等長度的項鍊、腰帶等。另一說法，在《寂忿本尊之疑難點》（zhi khro'I dka' gnad）的解釋跟上面所述類似，除了雜色的紅婆羅門蛇是作為頭箍，勞役種族的綠蛇作腳環，而不可觸碰的黑蛇作為本尊的腰帶。這兩種解釋都可以。

本尊所配戴的八種屍林飾物，是他征服屍林恐怖的大神樓陀羅（Rudra）之後搜羅來的戰利品。「他以血、脂、灰塗身」的意思是在他控制住樓陀羅的妻子之後，不帶任何執著的跟她玩樂，他的雙頰和鼻尖各有一滴鮮血。他控制住二十八依斯瓦利（Isvaris）之後，他的山羊鬍子上有了三抹油脂。另外，在他征服了自己的姊妹施姆卡勒（Shimukhale）之後，他的前額有一撮呈三角形的骨灰。

本尊所佩帶的以骨頭做成的六類飾物，與六度波羅蜜相對應。他頭上的骨圈裝飾有三十二塊網，本尊的頭髮從中豎立。在他的乾頭骨冠上還懸掛著一個框架形的骨架。他的兩個耳朵帶著兩個骨制耳環。他的脖子上戴著十六塊網狀骨飾物。梵天的飄帶——也叫做灰、塵，指的是非佛教祭司戴在乾糞上的一種飄帶，這表示他對梵天的提醒和保證。為了征服這些人，嘿汝嘎上身戴著從雙肩垂下的用這種飄帶製成的交叉環飾。它是由屍體上取下的頭髮和骨頭製成，放置成用聖骨灰做成的輪廓。換種方式是，這第六個飾物可以是在本尊面前和背後的四角骨環。[15] 從道的角度來說，這六種飾物象徵著五毒和慳吝——淨化為六度。特別是骨環是般若度；耳環為持戒；頸飾為安忍；梵天飄帶為禪定；而手環和腳環是布施。那麼從道之果位的角度來說，它們代表的是六個佛部。

這裡描述的輝煌的屍林嚴飾，也有幾種不同的解釋。《八本尊修持框架》（bka' brgyad sgrub khog）如下陳述：

本尊具五智，故戴頭骨冠；
明瞭無上密乘，故著濕象皮；
不捨棄輪迴，故身披人皮；
摧毀兩種瞋恚，故配戴幾束黑蛇；
任運成就四種事業，故著虎皮裙；
三抹油脂代表積聚輪迴之甘露；
血滴代表掌控貪欲；
聖骨灰代表斷離生死；
三骨環嚴飾代表任運成就三身；
金剛鎧甲代表不可戰勝；
智慧火球燃燒盡無明叢林。

金剛鎧甲和火球加上八種基本的屍林嚴飾，組成了十種嚴飾。換一種方式，也可以把火焰明亮之莊嚴和主要的雙翼嚴飾可以加在基本的八種之上。偉大的伏藏師秋吉・林巴曾說過這個解釋是來自《普巴正續》（yang dag gi rgyud）。

15. 英譯注：原文中作：mdun rgyab gnyis su mdo non rus pa'i 'khor lo。對「mdo non」的意思，我並不能確定。

學者修行人策勒仁波切也給予過類似的解釋。他基於瑪亞傳統來描述八種屍林嚴飾、八種莊嚴配飾和兩種發光飾物，如下：

人皮是菩提心的嚴飾；
濕象皮是無上、大力的嚴飾；
蛇飾是柔軟順滑捲曲之嚴飾；
三串人頭項鍊是趨向三身之嚴飾；
血滴是執著悲心之嚴飾；
聖骨灰是降魔的證悟事業；
油脂是勝義甘露之嚴飾。

八種莊嚴飾物，從無始之時便充滿佛身，如下：

毛髮直豎是不再輪迴之嚴飾；
金剛大鵬羽翅是智慧和方便之嚴飾；
藍紅色頭冠是主宰輪涅之嚴飾；
金剛冠是增強的覺知；
有力的鎧甲是帶著光耀移動的嚴飾；
無二雙融是智慧明妃之嚴飾；
英雄的鐵翼是防止傷害和邪惡的嚴飾；
金剛焰的嚴飾是焚毀煩惱。

雲頓・多傑・帕瓦的釋論中說[16]：

海獸莊嚴的飾物放射出璀璨光芒；
日月嚴飾是智慧與方便雙融；

---

16. 英譯註：這看起來是另一種列舉八種嚴飾的方式。

智慧之火的嚴飾防止兇惡的眾生；
金剛雙翼的嚴飾滿足他人的需求；
金剛鎧甲嚴飾行使權利；
有力的皮鎧甲嚴飾度眾生至證悟之地；
鐵十字飾物避免傷害與邪惡。

本尊左右兩耳之上的日、月是兩個「明亮的嚴飾」。另一種說法，「拉傑若」（Lhajerog）解釋它們為日月的光環。

在《善逝總集根本續忿怒現起續》（bde 'dus rtsa rgyud khro bo mngon byung gi rgyud）提到的十種輝煌嚴飾也用了相類似的語言。在我們的傳承，無上的持明者秋吉・林巴的伏藏教法《淨除障礙精髓修持》（thugs sgrub bar chad kun sel）解釋八種屍林嚴飾和輝煌嚴飾如下。《根本頌》說道：

三衣飾是三毒的清淨；
三塗飾是不動的生滅；
兩個固定的嚴飾是輪涅不二；
等等——
本尊如此完整了可怖、強悍的屍林飾物。

關於輝煌的嚴飾，法本敘述道：

堅固而無敵的寶座；
深邃智慧的明耀火球；
未被煩惱束縛觸碰的蛇飾；
三翼無礙的爲他人效力；
絲飄帶實現弟子的願望；

六骨飾完整六度；
珍寶珠鍊讓念頭稱爲本初虛空之嚴飾；
本尊頭頂的金翅鳥飾物調伏一切惡；
九種舞姿召請遊戲——
這就成爲了十種輝煌嚴飾。[17]

你應該如此做觀想。否則，《秘密心髓》的根本頌明確解釋了，金剛羽翼和六骨飾加上八種屍林嚴飾組成十種（莊嚴配飾）。或者，你可以理解為修持法本所說的六骨飾等，是指輝煌嚴飾。特別是蓮花和雙耳上的日月嚴飾。

遮住本尊下體的，是垂下三柱（kila）的五色或綠色飾帶。從本尊的兩邊大腿分別垂下三條飾帶。本尊的雙肩和下身都有海獸的頭作為裝飾。這樣的裝飾象徵著本尊對一切眾生的至深悲心，而絕不會捨棄他們，就像海獸一旦抓住牠的獵物便不會放手。

本尊的四條腿呈舞姿狀，右腿抬起，左腿伸展。這象徵戰勝了四魔，並以四攝法攝受眾生。

本尊代表智慧面向的明妃洛格津母和本尊雙運，安住在本尊的胯間。她身體呈代表法身唯一本質的深藍色，雙手象徵智慧與方便。她右手持蓮花，手臂環繞於佛父頸上。法本描述她為「完全成熟的少女之姿」，意思是她正處在十六歲青春昭華之時，身姿勻稱豐腴、比例適中，如同剛拋光過的金子。她五莊嚴皆具，[相似於六骨飾]，但沒有梵天飾帶。[18] 她的左腿抬起捲曲繞在佛父腰間，右腿與佛父

17. 英譯註：這裡只是列舉了九種。

一致舒展，雙運於本初虛空的大樂中。她的雙腿象徵掌握了輪迴和涅槃的兩種真理。

因為根本密續法本只如此簡要提了五嚴飾，但作為簡軌修持，觀想這些就已經足夠了。不過更詳細的版本，偉大的全知成就者[19]解釋了明妃外表細節與佛父相同，除了豹皮裙替代了虎皮裙。

觀想本尊灌頂

迎請灌頂本尊——五方佛及其眷屬，他們充滿虛空，用智慧甘露之流給予你灌頂。此甘露充滿你的身體，淨除污垢。接著甘露向上溢出，轉化為五方佛寶冠，如前形容一樣。簡略一點的版本，你可以觀想五方佛手持法器給予你灌頂。最簡略的方式，你只要觀想佛的根本種子字嗡・吽・章・舍・阿在自己頭頂。無論你採用多少細節來觀想，都要在心中明白：他們即為五智的本質。

觀想毗盧遮那佛在佛父的頭上，阿彌陀佛在他的喉間，不動佛在他心間，象徵著身體的三門是證悟的身、口、意。在佛母身上，觀想達蒂斯瓦利（Dhatisvari）在她頭上，潘達拉瓦斯尼（Pandaravasini）在她喉間，洛卡拉（Locana）在她心間。簡單一點的方式，你可以想像佛父佛母的三處都有嗡、阿、吽。三種子字給予的是相應三門的加持：證悟的色身標誌、「婆羅門之聲」的六十四支、以及無二的智慧。

在佛父密處的吽字轉化為一個藍色五股金剛杵，杵中央也有一個吽

18. 英譯註：這點在堪布南卓的《吉祥普巴金剛成就心要總釋》第28頁有釐清。

19. 英譯註：這裡可能是指秋吉・林巴。

字。吽字的頭對著佛母。在佛母密處的磅（BAM）字轉化為一朵紅色四辦蓮花，花中央是一個紅色盎（ANG）字在日輪上，這代表了成就的總集，跟明點一脈（bindu-nadi）相連。法本中陳述道「佛父佛母雙運在大樂」，並且即刻圓滿一切地與道。

本尊的百萬毛髮都是半個金剛杵，他穿著色彩斑斕之金剛的鎧甲。這是指金剛鎧（如：由各色金剛製成的鎧甲），有力量的人皮鎧甲，以及之前提過的十種莊嚴配飾的鐵十字金剛杵。多色金剛鎧甲是披在上身的，紅色獸皮鎧繫在腰間，黑色的十字鐵穿在下身。實際上，這三者都是與清淨相關。它們不可能就是鐵、人皮等等；而是從自顯的智慧而成。法本中所指「橛有火花如星辰般向外放射」，意思是這些光柱如同星辰和光束一般向外持續放射，不可計數，就如同鍛鐵被捶打時飛出的火花。

本尊心間的觀想

在本尊的心間，一個深藍色如帳篷般光圈中，住著智慧尊——金剛薩埵。金剛薩埵坐在蓮花中的日月座墊上。他的顏色是明亮的白色，手持鈴杵坐於金剛坐姿。在他的膝上，擁著雙運的金剛拓芭，她以修法（vrata/brtulzhugs）的姿勢盤坐，左右手分別拿著顱器和彎刀。

金剛薩埵的心間是一個光耀的深藍色八片或八角形珍寶。在普巴密續的傳統中，這個珍寶是平的。但在普巴金剛口傳的傳統（phur pa'i lung lugs）中，它是八邊形，褐色，外形像一個帳篷。無論哪種說法，這個八邊珍寶上安住著紅色的日輪，如同一個寶座。這之上是白色的月亮，月亮上面是九股金剛杵（口傳傳承中這是五股金剛杵）。金剛杵中央是一個日輪，日輪上是深藍色的種子字吽。圍繞著它的是咒語嗡・班雜・磯哩磯拉牙・吽・呸，咒語是綠色，略帶紅暈。

咒語和咒輪的觀想

咒語開始於前面的吽字，面朝內，順時針排列。在念誦的階段，咒輪是不動的，就像圍繞月輪的星辰。在近念誦的階段，咒輪開始順著圈繞動，形成一個火圈。在成就的階段，咒輪放射並接收光芒，就像國王的信使。在大成就的階段，當進行特定的事業，或是接受成就，咒輪會形成一個打開的蜂窩。與此相關的內容可以從天津．強秋．尼瑪根據大師們的教導所寫的《進入修法之筆記》（bsnyen sgrub kyi zin bris），或是《清晰明鏡：進入修法總集之筆記》（bsnyen sgrub chig dril zin tho rab gsal 'phrul gyi me long）。如果作為日常修持，你應該觀想咒輪放出光芒等等，由此將所有不同形式的念誦和成就結合為一。

談到相關於念誦和成就的心持誦，你應該參照兩本教法書籍[20]。口持誦的內容有相對於外形、聲音和意義的所謂封閉持誦的三種方式。第一，你應該只觀想和一心專注於咒輪的外形。第二，只專注於咒音。第三，一心專注於咒語的意思——這在《出離後續》（nges par 'byung ba phyi ma'I rgyud）中有解釋。「嗡」代表了五智。「班雜」的意思是金剛智。「磯哩磯拉牙」意味著自然清淨橛。「薩爾瓦」指一切。「畢葛念」意思是障礙。「磅」是制止之意。「吽」意思為濃縮。「呸」的意思是超越存有的燃燒。

日常修持中，在觀想念誦時光的放射和收回，法本中如下明確解說：當普巴咒輪旋轉，它自身發出咒音。同時它也放出白色的光芒，對一切勝者作悅意供養。身的加持收在白色的嗡字，回到本尊前額

20. 英譯注：現已無法找到它們。「心持誦」大概是指其他普巴法本中所說的跟「身口意持誦」有關聯的第三個部分。

消融；想像由此你接受到證悟身的成就。同樣的，紅色光芒放射出作語的悅意供養。語的加持以紅色阿的形式聚集，並消融於喉部；想像自己得到了證悟語的成就。深藍色光芒放射出去作意的悅意供養。所有心意加持集合在深藍色吽字，消融於心間；想像由此你接受到證悟心的成就。

以長軌修持的時候，觀想無量供養天女出現在光中。她們以五根的對境向一切勝者作身的五種悅意供養。悅意的語供養是甘露、鮮血、食子。悅意之意供養是雙運和解脫。

身、口、意的金剛本質

接下來是毗盧遮那、不動佛和阿彌陀佛的部分。這三尊佛代表的是勝者的身、口、意的金剛本質。他們被迎請，消融於你的三處。同樣可觀想不同的光芒放射出來，向聖者做供養，令善逝、上師及菩薩歡喜。光芒也修復了跟金剛兄弟間破損的三昧耶，平息了「空行護法之不悅」，並鼓勵他們開展其事業。他們會命令傲慢的魔眾，比如三十魔，令他們發誓護持佛法。他們拂去障礙獲得證悟的魔眾和具誓鬼眾（damsi）。最後，射出的光芒清淨六道眾生的三門覆障和習氣，並帶領他們達到金剛童子的果位。

一切顯相都是金剛童子的身形；一切聲音是普巴之聲；一切念頭都是智慧的展現。簡而言之，你的三門與金剛童子的三密無二無別。觀修一切事物都是金剛童子身語意的壇城。

成就金剛心

關於持誦咒語時結合念誦和成就，《八寂忿本尊根本續》（bka' brgyad zhi khro rtsa rgyud）這樣陳述：

> 以安置嗡和呸開始，
> 中間十二完美之……

摘自《八本尊後咒續》（bka' brgyad phyi ma sngags kyi rgyud）：

> 帶著自己就是金剛童子的佛慢，
> 如果你用心[21]持誦金剛咒語，
> 你便會得到咒語的加持和成就，
> 並且會無疑的獲得諸佛解脫錯誤指引的力量。

持誦咒語有四個方面。以吽（HUNG）字為例，它包含了 HA、U 和 M。吽的精髓，初始以本然虛空和智慧安住，由一切事物的本質——法性（dharmata）而建立。吽的外形，顯現為一個種子字，由主體的本質——法（dharma）建立。它也是透過成就金剛心的能力和上師金剛總持之金剛心種子字的加持而建立。在這四個方面建立的基礎上，念誦吽就是成就金剛心直接的因。這就是咒語的功用。

附帶說明

這個強調普巴金剛的《秘密心髓》的日常修持中生起次第觀修的簡略解釋，我已經多次直接由偉大的伏藏師秋吉．林巴處得到親口口傳，包括詳細和簡略的兩種形式。秋吉．林巴跟被稱為第二佛的蓮花生大士無二

21. 英譯註：rdor blzas rig pa rtag blzas，大概應該念作 rig pas。

無別。當他在為僧眾解釋這個日修儀軌時，我為了記住要點，曾經寫下過兩段短小的記錄，那便是標示著我對此興趣的開端。後來，我有機會請益很多有關如何在修持中觀修的特別問題。想到我可能會因為自己智慧不足而忘記這些要點，所以我考慮把教導記錄下來。但有說法是認為這樣記錄下法教，只能算作對學識和修持成就者們的法教的篡用。此外，以忙於侍奉我的上師們為藉口，而事實上我也因為自己對衣食的世俗興趣所散亂，整理這個法本的計劃也就放在了一邊。後來在很多寺院喇嘛的請求之下，托登・帕秋也一再提及，說如果我能夠將這個法本正式寫出來，會有很大幫助。尤其是阿旺・隆多作出了一個特別強調的請求，讓我無法推托。因此，我——堪布貝瑪・智美・羅卓（卡美・堪布仁欽・達傑）——一個懶惰而只擁有技藝的遊方人，叩首於偉大的伏藏師，法王秋吉・林巴足下，在耶普・南卡宗・久美林開始書寫此法本，於語壇城奧敏噶瑪寺的尤莫徹東南部的一個小屋內完成。願所有人都能獲得習慣於視現象為圓滿清淨的穩固，而消除無始以來執取不清淨的習氣。最終，願我們都能進入師利嘿汝嘎之城。

願善妙增長！

這個手稿是在努日的偌寺（藏文：Rö）發現的。它有很多錯誤，以至於我擔心文本校訂後會完全失去原樣。因此，我——秋吉・林巴・貝瑪・久美的祖古，編輯了文詞和法本。如果我跟尊聖的大師們的文句有抵觸，我為之懺悔並請求原諒。

就一位通曉金剛乘基礎的讀者來說，這個譯本從準確度和理解能力這兩方面代表了我最佳的努力。從準確度和具備金剛乘基本熟悉度的讀者的理解能力為考量，這個譯本代表我最佳的嘗試。懷抱為了讓《秋林伏藏秘密心髓的普巴金剛》的修行人能得到更詳細的指導的願望，這個法本完成了。這並不代表它是一個「重要的譯本」。我並沒有參考各種不同版本的原稿；在法本不清晰或是出現漏失的地方，大部分是依賴自己的判斷。不管怎樣，我相信自己的努力多半沒有錯誤。無論是基於對讀者的考量，還是單純只是因為藏文的學究風格，很多參考書、名字、清單和引用在原典內就未清楚解釋。只有透過和博學的上師們以及詳細的參考材料做進一步探討，這裡所有的才能釐清。這或許會令一些讀者不滿或甚至難以接受；不過，我個人相信沒有必要為了隨意使用這個法本來證明它對增進個人修持的意義，而太過罣礙這些不全的細節。原稿中模糊不清的地方，有些部分是無法解決的，或是有些容易解釋的參照，我都做了一些腳註。我要特別感謝堪布嘉參回答我一路提出的很多問題，同時感謝阿尼勞拉·丹堤，編輯了完個初稿，並給予了很多有意義的建議。這個翻譯稿完成於2015年3月5日馬來西亞檳城，為佛陀神變月以誌慶祝。

萊恩·孔倫/隆利·饒瑟

| 第四章 |

普巴金剛法本註解[22]

怙主頂果．欽哲仁波切

諸佛的智慧心充滿了遍在的慈悲，是空性的精髓。
這偉大的慈悲，如同尖銳武器，
有力量面對所有覆障情緒和有情眾生的痛苦。

有說法是，當趨向成佛的過程中，「我們在法道上越深入，魔障就越強大。」如果我們有能力透過究竟的對治——三寶的慈悲來征服這些障礙，它們終究不會影響我們。

普巴金剛的修持對淨除這些障礙特別有力。當蓮花生大士在尼泊爾揚烈修的阿修羅山洞修持清淨嘿汝嘎的時候，魔王製造了很多障礙。蓮師便從印度請了維托塔瑪普巴（Phurba Vitotama）密續的法本。當法本抵達尼泊爾，一切困難都平息了。普巴童子的確是一切本尊之中，遣除障礙最威猛有力的本尊。這就是為什麼很多大修行人為了克服違緣，都專注於普巴童子的修持。

在前行修持之後，實際進入這個普巴金剛修持，是法本的主要部分。首先是關於本尊的外形，處理有關觀想的教授，接著是關於本尊語的教導，這是專注於持誦咒語。最後，是關於本尊心的教法，這著

---

22. 英譯註：1991年二月四日，怙主頂果．欽哲仁波切在達蘭沙拉給予尊貴的穹恭仁波切這些教法。貢確．丹增（馬修．里卡德）粗略而不盡完美的將它翻譯出來。

重於本尊的智慧心的究竟本質。這三個方面的展現，是為了適合眾生之需得到利益，而它們在本質上並無不同。本尊身的方面，跟語、意兩方面密不可分；同樣，語的方面也是跟身體和心是一體的。舉例來說，佛陀身體的一個毛孔，就能展示出跟佛陀本身一樣的證悟的事業。這是因為佛陀整個身體都充滿著智慧。

一、本尊的身形

本尊的身形不同於我們血肉之軀的身體。如果我們可以認識到現象的本質，我們便可以認識到：整個宇宙和其中的所有生命，都跟佛陀身壇城沒有分別。儘管本初就是如此，有情眾生卻對此本質無知不覺，而執著於不淨、迷惑的感知——輪迴之因。他們以一種最凡俗和錯誤的方式理解外在的宇宙和生命。

以三種等持觀修

為了反轉這樣凡俗的感知，我們觀想現象為智慧本尊的展現。為此，我們透過三種等持（三摩地）奠定基礎，接著觀修壇城本身以及依於它的本尊。

如果我們運用上這三種等持，那麼法本觀修就不僅僅停留在生起次第的修持；而是結合了生圓二次第的修持。這是至關重要的重點：沒有這三等持及「四釘」，生起次第的修持不會帶來超越凡俗和世間的成就。無上的成就只能透過生圓次第雙融而獲得。這就是為什麼寧瑪派的所有法本修持都從三種等持開始，並包含四釘和其他方法。這邊我們看到：

金剛忿怒三摩地

金剛忿怒斷除瞋恚
明耀光亮的藍色銳器
在虛空中央以一明點顯現
放射出吽字光芒遍十方
顯相和存有都是普巴之界域

這段取自金剛橛的根本頌。金剛如鑽石一般無法被任何其他物質切割，它有七種非凡的特質：無法被切割、摧毀，它是堅硬、密實的等等。這裡指出的是秘密金剛乘的見、修、行可以穿透一切的迷惑、二元思維，而不被它們影響。凡俗的忿怒是一種內心之毒；但金剛忿怒，儘管向外它展現出的是忿怒，而實際上是一種不動的無限慈悲的展現。透過禪定於金剛忿怒，行者可以摒除三界輪迴的瞋恨。如教言：「沒有比瞋恨更大的惡，沒有比安忍更大的苦行。」在心的三毒和八萬四千種煩惱情緒之中，沒有什麼比瞋恨對解脫生命力的阻斷更具力量。除了空性，沒有什麼能消滅瞋恨和它的種子；因此，金剛忿怒三摩地是空性展現為一個忿怒本尊。空性是無有任何堅固的現象、特質或因緣，因此在空性之中沒有瞋恨的空間。換句話說，空性就是瞋恨的本初清淨。

偉大光耀的藍色利器

諸佛的智慧心本然充滿了遍在的慈悲——空性的精髓。這偉大的慈悲，如同一個尖銳的武器，有力量面對所有覆障情緒和有情眾生的痛苦。藍色象徵著不變，指諸佛遍佈的無緣大慈，能夠無一例外的穿透輪涅的一切痛苦。

遍顯三摩地

當我們想到一切還沒有證悟消除瞋恨的無上空性真理的眾生，本然的悲心便生起了。這是我們在第二個等持的禪修時應該帶入心中的，叫做「大悲三摩地」或是「遍顯三摩地」。

在虛空中央以一明點顯現

因此，絕對自性的第一種三摩地：「真如三摩地」，它是證悟了輪迴和涅槃的空性，也就是宇宙及其內容的空性。第二種三摩地是空性精髓的展現：對一切未證悟空性的眾生的悲心。空性和悲心無別的雙運遍及整個輪迴與涅槃，就如同虛空遍及整個現象界。

種子字三摩地

在這樣的廣大境之中，一個展現為光耀的深藍色吽字的明點顯現於虛空。它象徵著一切諸佛——尤其是普巴童子的無二智慧。這個種子字就像本尊所依壇城的種子；因此第三個三摩地是「種子字三摩地」。

這三個三摩地清淨了輪迴的三種主要的痛苦：真如等持清淨了與死亡相關的迷惑傾向；慈悲之偉大利器三摩地——遍顯三摩地淨化了死亡和來生之間（中陰）相關的迷惑傾向；種子字三摩地清淨與投生相關的迷惑傾向。

第一種三摩地和法身相關，第二種與報身相關，第三種則是與化身相關。因此，就是這三種等持引導至成就三身果位的精髓。

道的精髓是結合大悲心的方便和空性的智慧，努力趨向成佛。真如等持代表的是空性的智慧，遍顯等持代表著大悲的方便，而雙運的方便與智慧從未分開過，就是以種子字三摩地為代表。

這裡每一個三摩地都有清淨、圓滿和成熟的力量。像一些比較大部的釋論中所解釋的，清淨、圓滿和成熟三者，可以分別以這三種三摩地來解釋。但根據這個更高層次的生起次第來說，也允許不這樣解釋。在此，行者於單純覺知中生起觀想，而就把握住了生起次第的重要關鍵。因此，即使行者不知道如何在生起次第的每一步都和這三個轉化聯繫起來，也不是過失。

放射出吽字光芒遍十方
顯相和存有都是普巴之界域

我們現在到了壇城和其中的本尊的觀想部分，也就是差不多到了三個三摩地的成果或結果的部分。藍色的種子字吽在虛空光芒萬丈，照耀全宇宙——本質即為清淨佛土。

觀想金剛童子出現

根據相對的因乘教法，「集諦」是因，「苦諦」是果。根據秘密咒乘教法，「集諦」——煩惱情緒的生起，就是三身和諸佛淨土的展現。「道諦」是清淨我們對現象的迷惑執著以及對世間和眾生的凡俗感知。隨著吽字放出的光芒，透過觀想宇宙就是普巴金剛的佛土，忿怒宮殿由八個屍陀林圍繞著，我們轉化凡夫的感知，而清淨這種錯誤的感知。在這個環境中，有情生命都是佛的三身的展現——安住於解脫的三個面向的範圍之中（空性本質的基；超越功德的道；以及超越希求的果。）

青藍色的 E 空間中

首先，要觀想一個廣闊的虛空，形狀是一個巨大的倒立藍色金字塔，開口向上，裡面是血海。

在偉大的岩石、蓮花、日輪和瑪哈德娃之上

在一個金剛岩上是所有忿怒本尊的法座。它由各種珍貴的材質做成。法座上是一朵無染的蓮花，象徵慈悲方便；蓮花上是象徵空性本覺的日輪。這些之上是瑪哈德瓦和烏瑪德維，前者面朝下趴在地上，後者仰面朝上。

三個金剛次第是：種子字次第、種子字轉化為智慧心之表徵的次第、表徵轉化為本尊的完全化現的次第，如下明示：

從種子字吽的轉化中
一個青藍色帶著吽的金剛杵出現

藍色的吽自己轉化為青藍色金剛杵，杵的兩端分別有向上和向下的五股，它們沒有朝向中軸，而是向外分開，意味著它忿怒的本質。當吽字和杵中央的手柄放出無量光芒，金剛杵變成了金剛童子。

閃耀出光芒四射
從法界的金剛之狀
不可抵禦的而光芒四射的忿怒尊出現

雖然金剛童子以無比忿怒的形態出現，展現出九種忿怒舞姿，他的智慧心從未離開過究竟的虛空。當一般人憤怒的時候，他們整個面容都改變了，他們滿臉通紅、口出惡言，對別人說：「你是賊，是流氓！」心裡怒火中燒。這是一般的憤怒。這裡沒有一絲常人的憤怒；普巴金剛安住在法身本質之中，從未離開過究竟的虛空。

儘管佛的寂靜顯現，如釋迦牟尼，出現於世並教授可以使人邁上解脫之道的佛法，但仍然有人認為佛法是無用和無意義的。為了要利益這類眾生，消除他們的顛倒見，諸佛示現了忿怒相。解脫如此顛倒眾生的心識這一壯舉，只能由已經成佛的聖者來完成。這就是為什麼普巴金剛出現在熊熊智焰之中，如此令人敬畏，任何魔眾和樓陀羅都不敢直視。

尊身青藍，三面六臂

他的青藍色象徵了不變的法身。三面是指他完全具足諸佛三身的證悟功德。他的六隻手臂象徵著他六度般羅蜜已圓滿。他右邊的白色一面帶著年輕的表情放聲大笑，代表化身。他左邊紅色一面，狠戾的放射出忿怒，表示報身。而他中間令人怖畏的藍色臉頰則象徵著法身。這三面上的九眼瞪視十方，搜索要殲滅的魔眾。從他鼻子中發出無量吽字。他張開的大口象徵著他在整個三時以及超越時間的第四時之中，都持續不斷的利益眾生。他的舌頭捲起，像閃電般振動。他露出三十二顆牙齒，特別是四顆獠牙，意為截斷了四生。

呼嘯雷震般阿繞哩聲

巨大的阿繞哩聲是金剛童子對空行母的雄壯呼聲。隨著這個呼聲，勇父和空行以及他們的整個眷屬侍從，別無選擇的要聚集到金剛童子周圍。

尊之眉鬚如火焰

他的鬍鬚和眉毛都放射出火花和火焰，焚燒所有的魔眾和障礙製造者。他的每一束毛髮都形如三角金剛橛的刀刃，兩萬一千根頭髮如火焰般衝向上方。其中一股結成一髻，戴著半個藍色五股金剛杵，杵中心住著金剛佛部的主尊不動佛。

第一隻右手持九股金剛杵

他的第一隻右手持著九股金剛杵，象徵著他深諳九乘內義。他中間的一手持著指向十方的五股金剛杵，這代表他五智的究竟證悟。他的第一隻左手捧著焚毀五毒情緒的火球。中間的左手拿著三叉戟卡章嘎，象徵普巴童子具備了三身的證悟特質，而他的力量可以穿透三毒（貪、瞋、癡）。下面的兩隻手攢著巨如須彌山的橛，意為金剛童子可以開展一切諸佛的事業。他外展的雙翼指向上空——右翼由珍寶做成，左翼由金剛做成；這象徵著他智慧與方便的雙運以及對三界的主宰。

金剛童子的嚴飾

由五種蛇圈成裝飾
他以血、脂、灰塗身
穿戴六骨嚴飾
如此全身具備十種嚴麗配飾
他的四條腿站成舞姿

金剛童子由十種華麗飾物莊嚴全身。三種是服飾：象皮、上身披剝下的人皮衣，以及虎皮——其頭在金剛童子的右側作裙。三種是鬘：一串為乾頭骨，一串是分解了的頭，還有一串是鮮人頭；它們象徵著他已消融了對現象實相的內、外、密三種執著。

金剛童子的每一面上方都有五骷頭冠，象徵了五毒清淨為五智。頭冠上懸掛著小珠寶做成的飾物。這些頭骨上用珍寶簇擁的五方佛部。中央是不動佛，不動佛右邊是比盧遮那佛，右邊是寶生佛。阿彌陀佛向後，不空成就佛在左。

他戴著五串發出嘶聲的蛇鬘，象徵摧毀了憤怒：白蛇鬘象徵皇室種姓，為冠；黃蛇鬘為工商種姓，作耳環；紅蛇鬘為婆羅門種姓，作項鍊；藍蛇鬘是平民種姓，作為他長長的胸環；黑色為不可碰觸的種姓，作為他的手環和腳環。

他的前額有三條屍林骨灰線，象徵著法身。他臉頰上塗抹的是他超度的樓陀羅的心血——象徵報身。他的喉間抹著人脂，象徵化身。他還穿戴著六骨裝飾：頭冠、頭骨垂下的環飾、耳環、項鍊、手臂環和腳環，這些都象徵著六度的圓滿證悟。他戴著藍色絲巾，並穿著金剛鎧甲。本尊所穿戴的十種莊嚴，是戰勝了樓陀羅戰利品，曾經它們都是樓陀羅的飾物。

他的四條腿，象徵著「神通四腿」，擺出舞姿，右邊兩條腿略微彎曲，左邊兩條腿立在地面。

他的胯間是雙運明妃

雙運像

他與洛格津母雙運，以示智慧與方便雙運。洛格津母是聖度母的忿怒相，身體呈比金剛童子稍淺的藍色。她一頭兩臂，伸出右手，持藍色優婆羅蓮花，象徵著清淨，手臂環繞在普巴童子的頸上。她的左手向他供養盛滿鮮血的顱器，象徵斬斷了負面情緒。她擁有少女的妙曼身姿，纖腰豐乳。除了沒在胸前佩戴著骨頭做成的網狀項鍊，以及豹皮裙，她穿戴著跟金剛童子一樣的五骨飾物。他們雙運於大樂。雖然顯現出狠戾相，但他們的心從未離開過究竟虛空的平靜。

他的頭頂是 嗡 吽 章 舍 阿

就如同我們在接受灌頂時觀想咒語，這裡我們觀想在普巴童子和他的明妃頭上是種子字嗡，前額是吽，章在頭的右側，舍在頸背，阿在頭的左側。這五個象徵諸佛淨除了五毒煩惱，證悟了清淨的五智。三門有著三個種子字，代表不可分的諸佛三身：白色嗡在前額，紅色阿在喉間，藍色吽在心間。它們代表了一切諸佛的身、語、意都完整於一印金剛童子之中。

從本尊密處之吽字種
出現一個金剛杵，中央以吽字標示
從明妃密處之磅字中
出現以她的蓮花中盎標示的太陽
他們任運在大樂之虛空中

金剛童子和洛格津母的密處不同於凡俗：男性器官是一個五股金剛杵，標有種子字「吽」；女性密處是一朵四瓣蓮花，標著種子字「磅」。他們雙運於不可思議的大樂之中。

本尊的毛髮呈半個金剛杵

作為圓滿了佛行事業的象徵，他穿著由多色交錯十字金剛杵做成的鎧甲，每個十字金剛杵都呈現為向東方杵尖為白色、南方杵尖為黃色、西方杵尖為紅色、北方杵尖為綠色、中央杵尖為藍色。從他所有毛孔中，眾多熾熱光耀的橛像閃爍的星辰一般飛出，充滿了虛空。

到這裡就完整了本尊身體顯現的觀想部分的解釋。

二、本尊的語觀想

第二，是持誦咒語：

在他心間，圓形光暈中
蓮座日月墊上
是智慧尊金剛薩埵
身白色而明亮，手持鈴杵
他環抱手持彎刀與顱器之傲慢母
結跏趺坐，在他命輪中的

金剛童子既非一個堅固如陶瓷、石頭或銅製的形象，也非呆滯的空性，而是像虛空中的彩虹；他充滿著智慧心的生命。對此的象徵是在他心中的圓頂光芒，一朵八瓣白蓮，日月座墊上坐著金剛薩埵——不動尊，大小如拇指的第一個指節。他是智慧本尊，金剛童子的寂靜相。他身體是明亮的白色，右手持金質的金剛杵於心間，左手拿著銀質的金剛鈴放在胯間。他與明妃傲慢母合抱。明妃的身體也是白色，手持彎刀和顱器。金剛童子坐姿為金剛坐，明妃坐姿為蓮花坐。

八角珍寶和日月上
是一個有深藍色吽字的藍色金剛杵
安住於日輪之中心
周圍是自鳴響亮的九個種子字

在金剛童子的心中，是一個八面的珍寶，像一個褐色的瑪瑙。珍寶之中的日輪和月輪（直徑都如豆子大小）上，立著一個藍色的金剛杵（大小如一顆麥子），金剛杵中間手柄裡有一個日輪，日輪上是一個藍色的吽字（大小如芥子），圍繞著吽的是持續念誦著的咒語嗡・班雜・磯哩・磯拉呀・吽・呸。這些種子字雖然都極度微小，就像用髮尖書寫的一般，但還是看得出其輪廓，種子字的左側向著圓圈中心。整個咒語繞成一圈，按照讀誦順序逐次消融。

咒字放射出強烈光芒
向十方諸佛勝者
作身、口、意之愉悅供養
迎請一切身、口、意的加持
以白色嗡、紅色阿和藍色吽呈現
無量無邊

從中心的種子字和其他環繞的九個種子字放射出光芒，向十方世界無量佛土的諸佛菩薩作供養。持續住於超越輪迴染污的大樂的諸佛，見此光芒而歡喜。

當它們融入我的三門
我接受到灌頂、加持和成就

諸佛灑以無量的種子字作為加持來回應：白色嗡是他們身的加持，紅色阿是語的加持，藍色吽是意的加持。當這些種子字相應於我們的前額、喉間和心間消融，我們便接受到諸佛智慧的身、語、意的加持，並於諸佛融為一體，無二無別。

諸佛上師們皆歡喜

光作為供養令勝者諸佛菩薩們歡喜；當光觸碰到我們的金剛兄弟姊妹，修復了有可能違犯過的三昧耶；當接觸到空行護法時，平息了他們對我們錯誤的行為和修持的不悅；當碰到要傷害無上教法的邪惡力量時，它們立刻被減損到塵埃；當碰觸到輪迴中的六道眾生時，清淨了他們的覆障，消除了他們的痛苦。

三、本尊的意觀想

本質上，我們應該就此將一切外相感知為金剛童子的外形，一切聲音——包括狗吠聲、馬嘶聲、鳥叫聲、風聲和溪流聲——都像修復了金剛兄弟姊妹間違逆的咒音：嗡 嗡 · 班雜 · 磯哩 · 磯拉呀 吽呸。就這樣，將一切現象觀為究竟本質的展現。

你的心的本質應該被視爲
普巴童子本身

安住在無整治的心性之中——那本初的純然，明白過去的念頭不再顯現，未來的念頭還未生起，而當下的念頭，一經檢視，毫無實質。將一切色、聲、念頭感知為金剛童子的身、語、意，這被稱為「不變智慧之釘」——不被任何障礙影響。

嗡 · 班雜 · 磯哩 · 磯拉呀 · 薩爾瓦 · 畢葛念 · 磅 · 吽 · 呸

嗡，是開頭的種子字，象徵了五智。
班雜，不變金剛，指金剛童子和洛格津母。代表金剛童子的金剛身、語、意不被任何障礙阻力影響。
磯，代表十位嘿汝嘎。
哩，指的是十位女性忿怒尊。
磯，指一些次要的化身，食人魔等。
拉，指另外一些次要的化身，殺人魔等。

呀，象徵著二十一位尊勝心子。
薩爾瓦，一切，指更多的化身，普巴衛士。
畢葛，指的是濕瓦那（shvanas）等眾。
念，代表四位拉瑪蒂（rematis）等眾。
磅，指的是布密帕蒂（bhumipatis）和聖眾。
吽，祈求忿怒尊和殊勝的智慧心。
呸，象徵魔眾和製造障礙者的心識解脫至究竟本質。

念誦時，你應該結合「收放光芒之事業釘」和「不變智慧之釘」。

如此念誦。座間供食子。
觀想絢麗的食子爲本尊而接受灌頂。

觀此修持之廣大利益，平定一切障礙。我們必須決意去修持它。

秋吉・德千・林巴從伏藏隱藏處取出了這本經典寶藏，並供養給了蔣貢・康楚仁波切。這個伏藏法被認為是秋吉・林巴和蔣貢・康楚兩位仁波切共有的。在察扎・仁欽・扎寺的晚課護法修持的開頭，都會念誦這個法本。

| 第五章 |

一印金剛橛儀軌修持

根據《密義精髓》教法的釋論／鄔金．托嘉仁波切

絕大部分的印度和西藏大成就者，都是修持普巴金剛獲得完全的成就。

《密義精髓》實際上注定是屬於蔣貢．康楚的伏藏；但是秋吉．林巴助他一臂之力。秋吉．林巴發掘出《秘密心髓三部》並交予了他。蔣貢．康楚自己掘出來的是《三本尊》——上師心髓的三部，以及三部空行心髓。

普巴金剛教法簡要

根據秋吉．林巴的修法傳承，在咐囑任何護法開展事業之前，行者需要觀想自己為本尊。

解釋金剛橛——普巴金剛的修持有三個方面：如何觀想本尊的外形，這是身的方面；如何持誦咒語，這是語的方面；以及如何安住在真如三摩地，是心的方面。這裡包含的另一個法本中，卡美堪布以《秋林伏藏》做了詳盡的解釋。卡美堪布說他寫下這個法本，是依照秋吉．林巴本人給予的教導和建議，同時也是來自他多次指導自己寺院以此為日修儀軌的僧眾修持的經驗。

秋吉．林巴有三種普巴伏藏：出自《甚深七法》的「七法普巴」

（Zabdun Phurba），屬於大瑜伽密續；阿努瑜伽口傳的隆魯普巴（Lungluk Phurba）；以及竅訣（men-gnag）的阿底瑜伽便是這個密義普巴（Sangtik）。

竅訣的方式是指你單純觀想單身的普巴金剛，你自己就是本尊。周圍的本尊是十忿怒尊及他們的明妃，另外十尊和明妃，以及守門神。他們通通合而為一稱為竅訣方式。另外一種解釋方式，通常說來總和起來是普巴壇城的七十五本尊。

寧瑪傳承有兩個部分：密續和成就法。這是屬於成就法的部分，合在一起的還是有竹巴噶傑——八大嘿汝嘎成就法：文殊身、蓮花語、真實意、甘露、功德和橛事業。這是屬於橛事業的成就法。

絕大部分印度和西藏的大成就者都是由修持橛而獲得了完全的成就。跟這個修持的灌頂有關的闡述對此做了解釋。寂靜尊為金剛薩埵、金剛手和摧破金剛。忿怒尊外形也是金剛手；根據新派，另一個是怖畏金剛；以及金剛橛。這些不同本尊實際上是同一身分。他們外相不同，本質完全一樣。

當蓮花生大士在揚烈修的阿蘇拉山洞修持揚達嘿汝嘎，即將獲得殊勝的大手印成就時，魔眾製造了很多障礙。為了遣除障難，蓮師展開金剛橛壇城，並獲得了殊勝成就。後來，他在西藏讓所有神祇發誓成為護法，也是透過金剛橛的方便。

偉大的班智達無垢友也是修持橛而成就。當時他遇到一個很大的障礙，他舉起揮動金剛橛，將恆河水逆流。之後，當蓮花生大士展開壇城，並給予他在西藏的親近弟子口傳、教授等時，耶喜·措嘉得到了特別的口傳，而金剛橛就是她主要的本尊，由此她獲得了成就。

一次，她只是把普巴舉起，便讓一隻烏鴉跌落在地。

蔣揚·欽哲·旺波個人就有大概五十五種不同的橛的修持。他的弟子雪謙·嘉察·貝瑪·南嘉也是一位修持橛的大師。他的另一位弟子——全知的扎西·帕究——頂果·欽哲仁波切，也是從曲旺傳承接受到橛的修法，並將此作為他個人特別的本尊。他也根據七種不同普巴傳承，給予了完整的念誦，包括「甚深七普巴」（Zabdun Phurba）、釀魯普巴（Nyanglu Phurba）[23]和內俱普巴（Nyen-gyu Phurba）[24]。

到此所講的是用解釋歷史背景的方式令人生起確信；這在橛的傳統中，是給予教授時必要的主題。

一印金剛橛

很多權威典籍包含了密續的原文，比如《十萬續咒》（Bum Nag），《十萬續》，和《十萬續心要》（Bumtig）。薩迦班智達也闡述過橛的口傳，蔣貢·康楚關於橛的廣釋收在《續部總集》（Gyude Kundu）、《成就法集》和其他典籍中。這樣，橛的經典組成了廣大的系列。

在寧瑪派傳承本身，幾乎每一個伏藏師都發掘出至少一個普巴的伏藏法，有一些發掘出多部。當代的伏藏師之中，敦珠仁波切有兩部普巴修持：《南察普赤》（Namchak Putrii）和《惹蓬》（Rekpong），頂果·欽哲仁波切有一個極其詳細的，叫作《尼亞魯普巴》（Nyakluk

23. 中譯注：大伏藏師釀·熱巴堅·尼瑪沃瑟的普巴修法。
24. 中譯注：口耳相傳的普巴修法。

Phurba）。但我們這裡學習的是秋吉·林巴的《密義普巴》（Sangthik Phurba）。

這個法本叫做《一印金剛橛修持》（Dorje Shonnu），根據的是秘密心髓的教法。金剛童子是秘密心髓諸多廣大教法中的一個。每一個法本都可以有很多修持的方式，繁簡不同；但這是單身，叫做一印。

皈依發心

接著是皈依：

南無普巴童子耶

接下去幾行：

這一事業的修持
是偉大而輝煌的金剛童子濃縮爲精髓

因此，這是一個偉大而輝煌的金剛童子的精要修持。這裡，我不會逐字逐句的解說整個修法，因為那需要好幾天的時間，而且卡美堪布已經寫了一個極好而詳細的釋論，你們都可以去閱讀修學。此外，如果解釋其中一些文句，又忽略另一些文句，這樣是不合適的。舉例來說，單單「偉大而輝煌的金剛童子」（palchen Dorje Shonnu）這一個名相，都可以談很多。但我不打算這麼做。

在你自己面前觀想所有皈依境

在你面前的虛空中，觀想皈依的對境，包括金剛童子、所有上師、本尊和空行，以及這個傳承的所有護法。想像他們栩栩如生的出現在你前面虛空中。在他們面前，你和如虛空般無量無邊的一切有情眾生一同皈依。以恭敬的姿勢，雙手合十當胸；以恭敬的音聲，念誦皈依文；並以恭敬之心，確信自己皈依的意義。作為日常修持，你可以念誦這四句三遍，但如果你是跟護法修持連起來做，那就只需要念誦一次。

上師及三寶
嘿汝嘎和空行
一切皈依海眾前
直至證悟我皈依

接下去四句是生起菩提心：

爲利一切有情眾
我願證悟佛道
爲調伏製造障礙之魔眾
我要達至勝者位

在竹巴噶舉的寺院，有一個密義普巴的特別念誦方式：他們會念誦皈依發心三次，接著敲鼓伴隨主要觀想的偈頌。在我們慈克和內頓寺院傳統，我們只是從頭通念一遍，沒有重複或擊鼓。無論如何，皈依發心是在任何修法開始不可缺少的，它們總是要重複幾遍。

生起次地：三個三摩地

現在主要的部分開始了：

金剛忿怒破除瞋恚
明耀光亮的藍色

在虛空中央以一明點顯現
放射出吽字光芒遍十方
顯相和存有都是普巴之界域

青藍色的E空間中
在偉大的岩石、蓮花、日輪和大天之上
從種子字吽的轉化中
出現了一個深藍色帶著吽之標記的金剛杵
閃耀出的光芒四射
從法界的金剛之狀
不可抵禦而光芒四射的忿怒尊出現

在三個三摩地之中，第一句「金剛忿怒破除瞋恚」，屬於真如三摩地。它指的是空性，但是以一種忿怒的方式。那什麼可以破除瞋恚呢，確定嗎？除了慈悲，別無其他。你可以說慈悲是對治瞋怒真正的利器。

「明耀光亮的藍色」[25] 代表了第二個三摩地。它是空性和慈悲的雙融，顯現為「在虛空中央以一明點顯現」，也就是種子字吽，第三個三摩地。卡美堪布對此提供了一個非常複雜的釋論；但簡短來說，這就是它的意義。

這裡，「金剛」指的是空性，因為空性具備金剛的七種特質：不可切割、不可摧毀、堅固、密實、真實、不可戰勝，以及不受任何事物阻隔。空性因此被形容為如同金剛一般。唯一能夠降伏和摧毀瞋

25. 英譯註：「藍色」的「色」有不同的翻譯，正如怙主頂果．欽哲仁波切釋論指出的，表示「武器」。鄔金．托嘉仁波切在此借用了這個意涵。

恚或憤恨的武器就是慈悲。因此，這就是明耀光亮的藍色所代表的意思。這破除瞋恚的慈悲是跟空性不可分的，它在虛空中央以帶著吽字的明點顯現。這樣，真如、遍顯和種子字三摩地就完整了。

開頭的兩句在絕大多數橛修持的法本中是同樣的文詞——包含薩迦傳承的口傳，甚至是在印度金剛橛密續的薩迦班智達的藏文翻譯中，也都能找到。蔣貢．康楚對這兩句的解釋比較容易理解，但是我用了卡美堪布的解釋，因為他是親近秋吉．林巴的弟子。

吽如彩虹、日、月般出現在天空中，光芒放射到十方。光芒所及之處，皆化為金剛橛之淨土。金剛橛之淨土的與眾不同之處是它有忿怒宮殿、屍陀林和忿怒的配飾和裝飾物。這意味著一切的顯相，所有被感知到的，都是金剛橛的顯現；所有聲音都是金剛橛的咒語；每一個心的狀態都是金剛橛遍一切處的覺醒的狀態。儘管法本沒有指出宮殿，卡美堪布特別提到了它。在宮殿裡是一個青藍色的藏文字母 E，這指的是一個三角的形狀，像是一個平台。

一個忿怒宮殿看起來像什麼？它的牆壁是由新鮮、陳舊和新的頭骨做成。它有水怪的飾物和人皮做成的旗幟。宮殿頂上的皇冠裝飾是樓陀羅的心臟等等。每個忿怒尊都站在一個像石山一般的巨大的岩石上。

金剛橛站「在偉大的岩石、蓮花、日輪和大天之上」，其實這裡由兩者組成，一個男性的面朝下，一個女性面朝上。

根據忿怒壇城的解釋，吽字沒有降落在宮殿中央；其實它像是閃電的光一樣攢動。它並沒有立即轉化為本尊，而是先形成帶著吽字的深藍色金剛杵，金剛杵向周圍放射出光芒，光中是對一切諸佛所做的各種供養。光芒回收，帶回身語意的加持，尤其是事業的加持，融入金剛杵。這時，金剛杵才轉化為普巴金剛。

普巴金剛的身觀想

尊身青藍，三面六臂
右臉白色左臉紅正中臉頰爲藍色
九隻眼睛瞪視十方
三嘴張開舌捲曲，露出獠牙
呼嘯雷震般阿繞哩聲
尊之眉鬚如火焰

法教說金剛橛一面為令人敬畏相，一面大笑，另一面咆哮。每一面都有三隻眼，總共九隻眼，瞪視十方。他的嘴大開著，舌頭捲曲，露出獠牙。在一些橛的法本中說其中一面呲牙裂嘴，這裡講三張嘴都是打開的。你可以看到本尊捲起來的舌頭和四顆獠牙。對於它們所象徵的意義，有很多解釋。舉例來說，三面體現的是三毒煩惱的轉化，十二顆獠牙代表十二因緣支的逆轉。舌頭捲曲大吼出阿繞利聲，或是發出欣喜大笑。他的鬍鬚和山羊鬍子冒著烈焰。

頭髮衝向上
於中成半金剛
髻中爲上師不動佛

據說有兩萬一千根頭髮衝向上方。你應該觀想在頭髮中有半個金剛杵，把頭髮綁起來。金剛杵中間是空的，上師以深藍色不動佛的外形坐在中間，除了骨頭飾物，全身赤裸。

第一隻右手持九股金剛杵
中間一手持五股金剛杵向十方
第一隻左手持火團
中間一手持三叉戟卡章嘎
後面雙手舞動須彌普巴

九股的意義代表建立九地的證悟，而五股是淨除五毒。九股金剛杵向上，五股金剛杵向十方轉動。他的另一隻手捧著就像山堆的一團火。另一隻手握著三叉戟卡章嘎。火堆有五角火焰，消除五毒，而卡章嘎的三個角是穿透三毒。他主要的兩隻手臂放在心間，握著一個如須彌山大小的橛。因為這個三叉戟就是所知的須彌普巴，所以有的唐卡畫師將橛的手把頂部描繪成須彌山的形狀，但頂果・欽哲仁波切親自告訴過我，說那是很大一個錯誤。然而還是有一些喇嘛錯誤的那樣認為。金剛橛密續也是陳述說，這意味著橛跟須彌山一樣大。

壇城和普巴金剛的嚴飾觀想

金剛橛壇城有主要的三種：根本壇城是外形為金剛橛的你自己；忿怒壇城是圍繞著你的十個忿怒本尊；實物的壇城是你手上握著的金剛橛。

帶著展開的金剛寶翼

右邊的羽翼是金剛杵製成，左邊是由珍寶做成。它們完全展開。我看到過一些唐卡只在羽翼的尖上有金剛杵和珍寶。那是不正確的。整個翅膀都是用金剛杵和珍寶做成，而翅尖像鳥一樣有著羽毛。

身披大象人皮衣
下著虎皮爲裙
配戴三串頭顱鬘
頂飾五乾顱冠
每一頭顱以珍寶嚴飾
五類蛇飾
血、脂、灰塗身
穿戴六骨嚴飾
如此全身具備十種莊嚴配飾
四條腿以舞姿站立

他上身服飾是用大象和人皮製成的，下裙是用虎皮製成。他上身纏繞著三圈綁著像子彈包的三個頭顱的項鍊。一個是鮮血頭顱，一個是壞腐的頭顱，另一個是一串頭蓋骨。

他還穿戴著飲血尊的其他十種嚴飾。這些都是他降伏了樓陀羅之後獲得的各種佩飾。對這些佩飾的解說有幾種，比如說八種屍林佩飾，加上雙翅和火團，但我建議用卡美堪布的版本。

雙運的觀想

他站立著，一條腿略微向外舒展。這有點像皇族坐姿的站立版。

尊之胯間爲雙運明妃
青藍色光耀的洛格津母
她的右手持藍蓮擁著佛父
她的左手托著盛滿鮮血之顱器
她具足完全成熟的少女之姿

身著五種嚴飾
她的左腿彎曲盤繞在佛父腰間
右腿舒展，與佛父雙運於大樂

他的明妃洛格津母坐在他的胯間。她深藍色，光耀明亮，右手持藍色蓮花擁著佛父。有些版本中，她手持卡章嘎。《甚深七普巴》沒有提到這個觀想的部分，但是讚頌文說她有拿著一個。她「具足完全成熟的少女之姿」。換句話說，她胸部豐滿，密處完全發育成熟。她幾乎全身赤裸，只佩戴著五骨嚴飾，即五種骨製的珠寶。她彎曲左腿繞在金剛橛腰間。她站立的右腿伸展，他們任運於大樂中。這邊沒有明確交代，但她實際上有穿著豹皮裙。

三門與三個種子字

尊之頭頂為嗡吽章舍阿
具五智之本質
三門示以嗡阿吽
身、口、意之加持

他頭頂的咒語「嗡吽章舍阿」在小頭骨裡。這裡的觀想可能複雜化：他頭上戴著寶冠，寶冠下是忿怒本尊，是指本尊具足五智的本質。這就是「頂飾五頭顱冠，每一頭顱以珍寶嚴飾。」所象徵的。

他的三處有代表身、語、意的嗡阿吽。這表示我們可以用更詳細的方式觀想三種外形的本尊，三個符號是中等程度的觀想，三個種子字是濃縮的版本。如此，他具足了身、語、意的加持。

大樂

從本尊密處之吽字中
出現一個金剛杵，中央以吽字標示
從明妃密處之磅字中
出現以她的蓮花中盎字標示的太陽
他們任運在大樂之虛空中

在男性密處中央是一個種子字吽。女性本尊有一個種子字磅。在尖上，意為在內，是種子字盎。根據卡美堪布的說法，吽和盎是相互碰觸在一起的。這樣，「他們任運在大樂之虛空中」。

本尊的毛髮呈半個金剛杵
配戴十字金剛杵之盔甲
橛擦擦如星辰般向外放射

普巴金剛全身每一根毛髮都是半個金剛杵，它們向十方放光，就如同流星閃爍。大部分忿怒本尊都有交織的鎧甲，放射出細小的普巴金剛，像流星一般。

放光供養

在他心間圓頂光暈中的
蓮座日月墊上
是智慧尊金剛薩埵
手持鈴杵白光身
他環抱手持彎刀與顱器之阿托巴

結跏趺坐，在他命輪中的
八角珍寶和日月上

是一個有深藍色吽字的藍色金剛杵
安住於日輪之中心
周圍是自鳴響亮的九個種子字
咒字放射出強烈光芒
向十方諸佛勝者
作身、口、意之愉悅供養

講到這裡，我們一直在談的是身體方面的生起次第。現在我們到了他心內的部分。那是一個藍光的圓頂。在西藏，我們沒有什麼藍色帳篷，但它們在西方很普遍。這個圓頂有八面，因此它是個八面體。裡面有一朵蓮花，花上有日月座墊。座墊上坐著普巴金剛的智慧尊——金剛薩埵。他全身光亮純白，拿著金剛鈴杵，擁著手持彎刀和顱器的傲慢母。這是金剛薩埵和明妃雙運典型的描述。金剛薩埵跏趺坐，明妃坐姿不是雙盤。

金剛薩埵的命輪（心中），是一個八角珍寶，在頂部、底部和各面都有尖端。珍寶裡面是日月座墊，其上有一個藍色五股金剛杵。金剛杵中間是一個日墊，上面立著一個深藍色吽。它被咒語字母嗡・班雜・磯哩・磯拉呀・吽・呸圍繞，咒鬘自發其音（非長咒）。金剛杵跟你拇指的第一個指節一樣大小，大概一寸。日墊像半個豆子大小。半個豆子大小的日墊上的吽如一粒麥子大小。嗡・班雜・磯哩・磯拉呀・吽・呸的九個種子字纖細得如同是用一絲髮尖書寫的一般。每個種子字迴響著各自的咒音。咒鬘發出無量的光芒，射向各方，向十方諸佛做悅意的身、口、意供養。

收攝灌頂

迎請一切身、口、意的加持
以白色嗡、紅色阿和藍色吽呈現
無量無邊
當它們融入我的三門
我接受到灌頂、加持和成就

諸佛所有的身、口、意加持以無量的白紅藍三色的嗡阿吽的形式回收到自身。它們融入你的心間、喉間和前額三處。我們想像它們在我們這三處消融於白色的嗡字，紅色的阿字，藍色的吽字。由此，我們吸收並得到諸佛身、口、意的一切灌頂、加持和成就的聖化。

諸佛上師們皆歡喜
法友間的分歧裂痕得到修復
空行護法之不悅皆消散
一切傲慢者都投入事業
魔眾及毀壞三昧耶者都歸於塵土
有情三門的所有覆障皆清淨

光芒再次放射出去，向一切善逝和大師們作供養。光芒射出去觸碰到你的金剛兄弟姊妹，清淨他們破損的三昧耶誓言。你的金剛兄弟姊妹是指那些跟你一起接受過灌頂、密續教授等等的人。透過這個修持將你們之間的任何違犯的三昧耶都修補好了。接著，光芒再放射出去，清淨所有跟空行護法之間的虧欠和不悅。這意味著空行護法所持守的損壞了的三昧耶得到清淨。光芒再一次照射出去，讓八種傲慢者聚集起來，開展事業。再一次的光芒照射出去，淨除了一切的魔眾和三昧耶違犯者。換句話說，當光芒碰觸到魔眾和三昧耶違犯者，他們即分散消失了，就像被吹走的一堆塵土。當光芒照射到一切三界輪迴的有情生命，清淨並完全掃除他們的覆障、惡業以及迷惑的感知。

心即普巴童子

一切所見皆爲本尊身
一切聽聞皆爲咒音
一切念頭都視爲智慧的顯現
你的心的本質應該被視爲
普巴童子本身

嗡・班雜・磯哩磯拉牙・薩爾哇・畢葛念・磅・吽・呸

如此念誦

十八咒字的意義

接著我們念誦這裡寫的十八個字（音節）的咒語。有時候提到三個咒語：九字咒語作為念誦；上面十八字咒語是成就；另外一個叫做閻魔，是開展事業。還有一個是把念誦、成就和事業三者合而為一的咒語。要將所有這些統包在內是相當困難的，難就難在要找到一個伏藏法本是包含所有咒語的。我不確定這是為什麼。或許一些教導因為某些原因是保密的。無論如何，在同一個法本中看到所有的咒語是非常稀有的。甚至如《甚深七普巴》的廣釋這個法本，除了談到較低層的事業的時候講述相當詳盡，也沒有一個深入的持咒觀修的練習。

對於十八字咒語的意思，你應該依循卡美堪布的解釋。總之，這是關於念誦的語方面的指導。最重要的，你應該視自己心的本質為普巴童子本身。那就是禪修本身的狀態——雖然我對此一無所知，因此不再試著解釋。

供食子與身語意灌頂

座間供食子
觀想絢麗的食子爲本尊而接受灌頂
開始時供以鮮花

供鮮花實際上是指獻曼達。法本後面說要供食子。根據伏藏法，在日常修持的咒語念誦之後，你要立刻供養食子，再進行到自傳法。自傳法只是在閉關或類似狀況下才做，否則沒有必要。

上師非凡的嘿汝嘎
金剛童子，佛父與佛母
請給予我加持
授予我無上的身、口、意灌頂

如此祈請並將自身觀作本尊

從本尊食子之三處
放射出白、紅、藍三光
融入自身三處
三門所有覆障皆清淨
獲得身、口、意的灌頂

食子是根據傳統而做成特定的形狀。但當觀想到食子的時候，你應該視之為普巴金剛與明妃，身邊圍繞著十位忿怒尊和他們的明妃，二十個妊妲（tratap 譯按：華麗繽紛狀），四個護門，以及二十一位心子——所有都完整齊全。朵瑪有四種解讀。這裡解讀為本尊。觀想代表本尊的食子三處射出白、紅、藍的光芒。當這些光芒進入你的三處，「三門所有覆障皆清淨」。這裡是指你的身、語、意，得到身、語、意的灌頂。

根據灌頂的解釋，當接受到白光，你想像普巴金剛放射出無量小小軀體的忿怒本尊，進入你自己的前額（你自己也是普巴金剛的外形），清淨所有覆障和過去身體行為造成的惡業。透過這樣的觀想，你便接受到普巴金剛身的灌頂和成就。當從普巴金剛處接受到紅光在自己喉間，同樣無量微小軀體的普巴金剛，進入你的身體，清淨所有過去語言行為造成的惡業，清除一切音聲方面的覆障，比如暗啞、結巴、言語遲鈍和音聲微弱。與此同時，你接受到普巴金剛語的成就。從普巴金剛的心接受到藍色的光，進入你自己心間，清淨無數過去生直至現在的一切心理層面的惡業和所有覆障等等，包括暈厥、瘋狂或其他心理混亂。如此，你獲得普巴金剛心的成就。

接著你想像所有朵瑪所代表的本尊——金剛橛和周圍的本尊——從頭頂融入作為金剛橛的你自身。當給予自傳法的灌頂時，有一個念誦，是要呼請每一位傳承上師的加持、成就等等。他們全體都降臨並融入你的相續無二無別。

這裡的念誦是：

吽

食子容器爲深藍色三角的明燦空間

食子精髓即是顯耀的偉大嘿汝嘎

聖者普巴童子，忿怒尊之王
以及無上明妃救度母洛格津母
伏魔者，十位忿怒舞者和明妃
至上的法子以及一切門神和護法

此刻打開你有力量的三昧耶之門吧
賜予我的身體崇高無比的身灌頂
掃除色身的病痛、魔障、過失和遮蔽
讓我成就虹光金剛身

賜予我的語無上梵天音聲之灌頂。
消除語之覆障、不順及喑啞
請賜予忿怒咒語之力的成就
賜予我的心無上的平常心之灌頂
平息內心的障蔽、癲狂、撞擊和疾病
給予我成就心的殊勝加持

此外，避免巫術和邪咒
殲滅惡意與惡念
增進壽命、福德、榮耀與財富

持誦的咒語最後再加誦：
卡亞 伐卡 齊塔 薩爾瓦 悉地 帕哈拉 阿比肯雜 霍

藉此接受灌頂

現在我們到了供食子的部分。第一段，我們將食子轉為甘露而使它裝臟。

供食子時念：

讓 樣 康
焚毀、分散、滌淨食子
從空性狀態之風火人頭爐灶上
巴榮 中化現廣大開闊之顱器
郭 谷 達 哈 那 中出現五肉

畢 木 瑪 嚷 東 之中流出五甘露
標誌有金剛杵之日月蓋
加入風、火而使甘露融化燒煮
蒸氣積聚輪涅之一切精華

它們化現成五方佛與佛母，雙運大樂
連同日月蓋，他們融於菩提心
誓言和智慧如甘露相容不可分
空中充滿妙欲供養雲
嗡 阿 吽 霍

舉起右手指向左手
以拇指和其他手指合攏結手印裝臟

這裡，當念誦著「讓、樣、康」時，觀想金剛火焰、風和水流透過焚燒、分解和洗滌來清淨食子。接著觀想，從空性狀態中，出現了安放於架子上的顱器。顱器跟虛空一樣廣大，下面有風和火。它裡面裝著由五字「郭谷達哈那」而來的五肉，以及由「畢木瑪嚷東」而來的五甘露。它們盛滿了顱器，顱器的蓋子是用日月做成，帶有金剛杵手把。風吹動火焰，加熱顱器所盛物直到沸騰冒出蒸汽。蒸汽積聚所有輪涅狀態的精髓甘露，隨之化為雙運的五方佛及佛母。五方佛與佛母的菩提心之流也融於大熔鍋。最後，在大樂狀態中，它們與日月蓋和金剛杵都消融於菩提心的甘露。這樣，誓言尊和智慧尊無別的交融於甘露中，並放射出無量妙欲享用之物的雲堤，充滿虛空。當如此觀想時，結一個特定手印並念誦「嗡阿吽霍」三次，接著根據秋林傳承，結金翅鳥手印。「舉」和「指向」實際是指你用雙手做的同一個手勢。敏珠林的方式是立刻結一個手印（金翅鳥）。

這好像是你在舉辦一個聚會之前要準備好餐點。現在食子準備好了，你要邀請賓客入座。

吽
從法界之宮殿
世尊普巴童子
以及隨侍你的護法和持守誓言者
請授予灌頂和成就

為了我能夠達到普巴之成就
忿怒之智慧，祈降臨
忿怒之智慧，此刻正在來臨
展現其徵兆和印記
並授予普巴之成就

班雜 薩瑪 雜

這是相當容易理解的。你自己就是偉大輝煌的金剛橛，從你的身體放射出光芒。當你祈請金剛橛從法界宮顯現，同時帶著展現金剛橛事業的護法及誓言守持者——主要的十二類眷屬們。你請求他們給予灌頂和成就。你結另一個手印，如果你有樂器，現在可以吹奏。

這時，你應該觀想，七十五層的普巴金剛壇城所有賓客雲集在你前面虛空中。

吽
此神聖無上之供養
放射出五智之光芒
以五欲對境充滿而嚴飾
因你心三昧耶，祈請納受

嗡 舍利 班雜庫瑪拉 達瑪 帕拉 薩帕里瓦拉 布唄 度唄 阿囉給 岡碟 涅韋迪亞 夏達 普拉迪察耶 梭哈
瑪哈 班雜 阿蜜日達 卡讓 卡黑依 哈瑪 然達 卡讓 卡黑依
嗡 班雜 磯哩 磯拉牙 薩帕里瓦拉 伊當 巴鈴 格日杭南圖 瑪哈 薩瓦 悉頂 美普拉亞嚓
嗡 班雜 磯哩 磯拉牙 達瑪 帕拉 薩帕里瓦拉 伊當 巴鈴達卡 卡 卡依 卡依

這些是獻供的文詞。這個咒語配合傳統的供養——從供花到第二行的音樂，還有甘露、供血和主要的朵瑪供養各有一行。我們想像所有本尊都享用我們供養的食子甘露。從他們舌頭放光到甘露，吸入精華甘露，就像我們用吸管喝蘇打水。同時，你結手印並彈指，先是供養智慧尊，接著供養周圍的眷屬。

「卡 卡 卡依 卡依」的意思是：「請享用！請享用！」

接著他們接受過朵瑪供養之後，你供養禮讚：

吽

爲利有情故請善巧行

透過慈愛和悲心，你調伏需要幫助之人

圓滿佛行事業

我向一切普巴事業本尊頂禮讚歎

供養完食子、做完禮讚之後，你呼請賓客，這是請求他們完成特定的事業。

呼請事業成就

吽

從超越建構的如是之無造作虛空

展現出任運當下的偉大加持的熾烈之形

尊勝輝煌的普巴童子

及其勝妙的明妃，救度母洛格津母

全知者普巴金剛

十位忿怒尊、佛父佛母、噬殺人之主

二十一聖子，四位忿怒女門神

主宰者、君主、地主和偉人

連同普巴護法和誓言守持之海眾

這段包含了你祈請的對象。你呼請他們的名字。接著說出你的請求：

從無形的虛空化現出身形

接受外內密供養的三昧耶加持物

以及甘露、鮮血、食子的供養

爲了我們所有人——師徒、供養主、受益人以及眷屬

保護我們的三門及資具
給予身口意成就
平息疾病、阻力與障礙
增長壽命、功德、榮耀與富足
攝受三界與三有
展現減少敵意及令阻力消散之事業
反轉所有黑法及邪咒
示現吉祥善妙

如此懇請

首先你請他們接受供養，接著祈請他們的行動。「我們所有人——師徒、施者、受者」意為所有你的功德主等以及他們的跟隨者和眷屬。「保護我們的三門」指的是身、口、意以及我們的資具和所有。餘下懇請的內容包含所有四種事業。

消融智慧尊於自身
世間凡夫各歸其位

接著，你面前虛空的智慧尊消融於自身，並請求他們的世間眷屬回歸本位。

接下來一段陳述做此修持的結果。

由此淨除一切障礙
所有願望悉皆成就
因此盡力做修持
這一甚深口訣

為利未來之世而封存

願它適逢業緣相應之人

有著如此大的善德，因此你要精勤於這個修持。「這一甚深口訣，為利未來之世而封存。」出自蓮花生大士之言。「業緣相應之人」指的是伏藏師，這裡就是秋吉．林巴。

三昧耶印印

轉世伏藏師秋吉．德千．林巴從如察日的珍寶岩（察扎仁欽扎）掘出這個伏藏，而後在昆桑．德千威瑟林上閉關之中寫成。貝瑪．噶吉．旺楚（蔣貢．康楚．羅卓．泰耶）將此記錄下來。願善妙增長。

修持的其他要點

當你以索噶（solka 譯注：供護法儀軌）方式修持這個法本時，首先要念誦旺楚．多傑所寫的傳承上師祈請文。接著做主要的修持：以皈依發心開始，然後觀想。接著，念誦咒語一百次。跳過自傳法的部分，直接到供養食子，接著做祈請。如果你有特別的護法，接下去就修此護法。

根據祖古．烏金的傳統，當你對護法有具體的請求時，要採用《護法總供》（SUNGMA CHITOR，頌瑪持哆）。我們（內頓寺）採用的是《具誓總供》（DAMCHEN CHITOR：當欽持哆）。這些法本最後都有它們自己的供養、禮讚和迴向。但如果你只是做上師本尊（Lama Yidam）和長壽偈頌做護法修持，那你應該以薈供法本最後的念誦作為結束——包含供養、禮讚、消融、再現、迴向和吉祥偈等。這在密義普巴法本本身找不到，但是另一個標題為《隆魯普巴》（Lungluk Phurba）的法本中有這部分。蔣貢．康楚把它添加進去，因此成為了一個傳統。

如果你做的是《護法總供》，它有自己最後的結行，包含了吉祥偈。因此你不需要再從其他地方找來。

普巴金剛實修問與答

問：如何準備薈供？

仁波切：結合薈供法本與伏藏根本頌是可以的。蔣貢・康楚也這麼說。旺楚・多傑也整合過這樣一個普巴法本。你可以選任何一個作為薈供的法本。我個人偏向於用旺楚・多傑的法本。不過，當不做薈供時，就只用根本頌法本即可。當要做薈供時，你就需要不同的供品，比如魔障食子（gektor）和不同的物品，這在旺楚・多傑的法本裡面都包含了。如果你只是用根本頌法本，那麼不需一定需要準備食子；你用餅乾之類的便可。在寺院每天的課誦儀式，僧人們日常在結合護法修持的時候，用的是伏藏根本頌法本。

當秋吉・林巴還在世時，開始他都只會用《珍寶總集》（Kunchok Chidu）伏藏法為護法供養的總綱。但在他四度造訪德格地區中的第二次時，在察札・仁欽・扎發掘了這個伏藏法。此後，便一直都用它了。他問過蔣揚・欽哲如何為護法做供護法儀軌（solka），蔣揚・欽哲告訴他用敏珠林的《具誓總食儀軌》（Damchen Chitor）的方式，在伏藏法之中加入一些護法的部分。於是秋吉・林巴便請蔣貢・康楚撰寫一個法本。於是其中就有了六臂瑪哈嘎拉、業閻摩敵、長壽母、魯岑・巴瓦・味頓、七兄弟和碩納（Shona）。總合起來，他們結集了具誓總食儀軌（Damchen Chitor）和蔣貢・康楚撰寫的《誓言守持者的食子儀軌》。敏珠林的方式只包含了九個。這就是具誓總食儀軌（Damchen Chitor）怎麼寫成的過程。秋吉．林巴圓寂之後幾年，卡美堪布寫了護法總食儀軌（Sungma Chitor）。他先寫了一個更廣泛的法本，叫做《成就海》（Ngodrub Gyatso），結合了秋林伏藏法所有的護法。後來聽說蔣貢．康楚責備了他。原因是蔣貢．康楚認為有的護法就這麼念過太敷衍了，是不適合的。因此，他做了一個簡略的形式，那就是後來的《護法總食儀軌》（Sungma Chitor）：護法食子。敏珠林的方式也有繁、簡兩種版本，簡軌的就是《具誓總食儀軌》（Damchen Chitor）。所以，對秋林傳統來說，我們有長軌的叫做《成就海》，短軌的叫做《護法食子》。這就是如何慢慢形成了傳統的過程。

開始的時候，秋吉．林巴只是一個人。但是當他二十八、九歲的時候，就名聲遠播了。甚至在那之前，他第一次去察札．仁欽．扎見蔣貢．康楚時，被稱為嘉德（Kyater）；當時他身著簡樸的僧服，獨自前往。然而那時他因為修法能為人帶來大利益，已經有了聲望。儘管如此，據說當時有人邀請他去家裡修法，無需像請一個有名的喇嘛那樣要送一匹馬。那時候，秋吉．林巴總是走著去修法。

從他二十八歲直到四十多歲圓寂，他的名聲不斷廣傳。在他往生的時候，已經有了一個僧人眾多的寺院。

剛開始時，他是一個竹巴噶舉的喇嘛，他的主要修持是《珍寶總集》（Konchok Chidu）。在他發掘出「密義普巴」之後，便用做修持，因為在向護法做供養之前，你都需要修持本尊。自從那時開始，「密義普巴」的修持傳統就未曾中斷。

當秋吉．林巴主持第一次竹千法會時，只有十二人參加，包含他自己和一些喇嘛、僧人。在他短暫的一生，他主持了超過五十次大法會。如果也包括短一點的修法和一些長的儀式，他一生可能主持超過一百次法會。他也不只有一個寺院，而是三座：可拉、內頓和噶瑪寺。現在相關聯的別院已經超過一百座，跟過去大不一樣了。

這裡按照祖古·烏金仁波切建議的結行偈文，取自薈供最後的文字。但那之前，就只要做完食子供養和祈請，你再重複供養和禮讚。接著，你可以念誦薈供最後的文字。但如果你做的是長軌的護法念誦，比如《總集供護法食子儀軌》，那麼你就不需要念誦結束的偈文，因為它們已經包含在內了。無論如何，如果你做的是短軌的護法念誦，那麼你必須包含結行偈文。

問：當念誦開頭的三個三摩地時，應該要觀想藍色的球形變成吽字嗎？

仁波切：其實吽就是那個藍色的球體，它在一個球形體內放光。卡美堪布在他的釋論中，對於顏色等等的含義給予了詳盡的解釋。他展示了博學和學問。我猜想他為什麼這麼做，大概是來自於在大眾僧人面前說法的習慣，有必要炫耀一下。經常的狀況是，當有些難以理解的東西出現，一個有學識的人援引種種來源不同的資料，以便釐清特定的一些重點。如果很容易就理解了，你就不能把人帶著兜那麼大一圈。除非你是為了解釋開頭那三句「金剛忿怒……」，因為它們不那麼容易理解。如果它具備臉和手臂的外形，那會更容易把握和理解。後來在西藏，我看到過卡美堪布另一個解釋這個修法的版本，其中就沒有這類的解釋。因此，能找到的手抄本都有不同的版本。

那年末，在噶寧學修寺（Ka-Nying Shedrub Ling Monastery）進行一場固陀（Gutor）的法會時，他們扔出去大食子（torma）作為驅魔。這個儀式做了兩次：一次是普巴金剛，一次是普巴童子。不過，我曾經在西藏找到一個秋吉·林巴的短小的手稿，上面寫說做普巴金剛修持不需要扔任何東西。因為金剛童子已經是他的忿怒顯現，本尊自身並不需要帶任何東西出去，這是一個有趣的概念。那是相當恰當的，但似乎並沒有人聽取這個建議，所以也就沒有形成那樣的傳統。

問：八角型的珍寶是什麼顏色的？

仁波切：珍寶本身和深藍色圓頂的光是不同顏色的。珍寶被翻譯作天青石，但我不確定是否真是那樣。據說它有一點綠色的色調。無論是怎樣的，三摩地尊是非常微小的，在金剛橛簡明教導中，三摩地尊是至關重要的。根據比較詳細的「甚深七普巴」傳統，有說法是在八角形外面是一個很小很小的本尊——站在一個天神上面的馬頭金剛，他像是一個護衛。

問：拱頂的光是否也跟八邊形珍寶一樣是有八邊呢？

仁波切：拱頂當然也是有八邊的。在我長大的地方西藏帳篷被很多不同的拴繩撐開，拉向各方。但這裡的拱頂或帳篷沒有任何繩子，它自己就可以立起來。那個年代，如果有人形容一個不需要繩子的帳篷，沒有人會理解他們在說什麼；也無法想像出那樣一個圖像。

普巴護法

普巴壇城

伏藏法密義普巴食子正面

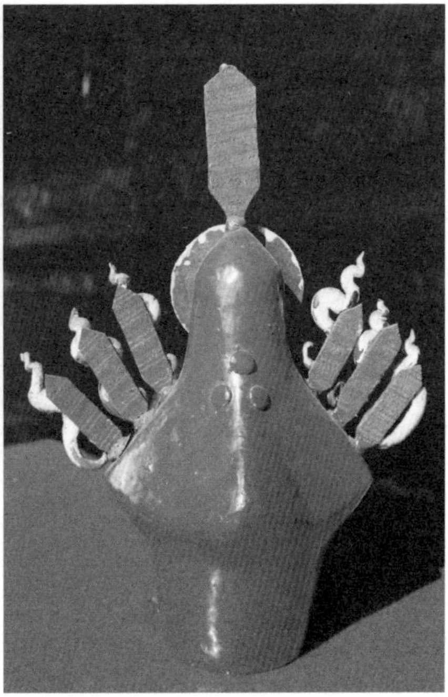

伏藏法密義普巴食子背面

第二部

淨罪第一，金剛薩埵

懺悔是金剛薩埵修持的核心。
當惡業和覆障懺除了，
就像太陽在無雲晴空放射光芒，
也就是本覺智慧的大日，
躍出地平線的時候。

雙身金剛薩埵

| 原典 |

The Aspiration of Vajrasattva

Extracted from Vajrasattva's Root Tantra, Heart Bindu

金剛薩埵祈請文

摘自《金剛薩埵根本續》——心明點

Ema, marvellous and wonderful Dharma.

奇哉！不可思議而精妙之法。

Everything is manifest from the nonarising. Everything ceases in the unceasing.

一切顯現自無生。一切寂滅於無滅。

I am the self-existing buddha.

我便是自生佛。

One ground, two paths, and one fruition Are the magical display of knowledge and ignorance.

一基二道及一果，都是智識與無明之魔幻展現。

The buddha is within, Yet sentient beings do not recognize it.

佛陀於內在，然而眾生沒有認識出來。

Therefore, I feel compassion.

為此，我深感悲憫。

Through this unexcelled magic of mantra, Of dharmata, skillful means, and coincidence,

透過這個咒語，法性，方便與任運之無等神力，

May the aspiration of Vajrasattva And the unimpeded dharmakaya of primordial purity, Be fully accomplished.

願金剛薩埵之祈願，以及本初清淨的無礙法身，皆圓滿成就。

編按：此部分為英文原書第八章。藏中版本未收。

| 原典 |

༄༅། །གསང་ཐིག་སྙིང་པོའི་སྐོར་ལས༔ རྡོ་རྗེ་སེམས་དཔའ་ཕྱག་རྒྱ་གཅིག་པའི་སྒྲུབ་ཐབས་བཞུགས་སོ༔

密要精粹之金剛薩埵一印修法

作者：秋吉德千林巴 / 藏譯中：祖古貝瑪滇津

༄༅། །གསང་ཐིག་སྙིང་པོ་སྐོར་གསུམ་གྱི་བརྒྱུད་འདེབས་བྱིན་རླབས་སྙིང་པོ་ཞེས་བྱ་བ།

（三種密要精粹之傳承祈請文 加持精華）1

།ཆོས་སྐུ་ཀུན་བཟང་ལོངས་སྐུ་རྡོ་རྗེ་སེམས། །སྤྲུལ་སྐུ་ཁྲག་འཐུང་རིགས་ལྔ་དགའ་རབ་རྗེ།

法身普賢報身金剛心，化身飲血五部極喜尊，

།རྡོ་རྗེ་ཧཱུྃ་མཛད་པྲ་ཧ་ཏསྟི་ལ། །གསོལ་བ་འདེབས་སོ་བྱིན་རླབས་དངོས་གྲུབ་སྩོལ།

多傑吽界巴跋哈諦尊，祈請賜予加持與成就。

།དཀྱིལ་འཁོར་ཁྱབ་བདག་རྡོ་རྗེ་ཐོད་ཕྲེང་རྩལ། །བཻ་རོ་ཙ་ན་ཡེ་ཤེས་མཚོ་རྒྱལ་ཡུམ།

壇城遍主金剛顱鬘力，毘盧遮那益喜措嘉母，

།གཏེར་ཆེན་བླ་མ་པདྨ་གར་དབང་རྩལ། །གསོལ་བ་འདེབས་སོ་བྱིན་རླབས་དངོས་གྲུབ་སྩོལ།

大伏藏師蓮舞自在力，祈請賜予加持與成就。2

｜原典｜

The Lineage Supplication from the Sangtik Nyingpo Trilogy

Essence of Blessing

密要精粹之金剛薩埵一印修法

作者：秋吉德千林巴
英譯：艾力克．貝瑪．昆桑｜英譯中：妙琳法師

（出自《三心髓續》之傳承祈請文，十五世大寶法王 卡恰．多傑）

The Lineage Supplication from the Sangtik Nyingpo Trilogy
The Fifteenth Karmapa, Khakyab Dorje I supplicate dharmakaya Samantabhadra,
我向法身普賢王如來、報身金剛薩埵，以及化身嘎拉．多傑、

Sambhogakaya Vajrasattva, And nirmanakaya Garab Dorje, Dorje Hungkara, and Prabhahasti; Please bestow blessings and accomplishments.
多傑．吽卡拉和普拉巴哈斯蒂祈請；請賜於加持與成就。

I supplicate Dorje Tötreng Tsal, lord of the mandala, Vairochana, Yeshe Tsogyal,
我向壇城主多傑．托晨．擦，毗盧遮那，耶喜．措嘉，

And the great tertön Pema Garwang Tsal; Please bestow blessings and accomplishments.
和偉大的伏藏師貝瑪．噶旺．擦祈請，請賜於加持與成就。

།རིགས་ཀུན་བདག་པོ་བཅོམ་ལྡན་རྡོ་རྗེ་སེམས། །བདེ་མཆོག་གྲུབ་གཙོ་བཛྲ་ཧེ་རུ་ཀ
一切部主世尊金剛心，勝樂主尊班札嘿嚕嘎，

།བར་ཆད་བདུད་འདུལ་རྡོ་རྗེ་ཕུར་པའི་ལྷར། །གསོལ་བ་འདེབས་སོ་བྱིན་རླབས་དངོས་གྲུབ་སྩོལ།
降伏魔障普巴金剛尊，祈請賜予加持與成就。

།དངོས་གྲུབ་ཀུན་སྩོལ་མ་སྲིང་མཁའ་འགྲོ་དང་། །ཕྲིན་ལས་ལྷུན་གྲུབ་དམ་ཅན་རྒྱ་མཚོའི་སྡེ།
成就一切空行母姊妹，事業任運成就具誓海，

།དམ་ཚིག་རྗེས་གཅོད་གཏེར་སྲུང་ཚོགས་བཅས་ལ། །གསོལ་བ་འདེབས་སོ་བྱིན་རླབས་དངོས་གྲུབ་སྩོལ།
追隨誓言守護伏藏眾，祈請賜予加持與成就。3

།བསྐྱེད་པ་དབྱིབས་ཀྱི་རྣལ་འབྱོར་ཀྱད་ཏུ་གྱུར། །སྔགས་ཀྱི་སྒྲ་གདངས་རྡོ་རྗེ་ན་ད་གྲུབ།
成就生起相好瑜珈力，咒語音聲金剛那沓成，

།བདེ་ཆེན་ཏིང་འཛིན་མཁའ་ཁྱབ་འཁོར་ལོར་སད། །ཕྱོགས་བྲལ་བློ་འདས་གོ་འཕང་མངོན་གྱུར་ཤོག
大樂禪定遍滿虛空輪，祈願現證離邊絕思位。

I supplicate Vajrasattva, the victorious lord of all families, Sovereign in accomplishing the Vajra Heruka of supreme bliss,

我向金剛薩埵，所有佛部的勝者至尊，無上大樂的金剛嘿汝嘎的成就持明者，

And Vajrakilaya, tamer of obstacle-creating demons; Please bestow blessings and accomplishments.

以及降伏製造障礙魔眾的普巴金剛，請賜於加持與成就。

I supplicate the mother and sister dakinis, who bestow the siddhis, The ocean of assemblies of those bound by oath, who spontaneously fulfill the activities,

我向賜予成就的空行母及姐妹，任運成辦事業、持守誓言的清淨海眾，

And the treasure guardians, who oversee the samayas; Please bestow blessings and accomplishments.

以及護持三昧耶的珍寶守護神，請賜於加持與成就。

May I master the development stage of form-yoga. May my intonation of mantra become the vajra-sound.

願我掌握身瑜伽的生起次第，願我的咒語持誦成為金剛聲。

May I awaken to the all-pervading and continuous blissful samadhi And realize the impartial state beyond concepts.

願我覺醒於遍一切的相續大樂三摩地，並證悟超越概念之無分別狀態。

།ཅེས་པའང་རིམ་གཉིས་རྣལ་འབྱོར་པ་ཀརྨ་དམ་ཆོས་དཔལ་གྲུབ་ཀྱི་ངོར་ཀརྨ་པའི་སྐྱེས་རབས་བཅོ་ལྔ་པར་གྲགས་པས་བྲིས།། །།
（應二次第瑜珈士噶瑪當確悲祝之請，十五世噶瑪巴寫下此文。）

ན་མོ༔ བདག་སོགས་སེམས་ཅན་སྡུག་བསྔལ་གྲོལ་དོན་དུ༔ བྱང་ཆུབ་བར་དུ་སྐྱབས་སུ་བཟུང་བའི་གནས༔
南無 為解我等有情苦，直至菩提皈依處，

བླ་མ་རྡོ་རྗེ་སེམས་དཔའ་དཀོན་མཆོག་གསུམ༔ ཡི་དམ་མཁའ་འགྲོའི་ཚོགས་ལ་སྐྱབས་སུ་མཆི༔
金剛薩埵三寶尊，本尊空行誠皈依。4

བདག་ནི་སྔོན་གྱི་རྒྱལ་བའི་མཛད་པ་བཞིན༔ སེམས་ཅན་ཀུན་གྱི་དོན་རབ་བརྩོན་པར་བྱ༔
我隨往昔諸佛行，勤行利益眾有情，

སེམས་ཅན་མ་བརྒལ་བསྒྲལ་དང་མ་གྲོལ་སྒྲོལ༔ སེམས་ཅན་དབུགས་དབྱུང་མྱ་ངན་འདས་འགོད་འཇུག༔
未得度者悉得度，有情安樂入涅槃。

འགྲོ་རྣམས་བདེ་ལྡན་སྡུག་བསྔལ་བྲལ་བ་དང་༔ འཕགས་པའི་བདེ་ཐོབ་བཏང་སྙོམས་ལ་གནས་ཤོག༔
願眾離苦得安樂，獲得聖樂住捨心。

ཕྱོགས་བཅུའི་རྒྱལ་བ་སྲས་བཅས་འདིར་བྱོན་ལ༔ འཕོ་འགྱུར་འབྲལ་མེད་ཀློང་དུ་བཞུགས་སུ་གསོལ༔
十方佛菩薩降臨，祈請安住不動界。5

(In response to Karma Damchö Paldrub, a yogin of the two stages, this was com¬posed by the one who is renowned as the fifteenth in the succession of Karmapas.)

為回應噶瑪・丹確・帕竹——一位修習二次第的瑜伽士之請，被譽為第十五世噶瑪巴[26]的人寫下了這篇祈請文。

Namo༔ In order to liberate myself and all sentient beings from suffering,༔ I take refuge in Guru Vajrasattva, the Three Jewels, the yidams, and all the dakinis.༔ Until enlightenment, I will regard you as my refuge.

南無　為了令我及一切的有情眾生從痛苦中解脫，我皈依上師金剛薩埵、三寶、本尊和所有空行眾。直至證悟，我都將視您為我的皈依處。

Like the buddhas of the past, I will endeavor in the ultimate goal of all beings:༔

如過去諸佛所行，我將為一切有情之究竟安樂而精進。

To take those across who have not crossed༔ And liberate those who have not been liberated.༔ I will encourage beings and establish them in nirvana.༔

救度未救度者，解脫未解脫者。我將策勵眾生並將他們安置於涅槃。

May all beings have happiness and be free from suffering.༔ May they achieve the noble bliss and dwell in equanimity.༔

願一切有情具樂離苦，願他們具喜住平等捨。

Buddhas and bodhisattvas of the ten directions,༔ Please come and remain in this expanse that is free from separation and change.༔

十方諸佛菩薩，祈請降臨並住於無別不變之虛空。

26. 英譯註：蓮花生大士曾預言，第十五世噶瑪巴卡恰・多傑是十四位秋吉・林巴伏藏法的主要持有人之一。

ཡེ་ནས་རྣམ་དག་ངང་དུ་ཕྱག་འཚལ་ལོ༔ ཆོས་ཉིད་རྣམ་རོལ་མཆོད་སྤྲིན་རྒྱ་མཚོས་མཆོད༔
本淨體性中禮敬，法性化現供雲海，

མ་རིག་སྡིག་པའི་ལས་བགྱིས་མཐོལ་ལོ་བཤགས༔ དབྱིངས་རིག་འདུ་འབྲལ་མེད་ལ་ཡི་རང་ངོ༔
懺悔無明罪業行，隨喜不二法界覺，

ཁྱབ་བརྡལ་ཕྱོགས་ལྷུང་བྲལ་བའི་ཆོས་འཁོར་བསྐོར༔ དུས་གསུམ་རྟག་པར་མྱ་ངན་མི་འདའ་བཞུགས༔
周遍離邊法輪轉，三世常住不涅槃，

དམིགས་མེད་དགེ་ཚོགས་མཁའ་མཉམ་འགྲོ་ལ་བསྔོ༔ རྡོ་རྗེ་སེམས་དཔའི་གོ་འཕང་ཐོབ་པར་ཤོག༔
福慧迴向虛空眾，願證金剛薩埵位。6

༄༅། །གསང་ཐིག་སྙིང་པོའི་སྐོར་ལས༔ རྡོ་རྗེ་སེམས་དཔའ་ཕྱག་རྒྱ་གཅིག་པའི་སྒྲུབ་ཐབས་བཞུགས་སོ༔
（密要精粹之金剛薩埵一印修法）7

ཏི༔ཉྀཏྲྀ༔ རྡོ་རྗེ་སེམས་དཔར་ཕྱག་འཚལ་ལོ༔ དངོས་གྲུབ་ཐོབ་འདོད་རྣལ་འབྱོར་པས༔ ངེས་འབྱུང་བསམ་པ་བརྟན་པོ་ཡིས༔
དབེན་པའི་གནས་སུ་ཕྱིན་ནས་སུ༔ དཀོན་མཆོག་གསུམ་ལ་སྐྱབས་སུ་འགྲོ༔ བྱང་ཆུབ་མཆོག་ཏུ་སེམས་བསྐྱེད་ནས༔
ཚོགས་བསགས་ཡན་ལག་བདུན་པར་འབད༔

（禮敬金剛薩埵尊。欲得成就瑜珈士，當以堅定出離心，前往清幽寧靜處，至誠皈依於三寶，發起殊勝菩提心，當行七支積資糧。）

I salute you within the primordially pure nature༔ And make offerings as ocean-like clouds, the play of dharmata.༔
我在本初清淨之本質中向您頂禮，並作法性展現的如海妙雲供養。

I openly admit my misdeeds and ignorance༔ And rejoice in the fact that space and awareness never meet nor part.༔
我發露自己的過失與無明，並欣喜於覺空不二的實相。

Please turn the all-pervading and impartial wheel of the Dharma༔ And remain constantly throughout the three times without decline.༔
祈請您轉遍一切處之無分別法輪，並恆久住於三時不捨棄。

I dedicate all my nonconceptual merit to beings as numerous as the sky is vast,༔ So that they may attain the state of Vajrasattva.༔
我將所有無念功德迴向如虛空般廣大的眾生，而他們因此獲得金剛薩埵之果位。

（The yogin who wishes to attain accomplishments should, with a mind firm upon renunciation, go to a retreat place, take refuge in the Three Jewels, arouse the mind set on supreme enlightenment, and be diligent in accumulating merit through the Seven Branches.）
發願獲得修持成就的瑜伽士，應該帶著堅定的出離心，到一個閉關處去，皈依三寶，生起殊勝之證悟之心，透過七支供養精進累積福德。

ཆོས་རྣམས་ཐམས་ཅད་སྟོང་པ་ཉིད༔ བདེ་ཆེན་འོད་གསལ་སྙིང་རྗེའི་རྩལ༔
一切諸法皆空性，大樂光明慈悲力，

ཟུང་འཇུག་ཧཱུྃ་ཡིག་དཀར་པོ་ལས༔ འོད་འཕྲོས་རྡོ་རྗེ་མེ་ཡི་གུར༔
二者雙運吽字白。放光金剛火幕中，8

ནང་དུ་འབྱུང་བ་རི་རབ་སྟེང་༔ པདྨ་འདབ་མ་སྟོང་ལྡན་དབུས༔
大種須彌山頂上，千瓣蓮花之中央，

བྷྲཱུྃ་ལས་རིན་ཆེན་གཞལ་ཡས་ཁང་༔ དལ་དབུས་སེང་ཁྲི་པདྨ་དང་༔
仲成珍寶無量宮。平地中央獅子座，

ཉི་ཟླའི་སྟེང་དུ་ཧཱུྃ་ཡིག་ནི༔ རྡོ་རྗེ་ཧཱུྃ་གིས་མཚན་པར་གསལ༔
蓮日月輪有吽字，化為金剛有吽字。

།འོད་འཕྲོས་རྒྱལ་མཆོད་བྱིན་རླབས་བསྡུས༔ འགྲོ་བའི་ལས་སྒྲིབ་མ་ལུས་སྦྱངས༔
放光供佛集加持，眾生業障悉淨除，9

Everything, including all phenomena, is emptiness.༔ Great bliss, luminosity, is the play of compassion.༔

包含所有現象的一切，都是空性，大樂、明光，是慈悲的展現。

The unity of these is a white letter hung,༔ Which, by radiating light, creates a dome of vajras and flames,༔

此二者合一是白色種子字吽，種子字放光，形成圓穹的金剛和火焰。

Inside of which are the elements and Mount Sumeru.༔ Upon these is a thousand-petaled lotus,༔

其內為各元素及須彌山，這些之上是千瓣蓮花，

In the center of which, the syllable bhrum becomes a jeweled celestial palace;༔ In its middle is a lion throne with a lotus, sun, and moon with the syllable hung on top;༔ I imagine it becomes a vajra marked with a hung.༔

其中心的種子字「巴榮」變成珍寶嚴飾的越量宮。宮殿正中的獅座上有蓮花、日、月及種子字吽。觀想它轉為帶有吽字的金剛杵。

Light radiates making offerings to the buddhas and gathering their blessings.༔ It purifies all the karmas and obscurations of beings༔

它放光向諸佛做供養並聚集諸佛加持，光芒清淨眾生之一切惡業與覆障。

རྡོ་རྗེ་སེམས་དཔའི་ས་ལ་བཀོད༔ ཚུར་འདུས་འོད་ཟེར་སྐད་ཅིག་ལ༔
安於金剛薩埵位。收攝光明剎那間，

རང་ཉིད་བླ་མ་རྡོ་རྗེ་སེམས༔ དཀར་པོ་ཞལ་གཅིག་ཞི་ཞིང་འཛུམ༔
自成金剛薩埵尊，白淨一面寂靜笑，

དབུ་སྐྲ་ཐོར་ཚུགས་རིན་ཆེན་བརྒྱན༔ ཕྱག་གཡས་རྡོ་རྗེ་ཐུགས་ཀར་གཏོད༔
束起髮髻寶莊嚴。右手執杵於心口，

གཡོན་པས་དྲིལ་བུ་དཀུ་ལ་བརྟེན༔ ཞབས་གཉིས་རྡོ་རྗེ་སྐྱིལ་ཀྲུང་བཞུགས༔
左持法鈴依腰間，雙足金剛跏趺坐，10

མཚན་བཟང་དཔེ་བྱད་ཐམས་ཅད་རྫོགས༔ ཟི་ལྷིར་དར་དཔྱངས་ཅོད་པན་དང་༔
具足一切相好身。綾羅飄帶與冕旒，

སྟོད་གཡོགས་སྨད་གཡོགས་མཛེས་པར་དགྲིས༔ དབུ་རྒྱན་སྙན་ཆ་མགུལ་རྒྱན་དང་༔
肩披法裙莊嚴衣。首飾耳環與項鍊，

སེ་མོ་དོ་དང་དོ་ཤལ་དང་༔ གདུ་བུ་རྣམས་ཀྱིས་ལེགས་པར་བརྒྱན༔
短瓔珞與長瓔珞，釧鐲善好莊嚴飾。

།པང་དུ་རྡོ་རྗེ་སྙེམས་མ་དཀར༔ བཅུ་དྲུག་ལང་ཚོ་གྲི་ཐོད་ཅན༔
懷抱金剛白傲母，十六妙齡執刀顱，11

And establishes them in the state of Vajrasattva.༔ As the light is absorbed back, I am instantly transformed into Guru Vajrasattva.༔ White, with one face, peaceful and smiling.༔

並將他們安置於金剛薩埵之果位，當光芒回收。我即刻轉化為上師金剛薩埵。身白，一面，寂靜微笑。

My hair is in a topknot, and I am adorned with jewelry.༔ My right hand holds a vajra at my heart center,༔

我的頭髮向上束成一髻，全身珠寶嚴飾。我的右手握著金剛杵放在心間，

My left a bell at my thigh.༔ I am seated with my two legs in vajra posture.༔

左手持金剛鈴放在胯間，我以金剛座姿雙腿盤坐。

Beautifully dressed in silken scarfs, head band,༔ And upper and lower garments,༔

I am fully adorned with a crown, earrings, necklace,༔ Garlands, rings, and bracelets.༔

On my lap is white Vajratopa,༔ A youthful sixteen-year-old, who holds a curved knife and a skull cup.༔

身著嚴麗之絲披單、頭帶，以及上衣和我下裙，我的全身佩戴頭冠、耳環、項鍊、珠鍊、指環和手鐲。我的膝間坐著傲慢母。她貌如十六歲少女，手持彎刀與顱器。

ཕྱག་རྒྱ་ལྔ་འཆང་ཡབ་དང་འཁྱིལ༔ འོད་འབར་ཀློང་དུ་ལྷམ་མེར་བསྐྱེད༔
持五手印抱父尊，光明熾盛巍巍然。

སྤྱི་བོར་ཨོཾ་ཧཱུྃ་ཏྲཾ་ཧྲཱིཿཨཱཿ ཡེ་ཤེས་ལྔ་ཡི་བདག་ཉིད་ཅན༔
頂間嗡吽丈啥阿，具足五種本智性。

སྤྱི་མགྲིན་སྙིང་གར་ཨོཾ་ཨཱཿཧཱུྃ༔ སྐུ་གསུང་ཐུགས་སུ་བྱིན་གྱིས་བརླབས༔
頂喉心間嗡阿吽，加持尊聖身語意。

ཐུགས་ཀར་པདྨ་ཟླ་བའི་སྟེང༌༔ རྡོ་རྗེ་དཀར་པོ་རྩེ་ལྔ་པའི༔
心間蓮花月輪上，白色金剛五股杵，12

ལྟེ་བར་ཟླ་བ་ལ་གནས་པའི༔ ཧཱུྃ་ཡིག་མཐའ་རུ་ཡིག་བརྒྱས་བསྐོར༔
圓心月輪有吽字，周圍環繞百字明。

འོད་ཟེར་བསམ་ཡས་འཕྲོས་པ་ཡིས༔ སྡིག་སྒྲིབ་བག་ཆགས་ནད་གདོན་སྦྱངས༔
放光無邊妙難思，罪障習氣病魔除，

བདེ་གཤེགས་རྣམས་ལ་མཉེས་མཆོད་ཕུལ༔ སྐུ་གསུང་ཐུགས་ཀྱི་བྱིན་རླབས་བསྡུས༔
獻上供養悅諸佛。收攝身語意加持，

།བླ་མ་ཡི་དམ་མཉེས་པར་བྱས༔ མཆེད་ལྕམ་མཁའ་འགྲོའི་ཐུགས་དམ་བསྐངས༔

愉悅上師與本尊，滿足法眷與空行，13

Adorned with the five mudras, she embraces me.༔ I visualize this vividly and clearly, within an expanse of radiant light.༔

以五種嚴飾擁著我。我觀想這些清晰生動出現在光耀的虛空中。

On the crown of my head are om hung tram hrih ah,༔ The nature of the five wisdoms.༔

我的頭冠上是嗡 吽 章 舍 阿，五智的本質。

At my forehead, throat, and heart centers are om ah hung,༔ Giving blessings for body, speech, and mind.༔

我的前額、喉間與心間是嗡 · 阿 · 吽，加持身、語、意。

Within my heart center, upon a lotus and moon,༔ Is a bright five-spoked vajra.༔ In its middle is a moon, upon which the letter hung༔

在我的心間的日月墊上，是一個閃亮的五股金剛杵。它的中央是一個月輪，

Is surrounded by the Hundred Syllable mantra.༔

上面是種子字吽，圍繞著百字明咒。

By radiating inconceivable rays of light,༔ Negative actions, obscurations, tendencies, diseases, And all evils are purified.༔

不可思議之光芒照射，清淨惡業、覆障、習氣、疾病，和所有邪惡。

All the sugatas are presented with pleasing offerings.༔ The blessings of their body, speech, and mind are gathered.༔

善妙供養呈現於一切善逝前，他們的身語意加持也積聚起來。

The gurus and yidams are pleased༔ And the samayas of the family dakinis are mended.༔

上師和本尊皆歡喜，空行家族的三昧耶都得到修復。

ཆོས་སྐྱོང་སྲུང་མའི་འཁོན་སྦྱངས་ཤིང༔ ཕྲིན་ལས་རྣམ་བཞིའི་ལས་ལ་བསྐུལ༔
清淨護法之怨心，祈求成辦四事業，

བདུད་དང་བགེགས་ཀྱི་སྡང་སེམས་ཞི༔ འགྲོ་བའི་ལས་སྒྲིབ་མ་ལུས་སྦྱངས༔
平息魔障之瞋心，眾生業障悉清淨。

སྣོད་བཅུད་རྡོ་རྗེ་སེམས་དཔའི་ཞིང༔ ལྷ་སྔགས་ཡེ་ཤེས་རོལ་པར་གྱུར་བསམ༔
情器金剛薩埵剎，本尊咒語智妙用。

སྔགས་འདི་ཆུ་བོའི་རྒྱུན་བཞིན་བཟླ༔
（念誦咒語如水流。）14

ཨོཾ་བཛྲ་སཏྭ་ས་མ་ཡ༔ མ་ནུ་པཱ་ལ་ཡ༔ བཛྲ་སཏྭ་ཏྭེ་ནོ་པ་ཏིཥྛ༔ དྲི་ཌྷོ་མེ་བྷ་ཝ༔ སུ་ཏོ་ཥྱོ་མེ་བྷ་ཝ༔ སུ་པོ་ཥྱོ་མེ་བྷ་ཝ༔ ཨ་ནུ་རཀྟོ་མེ་བྷ་ཝ༔ སརྦ་སིདྡྷི་མྨེ་པྲ་ཡཙྪ༔ སརྦ་ཀརྨ་སུ་ཙ་མེ༔ ཙིཏྟཾ་ཤྲེ་ཡཾ་ཀུ་རུ་ཧཱུྃ༔ ཧ་ཧ་ཧ་ཧ་ཧོ༔ བྷ་ག་ཝཱན༔ སརྦ་ཏ་ཐཱ་ག་ཏ༔ བཛྲ་མཱ་མེ་མུཉྩ༔ བཛྲཱི་བྷ་ཝ༔ མ་ཧཱ་ས་མ་ཡ་ས་ཏྭ་ཨཱཿ༔

嗡 班札薩埵薩瑪亞 瑪努巴拉雅 班札薩埵爹諾巴 底剎支卓美巴瓦 蘇朵卡優美巴瓦 蘇波卡優美巴瓦 阿努拉朵美巴瓦 薩爾瓦悉地 美札雅查 薩爾瓦噶爾瑪 蘇札美 資當 室利揚 咕嚕吽 哈哈哈哈厚 巴格萬 薩爾瓦 達塔格達 班札瑪美姆札 巴季巴瓦 瑪哈薩瑪亞 薩埵阿

The grudges of the dharma protectors are cleared,༔ And they are called upon to enact the four activities.༔
護法們清除了不悅，投入四種事業的開展。

The aggressions of Mara and the negative forces are pacified,༔ And all karmas and obscurations of beings are purified.༔
魔王的瞋怒和負面力量皆平息，眾生一切業力與覆障皆清淨。

The universe and all beings are turned into the realm of Vajrasattva,༔ Creating a vast display of deities, mantras, and primordial wakefulness.༔
宇宙和所有眾生都轉化為金剛薩埵的淨土，無量的本尊、咒語和本初醒覺皆示現。

（Chant the mantra like the flow of a river. ）
如河流般持咒

Om vajra sattva samaya manu palaya༔ vajra sattva tvenopa tishtha dridho mebhava༔ sutoshyo mebhava༔ suposhyo mebhava༔ anu rakto mebhava༔ sarva siddhi me prayaccha༔ sarva karma suchame༔ chittam shre yam༔ kuru hung༔ ha ha ha ha hoh༔ bhagavan༔ sarva tathagata༔ vajra mame munca༔ vajri bhava༔ maha samaya sattva ah༔
嗡 班雜 薩埵 薩瑪雅 瑪奴 巴拉雅 班雜 薩埵 爹諾巴 堤札 哲多 美巴瓦 蘇多修 美巴瓦 蘇波修 美巴瓦 阿奴 讓多 美巴瓦 薩瓦 悉迪 昧札亞察 薩爾瓦 嘎瑪 蘇查美 持唐 施利樣 沽如 吽 哈哈哈哈 霍 巴噶旺 薩爾瓦 達塔嘎達 班雜 瑪美 木察 班雜 巴伐 瑪哈 薩瑪雅 薩埵 阿

འདི་ནི་ལན་གཅིག་བཟླས་ཙམ་གྱིས༔ མཚམས་མེད་ལྔ་ཡི་སྡིག་སྒྲིབ་བྱང༔ ན་རག་གནས་ཀྱང་སྟོང་གྱུར་ཅིང༔ རྡོ་རྗེ་སེམས་དང་དབྱེར་མེད་འགྱུར༔ སྐབས་སུ་རིན་ཆེན་བུམ་པ་ནི༔ ཡན་ལག་བརྒྱད་ལྡན་ཆུ་ཡིས་བཀང༔ རིན་ཆེན་སྨན་འབྲུ་དྲི་བཟང་དང༔ སྙིང་པོ་བདུད་རྩི་ལྔ་ཕྲག་དྲུག༔ ཡུངས་ཀར་ཕ་ལམ་ཞེལ་དང་གསེར༔ མེ་ཏོག་དཀར་པོ་རྫས་རྣམས་བླུགས༔ ཁ་བརྒྱན་མགུལ་དཀྲིས་གཟུངས་ཐག་བཏགས༔

（念誦此咒一遍後，清淨五種無間罪，亦能淨空地獄處，無別金剛薩埵尊。爾時珍寶圓瓶中，充滿八種功德水，珍寶藥丸藏紅花，甘露精華三十種，芥子鑽石琉璃金，潔白花朵種種物，瓶口頸飾繫咒繩。）[15]

編按：此處開始至158頁，空白頁是因為本書採用之藏中版本所無。

By merely reciting this a single time,༔ The five actions with immediate results and obscurations are purified.༔ Even the place of Narak is emptied,༔ And you will be inseparable from Vajrasattva.༔ Recite remorseful apology:༔

只是念誦一遍，五無間罪的果報和覆障也能被淨除。甚至地獄也能淨空，你將與金剛薩埵無二無別。[27]

Appearance and existence melt into light༔ And dissolve into the mandala of the deity.༔

顯現和存有皆化光，融於本尊之壇城。

The protection circle, the elements, the celestial palace,༔ The throne, and all the attributes and ornaments༔ Dissolve one by one into the lord and lady.༔ The lord and lady melt into light,༔

護圍、各大元素、越量宮、寶座和一切珍寶嚴飾，一一消融於本尊和明妃。

---

27. 英譯註：在這個慈克．秋林仁波切編纂的修持中，此處加入了一個長壽法的修持，但在釋論中並未解說。另外，在伏藏法原典中，有一個寶瓶修持，未含在慈克．秋林仁波切的法本內。

「金剛薩埵長壽法修持」如下：

觀想金剛薩埵及佛母，在佛父心間中央的，不變水晶金剛杵柄中，日輪與月輪的光球之間，圍著三重「阿、日、吽」的咒輪繞旋著。

無量光芒由咒輪而出，淨化一切長壽的障礙，並收回三世諸佛之心的智慧、生命和光輝，以及長壽的每個成就。

它們也聚集回四大元素的精髓，以及所有眾生的功德和生命力，以及我被邪惡之力竊取的生命和活力，所有都聚集收回。

以五種甘露的形式，從我口中進入，充盈我的全身，帶給身體莊嚴及光彩。

當光球微開，所有的甘露，精髓汁液，消融於三重「阿、日、吽」，讓它們閃耀出五色的光芒，光球再度合上，金剛杵下方的四股於上方聚攏，獲得不滅的金剛慧命。

Then into the vajra and mantra chain, which further dissolve into hung,༔ And hung dissolves up to the nada,༔ Which is left in the nongrasping state of primordial purity.༔ Again I emerge in the form of Vajrasattva.

本尊及明妃融於光，接著融於金剛杵和咒鬘，它們再融於吽字，吽字向上消融於「那達」（nada）[28]，最後留下本初清淨的無執狀態。我再次以金剛薩埵之外形現起。

Hoh༔ Through the pure and endless merit༔ Arising from unexcelled wisdom,༔ May all beings equal to the sky༔ Attain the state of Vajrasattva.༔

霍 透過無等智慧所生起的清淨無量之功德，願一切眾生等同於虛空，證悟金剛薩埵之果位。

May there be the auspiciousness of true awakening,༔ Inseparable from the spontaneous awareness-wisdom,༔ The permanent and firm vajra-abode༔ Of the changeless nature.༔

願真實覺醒之吉祥現前，與任運的本覺智慧，不變本質的恆常堅固之金剛界，無二無別。

This terma treasure was recovered from Tsadra Jewel Rock22 by the great treasure revealer Chokgyur Dechen Lingpa. It was then committed to writing in the upper retreat of Künzang Dechen Ösel Ling by Padma Gargyi Wangchuk (Jamgön Kongtrül Lodrö Thaye). May it increase virtuous goodness.

這部伏藏法由偉大的伏藏師秋吉・德千・林巴取自擦札寶岩[29]。後來是在昆桑・德千・威瑟・林的上閉關處，由貝瑪・噶齊・旺楚（蔣貢・康楚・羅卓・泰耶）寫下來。願善妙增長。

---

28. 中譯注：nada為梵語，它並不是一個字，指虛空，但用中文無從翻譯出它完整的意思。

29. 英譯註：擦札寶岩是康區八蚌寺後面的一座山。它被叫做「如察」因為它像岡仁波齊山上的察日恰。昆桑・德千・威瑟・林的上閉關房，是第一世蔣貢・康楚一生大部分時間所居住的地方。

This Daily Practice of Sangtik Dorsem was re-arranged by Mingyur Dewey Dorje, the fourth incarnation of Tsikey Chokgyur Lingpa at the request of Graham, my late father's American disciple. It was translated into English by Erik Pema Kunsang, with the help of some dharma friends. Edited by Michael Tweed.

這個《精髓金剛薩埵》（Sangtik Dorsem）的日課後來在我先父的美國弟子葛拉姆請求下，被第四世慈克·秋吉·林巴——明就·德維·多傑重新整理出來。艾利克·貝瑪·昆桑在幾位法友協助下，將它從藏文翻譯到英文。由邁克爾·特維德編輯。

編按：英文版儀軌只到此，以下各頁都是藏中版儀軌內容。

བུམ་པ་མི་དམིགས་སྟོང་པའི་ངང་༔ པདྨ་ཟླ་བའི་གདན་སྟེང་དུ༔

寶瓶無緣體性中，蓮月座上有仲字，

ཧཱུྃ་ལས་བུམ་པ་གཞལ་ཡས་ཁང་༔ བདུད་རྩིའི་མཚོ་དབུས་པད་ཟླའི་སྟེང་༔

現起寶瓶無量宮。甘露海中蓮月上，

རྡོ་རྗེ་སེམས་དཔའ་ཟླ་བའི་མདོག༔ ཞལ་གཅིག་ཕྱག་གཉིས་རྡོར་དྲིལ་འཛིན༔

金剛薩埵明月色，一面二臂持鈴杵，

སྙེམས་མ་ཡུམ་དང་མཉམ་པར་སྦྱོར༔ ལོངས་སྤྱོད་རྫོགས་སྐུའི་ཆ་ལུགས་ཅན༔

交合傲慢佛母尊，圓滿報身佛莊嚴，16

སྐྱིལ་ཀྲུང་བཞུགས་ཤིང་འོད་ཟེར་འབར༔ ཐུགས་ཀར་ཟླ་བའི་གདན་སྟེང་དུ༔

安住跏趺大光明。心間圓座金剛杵，

རྡོ་རྗེ་ཧཱུྃ་མཐར་ཡིག་བརྒྱས་བསྐོར༔ སྔགས་ཀྱིས་ཐུགས་རྒྱུད་བསྐུལ་བ་ཡིས༔

吽字周圍百字明。咒力催請聖心故，

སྐུ་ལས་བདུད་རྩིའི་རྒྱུན་བབས་པས༔ བུམ་པ་ཡོངས་སུ་གང་བར་གྱུར༔

尊身流出甘露水，流入寶瓶皆充滿。17

ཡིག་བརྒྱ་བཟླས་མཐར་ཐལ་མོ་སྦྱར༔

（誦百字明後合掌。）

བླ་མ་རྡོ་རྗེ་སེམས་དཔའ་ཀྱེ༔ ན་རག་སྡུག་བསྔལ་བསྐྱབ་ཏུ་གསོལ༔

上師金剛薩埵尊，祈請救度地獄苦。

སྡིག་པའི་ཚོགས་ལ་བདག་གནོང་ཞིང་༔ འགྱོད་པས་མགོན་པོའི་དྲུང་དུ་བཤགས༔

所造罪惡我慚愧，怙主尊前行懺悔。

ཕྱིས་ནས་མི་བགྱིད་དམ་བཅའ་བས༔ མགོན་པོས་ཚངས་པར་སྩོལ་དུ་གསོལ༔

誓願今後不造罪，祈請怙主予清淨。

སེམས་ཅན་ཀུན་གྱི་དོན་བགྱིད་ཕྱིར༔ རྡོ་རྗེ་སེམས་དཔའ་བདག་གིས་བསྒྲུབ༔

為利一切有情故，金剛薩埵我願修，18

སྐུ་གསུང་ཐུགས་སུ་བདག་སྒྱུར་ཏེ༔ བླ་མེད་ས་ལ་དྲང་དུ་གསོལ༔

我合尊聖身語意，祈請引導無上地。

རང་ཉིད་རྡོ་རྗེ་སེམས་དཔར་བསྒོམ༔ ཡེ་ཤེས་པ་ཡང་བསྟིམ་པར་བྱ༔ བྱང་ཆུབ་བར་དུ་རབ་ཏུ་གནས༔ དེ་ནས་བུམ་པ་སྤྱི་བོར་བཟུང་༔

（觀自金剛薩埵尊，本智尊亦融自身，如是安住至菩提。然後寶瓶持頂上。）

ཧཱུྃ༔ ཆོས་དབྱིངས་བུམ་པ་རྒྱལ་བ་ཕོ་བྲང་དབྱིངས་ཀྱི་ཀློང་ཡངས་ནས༔
བདེ་བ་ཆེན་པོའི་ཡེ་ཤེས་ལྔ་ལྡན་རྡོ་རྗེ་སེམས་དཔའི་སྐུ༔

吽 法界寶瓶廣大佛殿中，大樂五智金剛薩埵尊，19

ཉོན་མོངས་གདུང་སེལ་དྲི་མེད་སྟོན་ཀའི་ཟླ་བའི་མདངས་ལྟར་རབ་འབར་བ༔
能除熱惱淨如秋月光，

ཉོན་མོངས་འཁྲུལ་པའི་དྲི་མ་འཇོམས་པའི་བདུད་རྩིའི་ཁྲུས་མཆོག་ལེགས་པར་སྩོལ༔
請賜能除迷垢甘露水。

དབྱིངས་རིག་ཟུང་འཇུག་སྣོད་བཅུད་ཡོངས་རྫོགས་བུམ་པ་དབང་གི་རྒྱལ༔
界智雙運情器寶瓶王，

རྡོ་རྗེ་སེམས་དཔའི་སྐུ་གསུང་ཐུགས་ཀྱི་བྱིན་རླབས་རྨད་པོ་ཆེ༔
金剛薩埵身語意加持，20

ཐུགས་རྗེའི་སྤོབས་དང་རྫུ་འཕྲུལ་དཔག་མེད་གཟུངས་དང་མངོན་ཤེས་ཀྱིས༔
大悲總持無量神通力，

ལུས་ངག་ཡིད་ཀྱི་འཁྲུལ་པའི་དྲི་མ་མ་ལུས་སྦྱང་དུ་གསོལ༔
祈請淨除身語意迷垢。

མི་འགྱུར་མཚན་དཔེ་ལེགས་བཤད་སྒྲ་དབྱངས་བདེ་ཆེན་ཐུགས་མཆོག་དུས་འདིར་སྩོལ༔
請賜相好妙音大樂心，

སྣང་སྟོང་སྐུ་དང་གྲག་སྟོང་གསུང་དབྱངས་ཤར་གྲོལ་ཐུགས་མཆོག་རྟོགས་པར་མཛོད༔
了悟見聞覺空佛音智。21

ཡིག་བརྒྱའི་མཐར༔ ཀཱ་ཡ་ཝཱཀ་ཙིཏྟ་ཨ་བྷི་ཥིཉྩ་ཨོཾ་ཨཱཿཧཱུྃ༔
（念誦百字明，後面加上「嘎亞 瓦嘎 資達 阿毘欽札 嗡阿吽」。）

ཆུ་ཡིས་ལུས་གང་སྒྲིབ་དག་དབང་ཐོབ་བསམས༔ མཐར་ནི་རྡོ་རྗེ་སེམས་དཔའ་རང་ལ་བསྟིམས༔
淨水滿身除障得灌頂。最後金剛薩埵融自身，22

སྣང་སྲིད་འོད་ཞུ་རྟེན་དང་བརྟེན་པར་ཐིམས༔ སྲུང་འཁོར་འབྱུང་བ་གཞལ་ཡས་ཁང་དང་ཁྲི༔
現有化光融入壇城尊。護輪大種寶座無量宮，

དངོས་པོ་རྒྱན་རྣམས་ཡབ་ཡུམ་སོ་སོར་ཐིམས༔ ཡབ་ཡུམ་འོད་ཞུ་རྡོ་རྗེ་སྔགས་ཕྲེང་ལ༔
諸物莊嚴融入父母尊，父母光融金剛咒文鬘，23

དེ་ཡང་ཧཱུྃ་ལ་ཧཱུྃ་ཡང་ནཱ་དའི་བར༔ དེ་ཉིད་མི་དམིགས་ཀ་དག་ངང་ལ་བཞག༔
復彼吽字隱沒至那沓，安住無緣本淨體性中。

སླར་ཡང་རྡོ་རྗེ་སེམས་དཔའི་སྐུ་རུ་ལངས༔
復次現起金剛薩埵尊。

སྨོན་ལམ་བཀྲ་ཤིས་བྱ་ཞིང་ཉམས་བསྐྱང་ངོ་༔ དེ་ལྟར་རྡོར་སེམས་སྒྲུབ་པ་འདི༔ སྤྲོས་མེད་དོན་གྱི་ཉམས་ལེན་དུ༔ བཀོད་དེ་ཟབ་མོའི་གཏེར་དུ་སྦས༔ ལས་ཅན་ཞིག་དང་འཕྲད་པར་ཤོག༔ ས་མ་ཡ༔ རྒྱ་རྒྱ་རྒྱ༔

（念誦吉祥願文持覺受。金剛薩埵此修法，實為簡要修持法，埋藏深奧此伏藏，祈願遇得有緣人。薩瑪亞。印印印。）24

གསང་ཐིག་སྙིང་པོའི་སྐོར་ལས༔ རྡོ་རྗེ་སེམས་དཔའི་ཚེ་སྒྲུབ་བཞུགས་སོ༔

（密要精粹之金剛薩埵延壽修法）

རྡོ་རྗེ་སེམས་དཔའ་ལ་ཕྱག་འཚལ༔ རྡོ་རྗེ་སེམས་དཔའི་ཚེ་སྒྲུབ་ནི༔ ཐོ་རངས་ནམ་མཁའ་རྒྱ་ཆེ་སར༔ ཤར་གྱི་ཕྱོགས་སུ་ཁ་བལྟས་ཏེ༔ སྐྱབས་སུ་འགྲོ་ཞིང་སེམས་བསྐྱེད་ལ༔

（禮敬金剛薩埵尊。金剛薩埵延壽法，黎明廣大虛空界，行者面向東方處，皈依發心而觀修。）

རྡོ་རྗེ་སེམས་དཔའ་ཡབ་ཡུམ་བསྒོམ༔ ཡབ་ཀྱི་ཐུགས་ཀར་མི་འགྱུར་བའི༔

金剛薩埵父母尊，父尊心間十字杵，

ཤེལ་གྱི་རྡོ་རྗེ་རྒྱ་གྲམ་གྱི༔ ལྟེ་བར་ཉི་ཟླའི་གཽའུའི་དབུས༔

水晶體性不動轉。圓心日月之寶盒，25

ཨ་ཧྲཱི་ཧཱུྃ་གསུམ་ཐ་མ་ཏྲུ༔ སྔགས་ཀྱི་ཕྲེང་བས་བསྐོར་བ་ལས༔

中央阿匿吽三字，周邊咒鬘所環繞，

འོད་ཟེར་བསམ་ཡས་འཕྲོས་ནས་སུ༔ ཚེ་ཡི་བར་ཆད་ཐམས་ཅད་སྦྱངས༔

放光無邊妙難思，壽命障礙悉消除。

དུས་གསུམ་བདེ་གཤེགས་ཐམས་ཅད་ཀྱི༔ ཐུགས་ཀྱི་ཡེ་ཤེས་ཚེ་དཔལ་དང་༔

三世一切善逝佛，佛心本智壽福德，

ལྷ་དང་དྲང་སྲོང་ཐམས་ཅད་ཀྱི༔ ཚེ་ཡི་དངོས་གྲུབ་མ་ལུས་དང་༔

所有天神與仙人，一切壽命之成就，26

འབྱུང་བ་བཞི་ཡི་བཅུད་རྣམས་དང་༔ སྐྱེ་འགྲོ་རྣམས་ཀྱི་ཚེ་བསོད་དང་༔
種種四大之精華，眾生壽命與福德，

རང་གི་ལྷ་ཚེ་གདོན་གྱིས་བརྐུས༔ དེ་དག་ཐམས་ཅད་ཚུར་བསྡུས་ཏེ༔
鬼魅所盜自魂壽。彼等一切悉收攝，

བདུད་རྩི་ལྔ་ཡི་རྣམ་པ་རུ༔ ཁ་ཡི་ནང་དུ་ཞུགས་ནས་སུ༔
化為五種甘露水，盡數流入口中後，

ལུས་ཀྱི་ནང་རྣམས་ཐམས་ཅད་གང་༔ ལུས་ནི་བཀྲག་མདངས་གཟི་བརྗིད་ལྡན༔
遍滿身內一切處，身具神采與威德。27

གའུ་ཅུང་ཟད་ཁ་ཕྱེ་བས༔ དྭངས་མའི་དྭངས་མ་བཅུད་ཐམས་ཅད༔
寶盒微微開啟故，一切精華之精華，

ཨ་ཧྲཱི་ཧཱུྃ་གསུམ་ལ་ཐིམ་པས༔ བཀྲག་མདངས་འོད་ལྔ་འབར་བ་དང་༔
融入阿匿吽三字，五種光彩極熾盛。

གའུའི་ཁ་བསྒྲིགས་འོག་གཞི་ཡི༔ རྡོ་རྗེ་རྭ་བཞིའི་སྙིང་དུ་མདུད༔
闔上寶盒四角處，金剛四股繫成結，

རྡོ་རྗེའི་ལུ་གུ་རྒྱུད་ཀྱིས་བཅིངས༔ འཆི་མེད་རྡོ་རྗེའི་སྲོག་ཐོབ་གྱུར་པར་བསམ༔
繫成金剛連環結，獲得不死金剛命。28

དེ་ཚེ་རླུང་ལ་སྦྱོར་བ་དང་༔ རིག་པའི་གསང་སྔགས་འདི་ཉིད་བཟླ༔
（此時配合氣，誦此覺密咒。）

ཨོཾ་བཛྲ་སཏྭ་ཨ་མ་ར་ཎི་ཛཱི་བནྟེ་ཡེ་སྭཱ་ཧཱ༔
嗡 班札薩埵 阿瑪拉尼 吉溫諦耶 梭哈

ཞེས་བཟླས་རྫོགས་རིམ་ངང་དུ་གཞག༔ མི་འགྱུར་རྡོ་རྗེའི་དབྱིངས་སུ་བསྒོམ༔ འདི་ནི་འཆི་མེད་སྒྲུབ་པའི་གཙོ༔ གལ་པོ་ཆེ་ཡི་མན་ངག་གོ༔ ས་མ་ཡ་རྒྱ་རྒྱ་རྒྱ༔ གཏེར་ཆེན་མཆོག་གྱུར་བདེ་ཆེན་གླིང་པས་ཙཱ་འདྲ་རིན་ཆེན་བྲག་ནས་སྤྱན་དྲངས་ཏེ་ཡང་ཁྲོད་ཀུན་བཟང་བདེ་ཆེན་འོད་གསལ་གླིང་དུ་གཏན་ལ་ཕབ་པའི་ཡིག་བྲིས་པ་པདྨ་གར་གྱི་དབང་ཕྱུག་གིས་བགྱིས་པ་དགེ་ལེགས་འཕེལ༔

（圓滿次第中安住，不變金剛界中修，此為不死主修法，極為重要之口訣。薩瑪亞。印印印。此法由化身大伏藏師秋珠德謙林巴，於「札乍仁謙查」岩石中請出。後由貝瑪卡吉望秋，於「袞桑德謙沃瑟林」靜修禪院轉錄。願增善好。）29

སྨོན་ལམ་དང་བཀྲ་ཤིས་ནི༔

（吉祥願文）

བླ་མ་རྡོ་རྗེ་སེམས་དཔའ་དགོངས༔ འདི་ལྟར་དགེ་སྤྱོད་བསོད་ནམས་གང་༔
金剛薩埵請鑑知，如是善行一切福，

མཐའ་ཡས་སེམས་ཅན་རྣམས་ལ་བསྔོ༔ སྒྲིབ་གཉིས་ཀུན་ཟད་ཡོན་ཏན་རྫོགས༔
迴向無邊諸有情，圓滿功德除二障，30

འགལ་རྐྱེན་ཀུན་ཞི་མཐུན་རྐྱེན་འགྲོར༔ བླ་མེད་བྱང་ཆུབ་གནས་ཐོབ་ཤོག༔
息諸逆緣得順緣，願證無上菩提位。

འགྱུར་བ་མེད་པ་རང་གི་གཞིས༔ རྟག་ཅིང་བརྟན་པ་རྡོ་རྗེའི་གནས༔
本無動轉自體性，恆常堅固金剛處，

རང་རིག་ཡེ་ཤེས་དབྱེར་མེད་པར༔ མངོན་འཚང་རྒྱ་བའི་བཀྲ་ཤིས་ཤོག༔ ཅེས་བྱའོ༔
本覺智慧無分別，祈願成佛現吉祥。

| 第六章 |

金剛薩埵之語[30]

取自《秘密心髓》的一印金剛薩埵生起和圓滿次第修持要點解說

貝瑪・智美・羅卓・顯培・確吉・囊瓦

皈依上師和殊勝的金剛薩埵！

依照無上的持明上師所教導，我將寫下取自《秘密心髓》的金剛薩埵修持中觀想次第的簡明解釋。這個解釋主要有三個部分：一、前行；二、正行；三、結行次第。

一、前行

前行相關的討論包含兩個小的部分：（一）進入修持之前行，（二）讓一個人成為相應於道的法器之前行指導。

（一）進入修持的前行

在一個獨處的地方，坐在舒適的座墊上，坐直並保持正確的姿勢，讓你的心自然輕鬆的安住。接著從鼻孔排出濁氣三次，想像此刻你

30. 英譯註：這篇釋論大部分由阿尼勞拉・丹堤結合萊恩・孔倫完成的章節翻譯而成；隆日・饒瑟進行審譯；瑪西亞・德千・旺嫫和喇嘛讓・普萊斯則協助排除了諸多疑難。

的罪業和覆障都清淨了。記得一個利他的動機，想著：「為了利益一切有情，我現在開始甚深法道的修持！」想像在你的頭頂坐著具足三種慈悲的自己的根本上師。[31] 自信的相信你的根本上師就是一切皈依處的化現，[開頭如下文中的祈請文]「三世諸佛，上師仁波切，奇哉！法身普賢王如來……」向他們祈請，讓自己對他們生起完全的信心。接著讓上師消融於自身。在每一座修法開頭都要這樣做。

（二）讓一個人成為相應於道之法器的前行指導

《伏藏根本頌》中說：「發願獲得修持成就的瑜伽士，應該帶著堅定的出離心。」因此，希望今生就獲得勝義和世俗成就的人，應該首先生起出離心。這是很有必要的。同樣，珍貴的蓮花生大士也教導：「帶著強烈的出離心，盡力取捨因果。」[32] 因此，為了要開展出離心，極其重要的是一再的觀照獲得暇滿人身和因緣的難得，人生無常，業果不虛。觀修這幾點，直到它們深刻的融入你的心。偉大的伏藏師金剛持[33] 無論何時給予教法的時候，都反覆陳述這個重點。

一開始，我們做一般的皈依，並生起菩提心——大乘佛教的根本。《伏藏根本頌》說：

> ……到一個閉關處去，皈依三寶，生起殊勝之證悟之心，透過七支供養精進累積福德。

31. 英譯註：在金剛乘之中被解釋為上師慈心的三重慈悲是給予灌頂、解說續典、給予口傳。

32. 英譯註：《蓮師心要建言》，見摘錄。

33. 英譯註：此處指秋吉．林巴。

如此，將你的信任交予三寶——讓眾生從輪迴恐怖的痛苦中解脫的皈依處。輪迴就像火坑和毒蛇窩。在觀想任何相應的繁複或簡略的皈依境的時候念誦皈依。接著，生起珍貴的願、行菩提心，並念誦：「霍！金剛上師，尊勝的佛陀……」三遍[34]。當念誦「願一切有情具樂」等句時[35]，觀修四無量心，並消融資糧福田於自身。

相信行者已經對此訓練有素了；因此這部分我只是只簡略說明，作為一個提醒。但對初學者來說，完整的練習前行修持是很重要的——就如同「成就上師智慧心——掃除一切障礙」（Tukdrub Barchey Kunsel），觀世音菩薩，以及其他經典都這麼說。

二、正行

這裡有三個部分的教導：（一）證悟身——生起次第手印；（二）證悟語——念誦咒語；（三）證悟心——圓滿次第之真如。

---

34. 英譯註：〈八句祈請文〉如下：
霍
恆住三世的金剛上師、世尊佛陀，
我向您頂禮。
毫無疑慮地，我皈依三寶教法之基的聖者們，
祈請接受此等清淨的實設和意緣供養，
我無一例外的懺悔一切阻礙成就之流的過失和障蔽。
隨喜十方所有三清淨的無執功德，
我決意趨向清淨無染於四邊之證悟，
我向諸佛菩薩供養三清淨之身，
我將每世所積一切善迴向無上正等覺。
35. 英譯註：願一切有情具樂。願他們離苦。
願他們永不離妙樂。願他們證悟一切之平等性。

（一）證悟身——生起次第手印

如一般引導的七支坐法盤坐。這個修持有兩個步驟：1）進入三個三摩地的架構；2）生起無二的誓言——智慧壇城。

1. 進入三個三摩地的架構

關於第一個三摩地——真如三摩地，儀軌中說：

包含所有現象的一切，都是空性。

這裡的修持意味著將無生的心安住在這樣一個狀態：所有對能所的執取——一切外在顯現、感知的對境、內在顯現、五蘊、五大元素、感官、意識和自我的執著——如同空中的彩虹般消融，就像它們都消失在虛空一樣。

至關重要的是在每一個三摩地之中完成清淨、圓滿和成熟的作用。如果做到了，真如三摩地便淨化和清淨了死亡的狀態。當種下實現法身的種子，圓滿果位的條件便具足了。當鋪墊好更高法道的圓滿次第的基礎——究竟的明光在心相續出現，成熟就成為可能了。

關於第二個三摩地——遍顯三摩地，儀軌中說：

大樂、明光，是慈悲的展現。

這個三摩地包含了修持以理解這點：儘管一切尚未證悟的眾生出現，但他們並不真實。帶著偉大、遍在的如幻悲心之光，了無對如幻對境的執著，思維：「我將安置他們於殊勝的證悟之境。」

這個三摩地清淨了中陰狀態，使圓滿報身果位的因緣具足。它因為內心生起大悲心所奠定的基礎成熟，也就是明光能以智慧身出現的成因。

關於第三個三摩地——本因三摩地，儀軌中說：

此二者合一是白色種子字吽，

如上所述，觀想白色的種子字吽——結合了出現在明光中的自知本覺，就是大樂、清明和空性的本質。這個三摩地清淨了概念出現那一刻的意識。它使化身果位成就具足條件因緣，並從報身中顯現。化身能依眾生所需調伏他們。它為圓滿次第展現為智慧本尊身形奠下基礎。

2. 開展無二的誓言——智慧壇城

這點又分做三小點：（1）觀想護圍；（2）觀想所依處——壇城；（3）觀想能依者本尊身形。

（1）觀想護圍

如儀軌中說：

種子字放光，形成圓穹的金剛和火焰

觀想從因地種子字吽，光芒放射出來形成一個金剛地，周圍有護牆，頂上有半個金剛杵裝飾的天蓬，它的周圍智焰升騰，火光超越所有緯度。由此淨化入胎這投生過程之一的習氣傾向。這奠定了突破圓滿次第脈、氣、明點修持相關的阻力因素和錯誤的基礎。

附帶一說：修行高深的禪修者會視一切惡念、我執的念頭、對凡俗對境的執取、以及執實，在本質上都是不二、不變的空性和大樂。

空性如金剛，大樂如火焰的光明；因此，這樣的概念性念頭不會生起。對這樣的修行人來說，防止這樣的念頭生起就是護牆。無論如何，向上面提及的觀想護牆的方式對清淨、圓滿和成熟等等——是無上的方便。因此，是非常重要的。

（2）觀想所依處——壇城[36]

其內爲各元素及須彌山

在護圍內，本因種子字吽放光，光中為一個個重疊起來的種子字欸、樣、讓、康、朗、松（E、YAM、RAM、KHAM、LAM 和 SUM），從這之中出現了和須彌山一起的空、風、火、水和地的壇城。

這些之上是千瓣蓮花，
其中心……

在堆疊起來的元素和須彌山之上是一朵千瓣蓮花及花蕊。花蕊上是一個日輪墊，其中央是一個多色十二輻的十字金剛杵。觀想十字金剛杵向東是藍色，向南是黃色，向西是紅色，向北是綠色，中心是白色。這個觀想淨化了建立五大元素之器——形成宇宙和須彌山的基礎。

它們為淨土具備因緣條件。在淨土中，未醒悟的將會醒悟。五方佛母圓滿於法界的秘密空間就代表了這些淨土。

在圓滿次第，五大元素和須彌山，就是顯現為蓮花、日輪和十字金

36. 英譯註：見附錄。

剛杵——脈、氣和明點——的脈輪和中脈。

這些是對淨土不同的理解。

……種子字「巴榮」變成珍寶嚴飾的越量宮

從多色金剛杵頂上的本因種子字吽，出現了種子字巴榮，並轉化為越量宮——方形四門，有四個或八個門廊。頂棚（phyur bu）由金剛嚴飾，如此而具足一切越量宮寶殿的嚴麗特質。如《根本頌》云：

宮殿正中的寶座上有蓮花、日、月及種子字吽

如此，你觀想一朵八瓣蓮花，中心是一個珍寶鑲嵌、八獅承托的法座，法座上有蓮花和月輪墊。越量宮清淨對人類使用的建築物貪執的習氣；蓮花和月輪墊清淨對胎生或其他投生處的執取。觀想越量宮，使顯現果位成就的條件具足：越量宮即是自然經驗的智慧輪。

到了圓滿次第的時候，越量宮就只是大樂的象徵，明空不二之心，在這其中，脈、氣、明點的覺受成一味。

蓮座代表頂輪，月亮象徵完美大樂以第十六層的喜樂出現，精髓流體反轉流向最終的目的地：頭頂。

（3）觀想能依者——本尊身形
這點也有兩小點：a. 開展、 b. 聖化。

a. 開展
這裡的開展用的是三個儀式的方法。如《根本頌》所說：

日月墊上是種子字「吽」；

你就是上師金剛薩埵。

本因種子字吽下降到座墊上是證悟語的種子字的儀式。觀想本尊家族標誌——一個白色的五股金剛杵，中央標示著吽，這個觀想是證悟心的標誌的儀式。光從種子字射出光芒，並聚集回收，達到了兩重利益。接著種子字轉變成一個光球。當你念誦「嗡班雜薩埵阿」的時候，光球變成金剛薩埵的形象。

本尊完美身形的觀修過程，讓進入子宮中結合的紅白明點的意識得到清淨；隨後經驗到父母交合的結果——妊娠的五個階段[37]；在卵子、精子和意識融合之後，透過形成感官器官的十種風，身體逐漸生長，接著到人出生。這成熟了佛以入胎出生的證悟行為來示現化身，並以眾生所需來調伏他們的果位的因緣。

圓滿次第前後內容裡，種子字和手行是氣融於脈的象徵。光放射並聚集回來，象徵的是從元素消融引發的喜樂之中生起的空樂。完整的身，為不變的空樂和同時生起的智慧身的成就建立了基礎。

當法本說到「上師」，如上面儀軌提到的那樣，很重要的是始終把本尊看作跟你的根本上師本質無別。就像《舊譯全現珍寶密續》所教導的：

在十萬劫內
禪修十萬本尊，
不如單純憶念上師。
它所帶來的功德無量。

37. 英譯註：根據藏醫學的解釋，妊娠期間胎兒發育和感受的五個階段。

同樣，《金剛明鏡》也說：

金剛薩埵是壇城主，
上師與諸佛等同。

對此你必須了解。相對來說，如果，你像有些人那樣認為只要禪修尊貴的蓮花生大士就夠了，完全忘記給予你灌頂和口訣教授的上師，你就扭曲了佛法最重要的一點。因此，要領悟這個關鍵要點。

伏藏師們就是如此禪修——憶念尊貴的蓮花生大士，因為給予灌頂和口訣教授的上師對伏藏師來說，就是尊貴的蓮師本人。不過，你自己運用這樣的方式似乎太過了。所有的經續都教導：一切道的根本就是對上師的虔敬。因此，要理解這個關鍵的要點。

金剛薩埵的身體是透明的白色。他有一面，帶著寂靜的微笑。他的長髮在頭頂結成一髻，珠寶莊嚴。他右手的拇指和食指持金剛杵，放在心間。左手握著金剛鈴，放在胯間。他懷抱雙腿金剛坐姿的明妃。他具足三十二相，八十隨行好。他上身著多色絲帶（很多各色短絲帶垂在他的頸後）和深藍色嵌著各色條紋的絲巾。他戴著絲質的頭飾，右側為藍黑色在右耳之上，左側為紅色垂在左耳下。現在繪製的是絲帶從頭冠的裝飾吊鉤上掛下，繞在雙耳上。

他的上衣是白色鑲金的絲質服飾，樣式叫做昂日（ngangri）。有人解釋為金色大雁的圖畫，但這是不正確的。這個理解混淆了詞彙的一般和特定所指，就像一個叫做夏瓦（shawa）的木頭，被誤解為山裡發音一樣作「夏瓦」的動物。昂日圖紋在這裡指的是一種樣式，也被叫做哈郭日（hakori）、哈洛日（halori）、昂日（ngangri）、哈倉日（hatsangri）等；它是圓形彎曲，像樹上的樹葉的形狀。他的下裙是莊嚴的多色絲裙。

金剛薩埵穿戴八種珍寶嚴飾：盛開金蓮綴滿珠寶裝飾而成的頭冠；兩個圓形綴有珠寶的白色耳環；華麗的頸鍊；垂到胸前的中等長度的項鍊；垂至肚臍的長項鍊；臂環和腳環；以及金色腰帶。這條腰帶上鑲嵌著表面有格子形珠寶的寶飾，每串垂下的瓔珞頭上都有一個小小的銀鈴。

五種絲服飾根據不同傳承，可以有不同的計算法。比如，敏林金剛薩埵修持，在上面所說的衫、裙、頭巾、絲帶之外，第五件服飾是舞袖。這兩隻袖子從上衣延伸垂在手肘處。我也見過早期的大師們把絲巾這件服飾叫做達爾固（darkug）。在竹多．哦竹（Drubtob Ngödrub）的伏藏法《松贊遺訓》中提到藍黑色的腰帶延伸到腿部，成為一個短的下身服飾。腰帶被算做第五件服飾，而舞袖不算在其中。其他算法把胸前的絲帶算進去，而不算另外的絲帶。這樣我們就有了很多不同的算法，但不應該執著任何特定的說法。

在他的胯間是明妃傲慢母，十六芳齡的年輕少女。她雙手持彎刀和顱器，以蓮花坐姿盤坐，擁著佛父。除了身上的五骨嚴飾和寶冠，她沒有其他裝飾，全身赤裸。

六裝飾含有六度的精髓，以及六佛部的身分象徵。頂輪，與專注相關，是不動佛；短項鍊，代表布施，為寶生佛；耳環，象徵安忍，是阿彌陀佛；六個環飾（臂環、手鍊和腳環），指的是持戒和毗盧遮那佛；腰帶表示精進，是成就佛；骨灰象徵般若波羅蜜多，是金剛薩埵。相關這段上下文，因為薄伽梵母是般若波羅蜜多的特性，不需要用般若封印般若，所以骨灰排除在外。這樣，她由五種方便善巧的裝飾封印，觀想為在光中，光芒四射。

b. 聖化

這是指下面這幾行：

> 我的頭冠上是嗡 吽 贊 舍 阿，
> 五智的本質。
> 我的前額、喉間與心間是嗡 阿 吽，
> 加持身、語、意。

有關證悟身的嚴飾、證悟語的種子字和證悟心的手持法器，在觀想方式上，應細緻、精簡或適中，要根據上下文句內容。為了消除對凡俗顯相的執著，而生起佛慢的想法：「我就是顯耀的金剛薩埵，所有勝者的化身！」這樣修持，直到你生起深刻而堅定的確信——本尊的身形沒有絲毫超出了你自己覺知的展現。更進一步的，就如大譯師確佩．嘉措教導的：如果你可以持續體現這樣的金剛慢，同時了無執著，而因此生起對本自具足的重點的了悟，這條就真正成為了捷徑之道。

現在是憶念清淨的訓練。在基位時，自生智慧從來未被錯誤或瑕疵染污，而本自清淨。在果位時，這個自生智慧是解脫於一切變動的、外來的覆障。因為這些原因，他們的身體都是白色的。

在基位的時候，本初的真實本質（dharmata）是平等的，當法性本然從未離開過那個狀態和它觀點的各個方面，存在著兩個真理。在果位的時候，二資糧的累積已經圓滿，或可以說行者已經具備了了悟一切存在與存在方式的智慧。因此，金剛薩埵有二臂。在基和果兩方面，主體都是自生的五種平等的本初智慧，客體是空性，超越建構。尤其是，在果位時，金剛薩埵展現出透過方便善巧和智慧利他，這點在形態上就是以雙手所持的鈴杵法器來表示。

在基位時，在最初本然狀態，存有和平靜是不可分的。在果位時，圓滿了般若和大悲，行者便從存有的極端和平靜中解脫出來。這點透過金剛薩埵呈金剛坐姿的雙腿來體現。因為在基位時，煩惱的痛苦從未染污過基本的本質，而在果位時，行者從痛苦中解脫出來，因此他身著五種絲質服飾。因為本質上一切善德現象完全是完美的，他的頭髮成頂上一髻。他有八種滿足感官享受的珍寶嚴飾，就是本初智慧的莊嚴。明妃手持的彎刀和顱器，象徵了斷除概念和殘留的無概念喜樂。佛父佛母雙運展現的是空性和慈悲不二。

一旦你在觀想本尊時，開展出了那樣的清明、清淨和穩固，為了開展你對三摩地的熟練性（rstal sbyang），就可以訓練自己觀想不同尺寸的本尊，有時候大，有時候小。

（二）證悟語——念誦咒語

有三種持誦咒語的方式：粗重氣持誦、微細金剛念和口頭念誦。

第一種是在持住寶瓶氣或是中間息時，練習內心念誦。第二種是結合呼吸的念誦三個種子字。但是，這裡你應該將口頭念誦百字明咒作為主要的念誦方式。如儀軌中所說：

如河流般持咒

在金剛薩埵心間的日月輪墊上，有一個白色的五股金剛杵。杵柄中心的月輪墊上，是一個白色種子字吽，周圍是百字明咒。百字明咒面朝外，以逆時針方向排列，咒語從外圍開始，結束在圈內。即使你觀想金剛薩埵身形巨大，百字明咒還是要有適當比例。因此，教導中說無論大小如何，咒語的結束是在咒鬘裡面。

一開始，用黑底白字的方式正確書寫百字明咒，看著咒語直到你熟悉它。照這樣訓練，直到你感覺百字明咒靈活清晰的出現在你心中。

當在練習觀想種子字的時候，以種子字「阿」為例，《秘密藏續》（Guhyagarbha Tantra）中教導的有八個層次的清晰和穩定。它們是：不動、不變、完全不變，以及能夠轉化為任何事物的完全穩定的四個階段。結合上述穩定，身白色的觀想也有四個層次的清晰：清楚、明亮、通透和生動。讓心保持專注一致與種子字的訓練就具備上述特質。此外，為了清淨對所經驗的對境的執著，應該觀想從阿字化現出無量的極其小的阿字。你從《秘密藏續》的釋論《密義寶鬘論》中可以了解更多。

念誦百字明咒的方式，可以根據達摩卡利（Dharmakari）的口傳，他的方式來自達瑪師利大譯師的口傳。

從「在我心間……」直到「無量的本尊、咒語和本初醒覺皆示現」，描述的是持咒時的觀想。這裡要理解智慧薩埵是月輪，吽是金剛薩埵生命力的清淨精髓。你想像從念誦的咒語的咒鬘放出光芒，充滿虛空。光芒向諸佛、佛子獻供，並積聚他們的加持和成就——以光的形式回收並消融於自身。這是觀想利益自己的加持。接著想像從金剛薩埵心間，放射出來的光芒碰觸到眾生，從而清淨他們的過失和覆障，將他們安置於金剛薩埵的果位——殊勝、不變的大樂。光束再回收，消融於你心中的咒鬘。這是利他的持咒觀想方式。

任何方式的持誦，你都應該理解外、內、密的三層清明——對自己就是誓言薩埵、本尊就是智慧薩埵，以及觀想光芒來回此二者的清明，和光芒照射出去及回收；以及組成金剛念的三層精微——極細種子字，手持法器，和外形。

在念誦之間，你打開了念誦的殿堂，透過向它放射白色光芒，你祈請本尊清淨自己的覆障。回收光芒而清淨了你的覆障，使你成為成就的具格法器。當你念誦的時候，做這樣的想像。最後，你讓壇城消融於自身。

在近念誦的的過程中，持咒時放光和回收方式如下：當放射出白色光芒，你祈請智慧薩埵，當回收紅色光芒，你成為了成就的具格法器。

在成就過程中，透過放射出紅色光芒，你祈請成就，當光芒回收，想像自己獲得了證悟的身、口、意的成就。透過這樣的方式，你交替觀想光芒放射和回收。

在大成就的過程，你不再化現光芒射出；只是聚集深藍色的光芒，成就融入行者的心相續。

一般來說，當觀想放光和回收有這幾種方式，你可以分開或不分開誓言薩埵和智慧薩埵。但這裡來說，因為光芒射出和回收的對境是勝者的淨土，它是無分別的遍佈整個虛空和眾生的，因此不需要將誓言薩埵和智慧薩埵分開。修持念誦時，不離顯相即本尊、聲音即咒語、念頭即本初智慧的狀態。

百字明咒意解

對於持誦的咒語的含義，開始的種子字 OM，是一切善逝的金剛身，以種子字的形式顯現。《金剛頂續》中說：

為何持誦種子字 OM？
因為它是無上富貴寶藏，

榮耀、幸運、福德、
誓言和吉祥。
因此，它是持寶之眞言。

種子字 OM，據說包含八種含義。從中，這裡指的是「誓言」和「無上吉祥寶藏」。VAJRA（班雜，意思是金剛）具有般若的本質——空性。完全不被其他條件、構建或特質所觸及。SATTVA（薩埵）意思是「眾生」（sempa）。它指的是大悲心的方便，或另一種解釋，是不變的大樂，三門圓滿無別的合而為一。如《喜金剛密續》中說：

金剛意爲無分別，
薩埵，三界之主。

因此，金剛薩埵是空性和大悲、大樂的無二無別——不二的一味平等性。在染污、不淨的狀態，稱為「輪迴」。在更細微的狀態，清淨染污的次第過程，就叫做「道」，而在完全無染的狀態，那就叫做「證悟」。這個清淨的結果，對於將被調伏者顯現為一個反照，這就是象徵的金剛薩埵[38]。

SAMAYA[39]，[40] 在咒語的上下文中，指的是神聖的金剛乘誓言；但是，在另外的文句中，在其他事物之中，它也可以意為「時間」。「神

38. 英譯注：無法翻譯下面的語句，因為法本錯誤百出。見下一個腳註。整個法本充滿了錯誤，我們試著糾正。

39. 英譯注：萊恩．孔倫、隆日．饒瑟翻譯了咒語。腳註39-61亦由其所加。

40. 英譯注：這部分有很多挑戰。儘管我們跟尼泊爾的梵文學者核實過這幾頁，這裡的很多梵文文法符合任何所知的解釋。這裡也有很多抄寫錯誤。相關於此的筆記全部都有記錄下來。無論如何，咒語的整個理解多少是正確的，而配合的解釋必定讓困難的翻譯任務成為值得的。

聖的誓言」這個名相指的是不可侵犯和違背的，含義也指甚深秘密金剛薩埵是不可侵犯和超越的。在 SAMAYA 上加賓格的 AM 之後，咒語於是念作 SAMAYA anupālay, MANU PALAY，後面一個字是動詞「護衛」的祈使句[41]。如此，神聖的誓言要被護衛。當聯繫到下一個詞，SANDI sandhi[42] 的規則把 ANUSVARAM anusvāra ṃ 改變為 M，這樣 SAMAYA MANU PALAYA 成為 samaya manupalaya。因此，為了要得到本尊的保證，行者首先要呼請他的名字。實際祈請文這樣講述：「請守護我神聖的誓言！」

接下去跟之前一樣，咒語再以 VAJRA SATTVA 繼續。說到 TVENA[43]，首先 YUSTAR 的樣子變成了 yus†ar，接著把 RWATRALA rwatrala[44] 放進第三格的 TA†a，而形成了 TVENA[45]。這個意思是「被你」[46]，成為「金剛薩埵你」。Uptis†ha 結束在第五格，因此意思是「請現前！」[47] 這裡指的是金剛薩埵現前。當跟前面的 na 連用，咒語讀作 TVENOPA TISHTHA tvenopatis†ha。

金剛薩埵以很確定[48]的姿態現前在某人自身。因此，DRIDHO drdha 被給予了 SU sū[49] 的名詞格形式，補足了 DRIDHO drdhah。ME[50] 的意思是「為我」，因為它結束在與格標誌中。結合這兩者，

41. 英譯註：其實是呼格。
42. 英譯註：在梵文文法中，SANDHI指的是出現在詞素或文字界線的各種音韻作用。
43. 英譯註：法本讀誦的是TVENOPA；但那只關係到了TVENA。
44. 英譯注：無法猜測YUSHTAR yus†ar 和RWATRALA rwatrala是指什麼。
45. 英譯註：法本讀作PA，但這看起來沒有道理。
46. 英譯註：法本讀作 khyod kyi，意思是「你的」。似乎應該讀作 kyod kyis。
47. 英譯註：這裡其實是過去被動式的呼格。
48. 英譯註：法本讀作brten或說「所依」。
49. 英譯註：法本讀作SU。
50. 英譯註：法本讀作 KHE。

DRIDHO MEBHAVA dṛḍhomebhava 結束在第五格[51]，意思是對動詞「成為」的祈使句。當跟前面的詞語一起，表示「你，金剛薩埵，確定為我現前。」

這裡，要理解無始無終的心，如經文中寫道：

> 大樂金剛薩埵，
> 全然如普賢王如來的精髓。

這句從安住於事物本質的角度，解釋了究竟的金剛薩埵。這裡「現前」的意思是僅管他本人遍一切處而且現前於輪涅的一切有情及無情的世界，行者還沒有將此認識出來。現在，願他以某人本自的自覺形式的直接展現來現前。

yi[52] 這個前綴加在了 TOSHYO toṣyaḥ[53]，使 SUTOSHYO 成為 suṣyaḥ，意思是「得到很好的滿足」[54]或是「得大滿足」。Me 意思是「為我」，bhava 是對「成為」的祈使句。Visarga 變成了 o[55]，而當連用時，形成了 SUTOSHYO MEBHAVA sutoṣyomebhava。因此，行者祈禱而念誦：「請讓我得到喜樂之感和大樂而滿意，解脫於變化和繁瑣。」

祈請還不僅限於此。相類似的，SUPOSHYO supoṣyo[56] 意思是「神妙或極好的擴展」。跟 MEBHAVA 像上面這樣格式化起來，

---

51. 英譯註：這不是第五格，而是直接上面第二人稱的單數祈使句。
52. 英譯註：似乎作者是指前綴的一串特別的名字；但我不熟悉它們。
53. 英譯註：法本讀作TOSYO tosyo。
54. 英譯註：法本讀作 len par tshim pa，不過它明顯是個抄寫錯誤，因為梵文的SU應該被翻譯為legs。
55. 英譯註：法本讀作 U。
56. 英譯註：法本讀作 SUPOSYOH suposyoh。

SUPOSHYO MEBHAVA suposyomebhava，因此，意味著「極好的開展或滋養我」。將 SI 放作 RAKTA 前綴，就變成 ANU RAKTA anuraktah，意思是「熱忱的」。加上 MEBHAVA，變成 ANU RAKTA MEBHAVA，意思是「對我熱忱」。事實上，金剛總持是給予聚集的深刻悲心的一個名稱，這已經完全捨棄了甚至於貪慾或執著的最輕微的染污。因此咒語說：「願您以慈愛擁抱我。」

SARVA 的意思是「全部」，SIDDHI 的意思是「精神修持的成就」。加了賓格的 am，就變成了 SARVA SIDDHI sarvasiddhi 。ME 意思是「為我」。給 YACCHA 加了前綴 PRA，補足了祈使句，「完全給予」。因此，這個意思是：「給予我全部的成就。」這邊「全部」指的是一切精神修持的共與不共，粗和細的成就。

咒語接下去是 SARVA，意思是「一切」，KARMA 意思是「行為」。加上位置格複數的 SU[57]，變成了 KARMASU。CA 是一個連接詞，意思是「沒有限制」。也有說[58]是助詞「而且」的意思。把 MAR[59]放到屬格，意思是「我的」。CITTA 加了一個 AM aṃ，放到賓格，成為了 CITTAM citta ，意思是「心」。SHRE YAM Śrīyah 意思是「善德」，KURU 的意思是祈使語裡面的「使得」。將這些組合在一起，意思為「使我的心在所有行為中成為善的。」因此，這是一個祈請：讓一個人的心是善的因為心總是在所有行為之前，也因為一切善都是從善心而來。就最後的意思，經文中解釋道：

57. 英譯註：法本讀作 SA SU。

58. 英譯註：法本讀作 don med，跟下面的翻譯相矛盾。

59. 英譯註：這個或許應該讀作ASMAD。

無論任何只存在大樂之處，
多重之舞由單數而表達出來。

大樂之心的單一金剛顯現出輪迴和涅槃、相對與絕對的多重架構，然而無論展現出什麼，都不曾超越過大樂的本質。這些語句因此是在引出這個最後的秘密。

HUM 是金剛薩埵的種子字，它封印了五方佛部的諸佛，並顯示五蘊的清淨本質。HAHAHAHAHOH 表示的是眼的對境，如色相等等，與眼之主體以及其他六識——的本質——都是清淨的。一旦圓滿了，它們都是諸如來。

BHAGAVAN 意思是「薄伽梵」或是「具足四力六神通的人」。為了避免和非佛教的主要神祇的名字混淆，西藏譯師們加了一個額外的字母 'das，意思是「超越」。SARVA 意思是「全部」，TATHAGATA ME MUCHA BHAVA thathāgata 意思是「如來」或是「已經超越到究竟真理或真如境界之人」。VAJRA 是指不二的本初智慧，這裡是放在呼格形式[60]。這是祈請一切諸佛的保證。總合起來，這段可以翻譯為：「哦，一切薄伽梵金剛如來！」[61]

祈請本尊保證的目的為何？從 MAME MUNCHA māmemuñca，ma MA 是命令動詞的否定助詞，意為「不要」。ME 意思是「為我」，MUNCHA 是「捨棄」的命令形式。所有在一起意思是「不要捨棄

60. 英譯註：法本字面讀作：以第一格連載呼格。不過，呼格和梵文語法中第一或名詞格是不同的。
61. 英譯註：梵文中如來是單數，因此多半意思是指：「哦薄伽梵，一切諸佛之金剛。」

我。」這樣，在說到「使我不離於證悟真如的本初智慧之大樂」，加上「不要放掉無別的大悲心。」

咒語接著是 VAJRI BHAVA。VAJRI 的意思是「持金剛」。BHAVA 是「是」的祈使語。因此，它的意思是「作持金剛者」。這是對前面一句祈請說「不要捨棄我」的釐清。這裡不捨棄的對象是誰，便清楚了。

MAHA 意思是「大」，SAMAYA 指的是神聖的誓言。SATTVA 是「眾生」，因此，就成了「偉大誓言眾」。這個意思是從來不曾不具時間的違反神聖的時間。呼格的 SI 加在這個詞根，意圖是以 AH 來表達的祈請。這是一個不可摧毀的字母，它帶有金剛的精髓，以及一切如來的語。就像 OM，它的出現代表了一切善逝。這裡上下文的意思是「無一例外」或「願我無一例外的成就與諸佛平等一味的殊勝本初智慧的精華。」要理解這裡祈請的是這個意思。

持誦咒語清淨的是對輪迴之名稱、詞彙和文字的概念和對語言的執著。這使在不可摧的那達界成就證悟語所需的因緣具備，因此能為調伏眾生而轉法輪。它也為在圓滿次第時氣的清淨奠定了基礎。

百字明咒的功德利益

關於持誦百字明咒的利益，《根本密續》法本說：

> 只是念誦一遍，
> 五無間罪的果報和覆障也能被淨除。
> 甚至地獄也能清空，
> 你將與金剛薩埵無二無別。

《金剛頂續》云：

即使犯下五無間罪的惡業，
你仍會像金剛薩埵一樣。
所有手印將會成就。
一切將會成就——無有懷疑。

因此，要理解它具有不可思議之利益。

三、結行次第

（一）證悟心——圓滿次第之真如

在生起次第基礎上的圓滿次第，是在修持結束時。它從「顯現和存有皆化光……」開始，直到「我再次以金剛薩埵之外形現起」。整個法器及其內涵都如本尊一般清淨，消融於保護圈，再消融於越量宮。再消融於你自己，誓言薩埵的金剛薩埵這時融於智慧薩埵——月輪。它再消融於金剛杵，金剛杵消融於咒鬘，咒鬘融入吽。吽再完全從底部向上消融於無有參照點的基礎虛空。這時，看著你的本然狀態，安住於當下的赤裸狀態的等持中，無有任何可分別的顯相或覺知。從那個狀態中，如本尊般生起，結束一座修持前，做迴向和發願，再進入你其他活動。

關於圓滿次第，有說：

為了解脫於常和斷的極端，
逐漸讓壇城消融於心。
在無有參照的狀態，以本尊現起。
這就是生圓次第的展現。

在依緣而有的最後一刻，再生起前，死亡或毀滅會出現。

逐次消融於金剛薩埵的清淨天界環境、其內居民、護圍以及越量宮，這相關於在死亡時外界元素消融於本覺的過程。三層本尊的逐次消融於吽，關於三種天空（充滿月光的天空；黎明破曉充滿陽光的天空；夜半新月當空的天空。這些是內在元素消融時出現的內在顯現，它是概念思維的所依）。最後吽從底部到頂部消融，行者經驗到明光。一個人在輪迴中出生，就注定會死。那之後，透過瑪哈瑜伽的方法，作為淨化的結果，中陰以色身狀態生起。這使真如身聚集於界而從中不斷生起的相互依存的因緣條件成為可能。修持圓滿次第瑜伽是很重要的，要保持清新，因為它為雙融身的生起奠定基礎。

補充說明

大伏藏師過去已經在圓滿次第給予了詳盡的細節教導。

當大伏藏師仁波切（秋吉．林巴）曾經給予竹旺．日增．確嘉．多傑《秘密心髓》金剛薩埵和嘿汝嘎的詳盡廣泛的灌頂和教授，我也完整的接受到。在塔隴馬堂（低谷）的第五世傑炯阿旺．扎巴．嘉措接受新伏藏的灌頂和教授時，我又再一次接受到。我在聽受教導的時候做了筆記，之後很久也沒增加什麼。接著在鼠年，當我去江林的閉關處開始念誦時，發現我的筆記太精簡，而且很不清楚。在不明白禪修次第的情況下，我離開了閉關，向珍貴的伏藏師法王秋吉．林巴請求教授和釐清。後來，在他允許之下，我把這些教導寫了下來。之後我還從全知法王——敏林父子（比如大譯師和德塔．林巴）的教導中加註了一些細節。因此，透過這個末法時代的皈依處——偉大的伏藏師上師金剛持的慈悲，這些為做簡單精髓修持而基於觀修次第的闡明和擴展的簡潔教導，由進入聞、思、修的戒律持守者貝瑪．智美．羅卓．顯培．確吉．囊瓦直接並無有疑惑的於座間寫了下來。

願善妙增長！善哉！

｜第七章｜

以究竟的方式來修持

祖古．烏金仁波切

達到證悟的狀態，單純意味著成為我們的自性本質，也就是法身狀態。這時，一切個人的目標已經達到；不再有任何還需要達到或是獲得的。

一切本尊的精華說起來都是金剛薩埵，而金剛薩埵的來源包含了無數寂忿諸佛。就像「千江有水千江月」的譬喻——空中的一輪明月，可以映照在十萬個水面。所有的影像是從同一個基礎化現出來的。當不同池水在不同容器中消失，投影也就不會留下——它自然回到本源。它不會保留在其他任何地方。同樣的，所有的其他本尊，消融之後，都收回到金剛薩埵的原處。

一切化現只為「他」

化現的各種身形——諸佛與化現的出處或基礎的關係就像這樣：從法身展現出了報身；報身展現出五方佛部，同時展現出無量無盡的寂忿本尊。他們各種各樣，沒有特定的數量，而是佛陀能化現的不可說數量的各種方式。為什麼如此？只是為了能幫助有情眾生——那些無法認識出他們自己的本質並持續流轉於輪迴的生命。出於善巧方便，諸佛菩薩就所需，以各種相應的形態化現，為了影響迷惑的有情眾生。我們絕不能認為諸佛菩薩是因為閒不下來，需要出去爬山或四處走走，所以顯現成不同身形，是為了他們自己開心或消遣。證悟的狀態表示所有個人的目的都已經完成了。不再有什麼是需要獲得或達到的，任何活動僅僅是為了他人的福祉。

也不是有哪一尊佛或菩薩特地轉生出現於世，為了自己或為了完成一項未完成的任務。根本不是那樣；所有個人的目標都已經全部完成了。諸佛菩薩進行的唯一活動就是為了利益他人。完全沒有自私的目的。因此，無量的化現和再化現等等，都是利他的方便示現。

看「這裡」！

化現的基礎是法身。化現本身是報身或化身。一般人無法感知到由虹光組成的報身化現。另一方面，化身叫做「金剛身」，是由六個元素組成。換句話說，一個物質的身體可以被任何人感知到——無論那個人的感知清淨或是不清淨。舉例來說，釋迦牟尼佛化現於世，豬、狗等畜生都能夠看到他。他不是只有高階位的菩薩才能看到的報身的身形。

法身的狀態就是我們自己的本質，但我們想到法身佛普賢王如來是在「上面那裡」，然後「下到這裡」給予教法。其實我們自心的本質，我們的佛性本身，就是法身佛。因為我們無法認識到這個事實，法身必須展現為一些能見到、能觸碰的形象，讓我們能夠理解我們自己的本質實際上是什麼。【仁波切開玩笑似的說到：「其實法身佛普賢王如來，以報身的形式化現，因為能見到他報身的對象不能認識出他們自己的本質即是法身。因此，法身展現出一個形態給我們說『看這裡！這就是你的真實自性。』如此解釋了佛性是什麼。」】

當呈現於每個人面前的佛性，是以我們之外的藍色的佛出現，那麼我們的佛性就叫做普賢王如來，或是法身佛。但當它就（如是）單純現前於每個人，那就被稱為佛性。

一切自然現前

成就法不是我們編造出來的什麼東西。我們的佛性和一切諸佛的法身狀態沒有真正的差別，因此，這個練習僅是製造一個對佛的狀態的模仿，而我們並不需要製造任何事物。我們應該讓我們的自性本然如是——與諸佛自性無異。只是在本然心的狀態讀誦儀軌的字句，三種三摩地自然就出現了。

我們為何需要創造三身？它們自然現前。金剛薩埵是廣大的基礎——意味著法身——我們的佛性，這就是真如三摩地。《精髓金剛薩埵》（Sangthik Dorsem）儀軌說：「大樂，明光，即是慈悲的展現。」這是報身狀態的例子。從普賢王如來的化現，本尊金剛薩埵出現了。金剛薩埵手持鈴杵，表示顯空不二。我們無法將這二者分開；這就是化身的層次。整個教法是諸佛以不同形式化現，為的是向我們展示我們真正是什麼，我們的自性為何。

首先我們要對此有了解。達到證悟的狀態單純就是意味著成為我們的自性本質——法身的狀態（本身）。這時，一切個人的目標已經達到；不再有任何還需要達到或是獲得的。所有已經證悟的諸佛菩薩所做到的就是這個。成為法身之後，他們可以向外顯現為微細的報身形態，也就是如同彩虹的光芒，或是更物質化的化身形態。這兩種身的形態展現出很多不同的形式，為的是影響和利益有情眾生。這些活動的出現僅僅是為了利他。請理解這兩個原則：化現的基礎是法身，化現出來的是報身和化身。

化現出來的所有不同形態，如不同的上師、本尊、空行、勇父、護法、財神、珍寶主等等都是普賢王如來也就是法身狀態的展現。這些不同的展現為的是利益眾生；而不是像說有人需要新鮮感而四處閒逛。我們應該認識並感恩這巨大的慈悲。實際上，無論我們遇到什麼，成佛狀態之中展現出來的各種身形都是對我們莫大的慈悲，因為我們作為感知者是如此迷惑而不識自己的本質。所有這些單純就是為了我們自己的利益。因此，我們應該認識並感恩這樣的慈愛。

金礦才能煉成金

當我們進入佛法的修持，要棄惡行善，便能達到證悟。這樣說的全部原因是因為我們有潛力，我們的自性是潛在的證悟狀態。一塊金礦石在被溶化之後有潛力產生出金子；但一塊木頭沒有這樣的潛力，因為木頭沒有金子的本質。然而，我們有上面所說的能力，因為我們的本質就是證悟的精髓。為了讓我們能醒悟到這個事實，報身或成佛的狀態，以不同的形態出現，來幫助我們認識自己的本質。證悟狀態所展現出來的不可思議的各種不同型態是為了影響眾生。我們應該認識到，在我們經驗的領域所出現的任何人事物——無論是一位善知識，還是一個圖像，或其他，那將我們的心轉向認識我們的自性的，事實上就是法身佛的化現。這是它巨大慈悲的展現。

在本然狀態中修持；念誦時就讓心安住在本然狀態。這時你不需要想任何事。在做完這邊描述的觀修之後，接著持誦咒語，但在持誦間不需要想什麼。這裡不要求有一個真實的專注點。如果你不記得百字明長咒，那六個字的短咒應該容易記得。你可以讓心不帶有特別焦點的念誦任何一個咒語；接著讓你的聲音帶著念就好。過些時候，你也不需要想著去撥念珠。心可以就保持在無造作的本然中。這會自然而然出現。

金剛薩埵

| 第八章 |

金剛薩埵之觀想和念誦

秋吉·林巴

首先觀想本尊，「依止力」。

阿
於我頭頂蓮座月墊上，
一切諸佛智慧身形，
大樂金剛薩埵，
無染清淨如秋月。

他兩手分別持金剛杵與鈴，
喜擁傲慢母——他自身之光明。
身著絲衣珠寶嚴飾，
雙腿金剛坐姿，
坐於明點及彩虹之光環中。

在此觀想過程中，帶著「懺悔力」——對所有惡行和過失生起強烈的悔過和悔恨之感，「對治力」——運用對治方法：觀想持咒。

在他心間月墊上，
是代表一切諸佛之心命的吽字，

百字明咒圍繞在周圍。
透過念誦，光耀周邊圓滿兩種利益。
光回收，一股甘露流下，
進入我的頭頂，
淨除惡業、覆障和損壞及破裂的誓言，
令我清淨無瑕。

專注一意的觀想，並念誦百字明咒：

嗡 班雜 薩埵 薩瑪雅 瑪奴 巴拉雅 班雜 薩埵 爹諾巴 堤札 哲多 美巴瓦 蘇多修 美巴瓦 蘇波修 美巴瓦 阿奴 讓多 美巴瓦 薩瓦 悉迪 昧札亞察 薩爾瓦 嘎瑪 蘇查美 持唐 施利樣 沽如 吽 哈哈哈哈 霍 巴噶旺 薩爾瓦 達塔嘎達 班雜 瑪美 木察 班雜 巴伐 瑪哈 薩瑪雅 薩埵 阿

盡力持誦這個咒語，以及咒心「嗡 班雜 薩埵 阿」。最後，以任一合適之方法，念誦《樓陀羅悲淒謝罪》或如下講述：

怙主，我以無明愚痴故，
於三昧耶有違犯。
上師、怙主祈救護，
以及主尊持金剛，
以大悲心慈愍我，
一切之主我皈依。

接著說：

我發露懺悔所有違犯和破損的誓言，主要和分支的身口意誓言。請除去和清淨我過去累積的一切惡業、覆障、過失和染污。

上師金剛薩埵聽聞此祈請文之後，心生歡喜，開顏含笑說道：「佛子，你的惡業、覆障和過失都已經清淨了。」隨之，他消融於我，加持我的自性。

| 第九章 |

金剛薩埵前行修持

祖古．烏金仁波切

金剛薩埵集合一切諸佛於一身；因此稱為「一切諸佛智慧身形」。
「大樂金剛薩埵」意味著具足無上空性的面向，
因為連苦這個詞都不存在，叫做「大樂」。

我們皈依，是因為當我們檢視自己的時候，發現自己不具備全知、大悲或能力去利益他人。因此，我們向具備智慧、慈悲和能力這些特質的人請求。這跟任何世間的工作一樣：如果我們對於完成一些事缺乏經驗，就要向有那些技能的人請教。三寶一定能在今生、在來生，以及今生和來生之間——中陰階段利益到我們。

我們需要皈依三寶多久呢？我們應該皈依，直至我們自己成為三寶——當所有覆障清淨，而開展出證悟的功德，那麼我們就成為了三寶家族的主人——我們自己就是佛、法、僧，那就不再需要皈依其他任何人。

即使我們證悟阿羅漢的果位，我們還是在某一刻，需要尋求幫助或向那些在菩薩地的聖者皈依，我們還是需要皈依佛。但當我們成佛了，那我們就是「家」——可以這麼說。我們不再需要投靠其他任何人，因為我們已經回「家」。因此，基本的指導是為了如果我們還缺乏力量和能力，我們就需要將自己的信心放在那些具備力量和能力的人身上。

菩提心

我們生起菩提心，是因為我們都是相互關聯的。一切有情眾生都曾作過我們自己的父母。我們有一個真實的理由對他們感到悲憫，因為他們就像自己的親人。這樣的悲心，就是為什麼佛陀要福佑眾生的原因。諸佛已經達到他們自己需要達到的；那之外他們不再需要任何事物。日日夜夜，一切諸佛就只是照看著他人安危，而不為自己。如果一個人證悟之後不關心他人的福祉，那這個人就是一個可鄙的佛。因此，我們確實需要菩提心的心態。

如果我們皈依只是為了自己解脫投生下三道的恐怖之苦，或是因為我們自己想從輪迴中解脫，那麼這是一個小乘皈依的態度。如果我們皈依是為了利益一切有情眾生，並將他們和盤托出輪迴和被動的涅槃狀態，將他們安置於證悟果位，那麼這就是大乘心態，叫做「菩提心」。

當我們進入觀修和念誦金剛薩埵的時候，我們就進入了金剛乘的實修。這樣一來，前行修持就包含了小乘、大乘和金剛乘。

金剛薩埵是梵文。金剛（vajra）指的是「空性」，薩埵（sattva）是指「慈悲」。因此，金剛薩埵是展現空性和慈悲雙運的本尊。金剛意味著「空性」，因為空性具備七個不可摧毀、金剛一般的特質：不可切割、不可摧毀、堅固、密實、真實、不可戰勝和不可阻礙。空性，如同虛空，被賦予這七項金剛的特性；這也就是為什麼金剛被用作是空性的同義詞。

而事實上我們心的本質不可能被埋在地下、被水沖走、被火焚燒、被風吹散，等等，這也意味著它是完全不可摧毀的。因為這個原因，我們說心的本質是空性。

薩埵的意思是慈悲的心態。慈悲的空性是一切證悟本尊的基礎，但同時慈悲的空性也是一切輪迴和涅槃的基礎。這裡的修持叫做「觀修」和「念誦金剛薩埵」。觀修在這裡指我們想像所觀想的對境，比如金剛薩埵在頭頂，而念誦是指持誦咒語。

修持要點１：觀想金剛薩埵

當修持金剛薩埵時，我們不把自己想像為本尊的形象，而是我們平常的樣子。我們應該想，在我們的頭頂一肘尺的距離，白色蓮花和月墊上實際就坐著金剛薩埵，如他本人。他光芒四射、輝煌閃耀，就如同雪山反射出十萬個太陽的光芒。肯定的感受他具足跟報身佛本尊完全一樣的所有瓔珞莊嚴。

想像在他的心間有一個五股金剛杵。杵中間的圓球是完美的圓形（中空）。一個白色的吽字站在中間，圍繞著百字明咒，咒鬘如同盤蛇狀，將種子字吽字圍在中心。

四力懺悔

金剛薩埵修持是圍繞著四力懺悔而建構的。第一種力量是想像金剛薩埵，他自己，這叫做「依止力」。第二種是「拔除力」：懺悔惡業。第三種是「對治力」：想像百字明咒語在他的心間開始放光充滿他的全身，然後從他額頭眉間射出。這束光照耀十方，向一切諸佛菩薩獻供，再聚集他們的加持和力量收回來。光芒再放射出去到六道一切眾生，清淨他們的惡業和覆障。這是叫做「向上獻供，向下淨化」。第四力是「防護力」：發誓不再造惡業。

依止力

所以，從第一句我們這樣開始：

於我頭頂蓮座月墊上，

以下面這句結束：

坐於明點及彩虹之光環中。

這個觀想就叫做「依止力」，我們一邊念誦，一邊想像文句所提到的。

簡短來說，就觀想在你頭頂的蓮花。其他傳承裡面，要觀想蓮花的莖是根植在頭頂，但我們的傳承不需要那樣做。稍後，當法本解釋甘露如何流下，在我們的傳承，是從金剛薩埵的右腳趾流出，進入我們的頭頂。在內德（Nedek）傳承，甘露從腳趾流出，進入蓮花，再一路流過花莖，最後進入頭頂。你可以略過這些次要的細節。

金剛薩埵集合一切諸佛於一身；因此他叫做「一切諸佛智慧身形」。他們都體現在這樣一個化身上。「大樂金剛薩埵」意味著他代表具足空性最無上的面向。這就是為什麼在空性的狀態，甚至連苦這個詞都不存在。完全沒有苦的狀態就叫做「大樂」。因此，他是大樂金剛薩埵，而不是「大苦惱金剛薩埵」。

他「無染清淨如秋月」。秋月在這裡是一個比喻，因為在雨季過後，空中的塵埃完全清洗乾淨。所以秋天的月亮是無染、皎潔和明亮的。「他兩手分別持金剛杵與鈴」代表了方便和智慧：金剛杵象徵方便，或烏帕雅（upaya），金剛鈴象徵了智慧，或說般若（prajna）。他「喜擁傲慢母——他自身之光明」。這指金剛薩埵的明妃，其實是他自身的光明照耀。他身上絲緞的衣衫和珍寶莊嚴——實際上，是包含十三種報身佛嚴飾的五件絲緞和八件珍寶。他雙腿呈金剛坐姿，「坐於明點及彩虹之光環中」。這樣觀想金剛薩埵。

在「依止力」觀想做完之後，你進入第二力的修持，叫做「拔除力」：懺悔過去自己所有的過失和錯誤。

對治力

第三是「對治力」，這是指觀想甘露從金剛薩埵流下，進入自身。我們怎麼做這第三力的修持呢？我們要觀想在金剛薩埵心間有一個五股金剛杵。金剛杵的中段是如圓球形，我們觀想其中有個月墊。在月墊上是種子字吽，它是諸佛善逝的精髓。白色的吽被百字明咒鬘圍繞。咒鬘以從左到右逆時針書寫，但是順時針繞旋。圍繞著白色種子字吽的咒鬘像蛇盤繞，「蛇尾」有一點向內，而「蛇頭」有一點向外。當我們念誦百字明咒時，咒鬘順時針繞旋，放出白光而圓滿兩種利益：光芒射向無量佛土，向無量諸佛呈獻供養；光芒聚集加持回收並再放射出去，清淨一切有情眾生的覆障。

修持要點２：持咒和觀想流下甘露

在持誦咒語的同時，想像咒鬘開始圍繞中心的吽字繞旋，放射出光芒向上到諸佛淨土，向無量諸佛呈獻無量的供養。接著一切諸佛的加持以光的形式積聚回收到你自身。再次，光芒從吽和咒鬘放射出來，到一切有情的身上，清淨了他們的覆障。如是思維。

當光芒回收，一股甘露從吽字和咒鬘流下，灌注並充滿金剛薩埵全身。接著甘露溢出進入你的頭頂。

觀想金剛薩埵和他的明妃身體都充滿了甘露，然後從金剛薩埵的右腳趾流出了甘露，從你的頂輪進入，流下並灌注滿你的身體。你的疾病、惡念、惡業、破損的誓言、覆障等等，都被擠出你的身體，以各種惡濁的東西如膿血、小怪物、毒蟲等形象，從你的腳底流出。它流入在你身下打開至十七層深度的大地。地下是誰在等待？——所有你的業債主，那些我們虧欠過命債、金錢、人情等等的人。他們都像是死神閻摩的眷屬一般出現，站在那裡張開大嘴向上張望。所有這些污濁的東西進入他們身體，填飽他們的肚子。我們應該想像，透過這樣的方式，我們所有業債全部清除了。同時，所有這些我們有所虧欠的眾生，都得到滿足，並且因為這個過程，他們也生起菩提心。

最後，想像你的身體完全變得清淨和無染，就如同水晶瓶盛滿純淨的牛奶。這樣，第三力「對治力」，就如同用強力的清潔劑，令一絲污跡都不留下。

防護力

第四力是「防護力」，意味著我們誠懇的向自己發誓：「從今以後，即使命難，我也絕不再造惡業。」第四力是極其重要的，因為這才是真正確保惡業和覆障永久的清淨了。否則，如果我們想：「哦！現在我知道這個訣竅了！我可以一直這麼清淨惡業——我可以犯個小錯，然後回家清淨掉它！哇！我知道怎麼做了；再不用害怕什麼了！」這樣的態度表示我們缺乏第四力的防護，那麼是不可能清淨掉任何業障的。

防護力是必不可少的。如果只修持前三力，我們的修持是不完整的。為了徹底清淨罪業和覆障，我們必須具足所有四力的懺悔修持。否則，負面習氣最終還是會萌發出來。

如佛陀所教導的，一個人如果充滿了對自己罪業和覆障的懺悔，而帶著完整四力懺悔的方式修持金剛薩埵的觀修和念誦，即使他或她的惡業及覆障大如須彌山，也能全部清淨。這就像高如世界最高峰一樣的一堆稻草，只是一根火柴點燃它一角，也能將其燒成灰燼。

有一個說法是惡業和罪行只有一個好的特質，那就是它們能夠透過這樣的修持得到清淨。如果罪業不能被清淨，那麼一切都很無望；但它們其實是有這麼一個好處的。我們可以透過金剛薩埵的觀修和持咒消除它們。

再一次，四力懺悔是：

—依止力：觀想金剛薩埵；
—懺悔力：對自己犯下的惡行，如同飲下了毒汁一般深切懺悔；
—對治力：持誦百字明咒，同時想像甘露流下清淨了自己；
—防護力：對自己立誓即使付出生命，也不再造作惡業。

修持要點３：謝罪和結行修持

還有一個附加的謝罪唱誦，叫做《樓陀羅悲淒謝罪》（Rudra Meshak）。Meshak 的意思是「悲淒謝罪」，要滿含淚眼的唱誦。開始要生起這樣的感受：「我是一個大罪人。我真的做錯了！」如果我們沒有「樓陀羅悲淒謝罪」這樣比較長的懺悔文，我們可以念誦下面六行來代替：

怙主，我以無明愚痴故，
於三昧耶有違犯。

上師、怙主請救護，
以及至尊金剛持，
以大悲心慈愍我，
一切之主我皈依。

「怙主」的意思是金剛薩埵本人。「至尊金剛持」的意思是觀想在你頭頂的傳承主。其中任何一個適合的——這六句或是長軌祈願文——念完之後，接著說：

我發露懺悔所有違犯和破損的誓言，
主要和支節的身口意誓言。
請除去和清淨我過去累積的
一切惡業、覆障、過失和染污。

如此祈請，上師金剛薩埵歡喜並面帶微笑，回答說：

佛子，你的惡業、覆障和過失都已經清淨了。

這樣，我們的罪業清淨了。金剛薩埵化為光，融入我們自身。這樣，我們的自性或自相續得到了加持。這就是金剛薩埵修持的結行。

揭穿人類史上最長的騙局

我們可能會想：「哪裡可以找到我們的惡業和覆障？」惡業和覆障不是肉眼可見的，它們也不是在身體中哪個特定部位能被發現。然而，它們是現前、處於隨眠狀態、或在根本識——阿賴耶識之中的。這些罪業和覆障潛在傾向的根基是什麼呢？不認識自己本質的無明特質，被稱為「阿賴耶識」的，就是惡業的所依之處。但它也不是真正的一個「地方」。當這個阿賴耶識轉化成了本覺智慧，那麼惡業和覆障便失去了它們的支撐處。那就沒有任何地方可以讓它們滋生。

當這個老千——阿賴耶識的無明層面被趕出去，或說消融掉之後，那一刻就是本覺智慧的大日躍出地平線的時候。因為這樣的日出，無數劫之中一而再、再而三的矇騙我們的黑暗或說老騙子，就完全消失了。光芒徹底的揭露了騙局。整個輪迴的騙局就如同沙砌的城堡，被金剛薩埵甘露沖刷成碎片，最後完全消失。當阿賴耶識轉化本覺智慧，無量劫以來的不真實便支離破碎了。一切完全敞開，就如虛空——輪迴不再有所依存。這就是被稱為阿賴耶識的轉化，意味著它成為了本覺智慧。

這個「老千」，就是迷惑的心——當本覺智慧現前，「欺詐老手」便消失滅亡，無有蹤跡。當我們說「佛陀」意味著「清淨」或「圓滿」的，這就是什麼被「清淨」了。「圓滿」這個面向指的就是本覺智慧，就像二元心的雲霧一旦散去，太陽便完整的顯現出來。儘管本覺智慧之光是本初就證悟或覺醒的，一旦二元之心的雲霧消失，我們可以稱之為「再次證悟」。其實，與三身一致的本初智慧之日是原本、也永遠現前的；但當它被迷惑心的業障之雲遮蔽，它無法被看見。當這些雲消散，它即是任運圓滿的。

同樣，我們迷惑的思考愚弄了自生的清醒——我們的自性。現在，這個「騙子」重病將逝。接下去會發生什麼？善心之人得到痊癒而再次證悟。因此，迷惑心的老千不再愚弄本覺智慧。我們現在處於老千一病不起、越來越弱之時，他已不再能全力運作。他進一步衰弱，也就進一步靠近死亡。當他完全衰竭，本覺智慧就不再被欺瞞。這叫做「再證悟」，就像太陽在無雲晴空放射光芒。這就是有關金剛薩埵的修持教授。

| 第十章 |

金剛薩埵日修簡軌

怙主 頂果·欽哲仁波切改編

首先，重複皈依發心三次：

南無
上師，一切佛部之主，
本尊，成就之根本；
淨除一切障礙之空行；
我皈依三根本。

霍
為了讓一切有情，我的母親們，
證得佛的果位，
我將持續開展菩提心，不造罪業，
修持善行，利益他人。

第二，正行修持：

阿
金剛薩埵是廣闊之虛空，
無形如水中月。
從普賢王如來而展現的
根本之本尊，方便與智慧雙運，
白色金剛薩埵，手持鈴杵，
絲緞珍寶嚴身，
懷抱明妃，他自身之光，雙運於樂空。

在這無造作的本然中，
主尊心間是寂靜本尊。
在頭頂嘿汝嘎本尊顯現。
在心間日月球中間，
吽被咒鬘環繞。
光芒放射並收攝，成就兩種利益。
任運清淨侵害、違犯，和概念覆障。
世間與眾生的出現，都是遍一切處的寂忿尊的
本尊、咒語和智慧的顯現。

如此，持誦金剛薩埵心咒：

嗡 班雜 薩埵 阿

如此，念誦寂靜尊的總咒：

嗡 博諦齊塔 瑪哈 蘇卡 知那那 達圖 阿
（OM BODHICHITTA MAHA SUKHA JNANA DHATU AH）

如此，念誦忿怒尊的總咒：

嗡 汝魯 汝魯 吽 鉅哦 吽
（OM RULU RULU HUNG BHYO HUNG）

結束時，念吽 吽 吽，消融於明光。

再念呸 呸 呸，座下以本尊現起。

接下去，以迴向和發願封印：

願以此功德，
速證金剛薩埵，
無一例外安置每個眾生，
於金剛薩埵之果位。

這部儀軌是具德怙主頂果．欽哲仁波切改編自《心要口訣寶藏》（Tukdrub Sheldam Nyingjang）。

| 第十一章 |

金剛薩埵日修簡軌釋論

祖古・烏金仁波切

這個精簡的修持涵蓋了一切：一個本尊、一個咒語，以及一個三摩地。
當蓮花生大士將這個法本封藏為伏藏法，
他已預見了未來的修行人偏向於短小的儀軌。

金剛薩埵是代表空性和慈悲雙運的本尊。「金剛」指的是甚深空性，「薩埵」的意思是慈悲。空性和慈悲雙運就是佛性，也叫做空性和明性雙運，或是空性與覺性雙運。這就是真正的金剛薩埵。

涵蓋了一切佛部的金剛薩埵，遍及所有五方佛部。金剛薩埵之中，濃縮了密乘的一百尊佛及眷屬。這指的是文武百尊都集中在一個本尊——金剛薩埵之中。

淨障最殊勝的修持就是金剛薩埵修持。事實上，金剛薩埵和本初佛普賢王如來無二無別。當普賢王如來佩戴莊嚴飾物，就被稱為金剛持；金剛持也顯現為金剛薩埵。這三尊佛本質為一。

藏傳佛教所有傳承都修持金剛薩埵，但各宗派的金剛薩埵修持方法也不計其數。有的金剛薩埵修持很詳盡，有的很簡短。這個特別的金剛薩埵修持是從一個日課濃縮來的。在這個法本中，瑪哈瑜伽、阿努瑜伽和阿底瑜伽都濃縮在一個儀軌中。這樣短小一個儀軌，是從《蓮師心要諫言》的根本續〈心要口訣寶藏〉之中萃取出來的。這個密續是秋吉・德千・林巴最有名的伏藏法之一。怙主頂果・欽哲仁波切從〈心要口訣寶藏〉之中摘錄出這個法本，並加了幾行，將它整理成了現在這個版本。除了後加的這幾行，其他整個法本都是秋吉・林巴的伏藏法。

我們的罪業、覆障和業習是障礙禪修覺受和證悟生起的主要原因。有無數淨障的法門，但它們之中，金剛薩埵的念誦和觀修是最殊勝的。如果我們真切承認和懺悔這一生和無量過去生的罪業，就有可能清淨每一個惡業。罪業只有一個特質：它們可以透過懺悔得到清淨。

每一個金剛薩埵修持都要求具備四力修持：依止力、拔除力、防護力和對治力。

依止力在這個法本中，是把金剛薩埵作為懺悔的對境來觀想。但是，一位精神導師、一尊佛像、一個佛教雕塑或是一座佛塔，也都適合作為懺悔的對境，都可以被認為是依止力。

在這個法本開始，你皈依和發菩提心，這兩者是懺悔的修持不可或缺的。即使我們四力懺悔都包含在修持當中，如果我們缺少菩提心，我們就不能夠清淨罪業和覆障。當純正的菩提心在心中生起，一切過去的罪業自然就清淨了。

拔除力意味著對過去的罪業和不善行為生起強烈的懺悔。首先，我們需要能夠認識自己的罪業，然後從內心深處誠懇真切的向金剛薩埵懺悔。

防護力意味著記得我們過去無量的罪業，然後想：「從今以後，即使失去生命，我也不再造作惡業。」如此生起避免任何負面行為的堅固而不可動搖之決心。

對治力是指任何善行，比如皈依、發菩提心、大禮拜、隨喜他人功德、迴向善德等等。在金剛薩埵這個修持中，特定指觀想自身就是金剛薩埵，念誦金剛薩埵的咒語，安住於禪定。

皈依

所有佛法的修持都從皈依和發菩提心開始。只要我們還未得到圓滿的證悟，我們就需要依賴一個皈依的對境。一旦證悟了，我們自己，也就成為了他人皈依的對境。

簡單來說，把金剛薩埵和他的明妃觀想為皈依境是相當完美的。金剛薩埵就像日輪，包含了所有的光芒。在金剛薩埵和明妃之中，所有九個層次的皈依都涵蓋了。外在的層次，金剛薩埵的身體就是僧，他的語就是善法，他的心是佛。內在的層次，他的身體是上師，他的語是本尊，他的心是空行。在密的層次，他的身是法身，語是報身，意是化身。把金剛薩埵和明妃觀想為九層皈依的化現，他們坐在你前面虛空中的日月座墊上。

當念誦皈依文三次時，觀想皈依境在前方，但也要知道究竟的皈依是我們自己具備三身的佛性。

南無
上師，一切佛部之主，
本尊，成就之根本；
淨除一切障礙之空行；
我皈依三根本。

本尊是成就的根本。金剛薩埵是一切相對和究竟成就的根本之本尊。究竟的成就是證悟，相對的成就是八種世俗成就：神劍、神藥、眼藥、神足、煉精、空中飛行、隱身、掘藏等。

眾尊之中，和你之間共有獨一的三昧耶的，是本尊。本尊的根本是自生智慧。要能夠親見本尊，首先需要認識出自生智慧。本尊是成就的根本。一切的成就都來自於自生本覺。最重要的本尊是文武百尊。而文武百尊的精髓就是金剛薩埵。這裡要理解的主要重點是本尊就是你自己的心。把本尊想成是外在的一個事物，那只會拖延達到成就的時候。本尊就是你自己的本覺智慧。當你真正認識到心性，你就已經親見本尊了。知道這點之後，生起信心，想：「我就是本尊。」這才是確實知道他為何。

空行是一切障礙的清除者。空行是女性的佛，比如普賢王如來佛母、五尊佛母、八尊女性菩薩等等。空行是「淨除一切障礙」的根本。空行和護法組成了事業的根本，讓事業可以迅速任運。

「空行」，在這個法本中，指的是金剛薩埵的明妃，白色的傲慢母。真正的空行是你覺性的展現。金剛薩埵和明妃象徵的是感知和空性的雙運。

「我皈依三根本」。上師、本尊和空行，是本覺智慧。三身也是本覺智慧。因為本覺智慧遍一切眾生，它充滿了他們的身、語、意。它遍布一切輪迴和涅槃。任何人只要有心，就有佛性。一旦我們穩固了對本覺智慧的認識，我們就會感知一切為無限的清淨。在這個見地之中，五大元素就是五方佛母。五蘊即是五方佛父。出現的一切都是本覺的展現。輪迴和涅槃也都是本覺的展現；而輪迴與涅槃之間唯一的差別是本覺智慧是否被認識出來。沒有認識出它，我們感知到的就是以輪迴出現的不淨的顯現；但如果認識並穩固了本覺智慧，我們就能經驗到它以涅槃出現的清淨顯現。

保持著對本覺的認識，念誦三次皈依文。最後，觀想從皈依境放射出光芒，清淨你和一切眾生的罪業和覆障。思維透過此修持，一切的罪業和覆障都確實得到清淨。最後，所有皈依對境融於中央的金剛薩埵，接著他化光，光芒再融入你自身。到這裡就完成了皈依的修持。

生起菩提心

現在是生起菩提心。發菩提心，指的是相對和絕對兩種菩提心。

霍
為了讓一切有情，我的母親，
證得佛的果位，

一切有情眾生都曾在過去生作過我的父母。在心中這樣思憶：所有輪迴三界的有情眾生都曾是我們的母親，他們從無始以來就流轉於輪迴。這樣生起大悲心。向一切的有情生命展開慈心和悲心，祈願他們得到快樂，以及究竟證悟圓滿的果位，這就是菩提心的修持。

希望他們能離苦得樂的心態，並發願令他們「證得佛的果位」，就是菩提心的修持。

「佛的果位」是指一絲痛苦都不存在的狀態。那就是圓滿幸福之道。成佛的狀態是無有過失、具足不可思議功德。成佛就是證悟佛性的狀態。我們需要首先認識出佛性，然後訓練這個認識，而令它穩固。

我將持續開展菩提心，不造罪業，
修持善行，利益他人。

生起慈悲並修持六度萬行，是世俗菩提心。認識出本覺智慧是勝義菩提心。這是超越了能觀者、觀照和所觀對境的見地。這個見地超越了四邊——存在、不存在、既存在又不存在、既不存在也非不存在。簡言之，世俗菩提心是慈悲，勝義菩提心是對佛性的認識。

慈悲可以是有造作，或是無造作的。造作的慈悲意思是想著受苦的一切眾生，而為他們感到難過。無造作的慈悲由認識佛性而生起。如果你真正認識到了佛性，你會認識到它是多麼的特別和珍貴。你直接看到一切眾生也都有這個完美的佛性。但是，因為缺乏認識，他們無始以來就在不可思議的痛苦中受盡折磨。你自己會想：「我已經認識出來了，他們雖然具備，但還沒有認識到。」這一刻，一種對一切生命真摯、自然的慈悲會從你的心中生起。你越是熟悉對佛性的認識，慈悲就越能自然生起。在這樣的慈悲基礎上，你自然想幫他們減輕痛苦，引領他們到達究竟的證悟。

這個法本中，菩提心的語句包含了世俗和勝義的菩提心。發菩提心是大乘教法珍貴的動機。重複念誦發菩提心文三次。

當生起菩提心時，作跟皈依相同的觀想。現在，諸佛菩薩、上師、本尊、空行和護法不再是你的皈依對境，而是你發菩提心誓言的見證人。在你消融皈依境於自身之後，觀想整個皈依眾再次出現在面前，而作菩提心的修持。

念誦完三遍菩提心文之後，訓練施受法的練習：給予快樂，納受痛苦。想像將你所有的快樂、健康、功德和富足給予一切的有情眾生。

想像他們由此變得完全快樂和滿足。另一方面，想像你把他們的痛苦、惡業和煩惱帶到自身。這樣做施受法的修持。你可以配合呼吸的出入息來做這個練習。

菩提心最後的修持，想像從諸佛菩薩放射出光芒，清淨你和眾生的所有惡業。之後，諸佛及諸眷屬都融入光，並融入你自身。想像自己和諸佛無二無別。安住在這樣無概念的狀態。

正行修持：認出本尊

正行修持是以下的內容。在開始生起次第之前，我們首先必須了解本尊是誰，也就是我們的本覺智慧。你會認為本尊是那之外的其他什麼事物嗎？經典中有一段摘錄說道：「我即是本尊，本尊即是我自己。」這意味著佛性就是本尊，而本尊就是佛性。在試圖成就本尊之前，首先要認清這一點。認識真正的本尊涉及到認識本覺。一旦你認識出了本覺，你會很快在修持法本時成就本尊修持。

認為本尊是外在的事物就像不知道大象在房子裡，而在房子外面尋找它。只要佛性存在，本尊就在那裡。本尊不是我們的二元心，而是心的本質，本覺智慧。它是明空不二的自性。

本尊即是從自生本覺生起的佛性。佛性具備了三身和智慧。三身各自有相對應的智慧。空的本質便是法身。法身是如同虛空的身體，它的智慧是法界體性智。明性層面是報身，報身是光體，具足五方佛的五智。這兩者融合就是化身。化身是金剛身，具足六種元素。化身的智慧是知道本然狀態的智慧，是知道是什麼在知道的智慧。所有這些身和智慧都是本覺智慧本自俱足的。

本覺智慧——俱生智，是本初清淨。從本覺的展現，任運化現，無量本尊身形就化現出來。所有本尊在本覺智慧中就是本自現前的。

三身與三個三摩地

正行修持從認識三身開始，這呼應了三個三摩地的修持。認識法身就是真如三摩地。這是心空性的面向。認識報身就是遍顯三摩地。這是心明性的面向。明空雙運就是對化身的認識——本因種子字三摩地。

觀想是從三身開展出來的[62]。因為你具備佛性，因此你就具備三身。他們沒辦法被創造或造作出來；你本自俱足。當你認識出你的佛性，三身便任運現前了。當它們任運現前，你除了認識出你的本覺智慧，別無其他所需了。

62. 英譯註：摘自：祖古．鄔金仁波切所著《大圓滿本尊修持》（Dzogchen Deity Practice）。艾利克．貝瑪．昆桑翻譯（自生智慧出版社，2016）。彩虹是讓我們明瞭這點很好的一個啟示。當彩虹出現在空中，它絲毫沒有損害到本空的天空，然而彩虹完全能被看見，它卻對天空沒有任何改變或傷害。這跟我們認識出心的本質完全一樣——被指引出的心的本質完全是空的。那就是真如三摩地。遍顯三摩地的認識要現前，並不需要留下對心性的認識，它自性就任運現前。那就是真正的慈悲。當彩虹是遍顯三摩地——生起次第的時候，天空就是真如三摩地。天空與彩虹之間沒有對抗，不是嗎？完全就像那樣。首先你需要知道真如三摩地。認識出它的當下，本覺的展現從生起次第之精髓中生起。這不像是建築工程。而是像空中的彩虹，本覺的展現就是生圓次第的圓滿雙運。以這樣的方式進入，並非每個修持者都可能做到。另一個次要的最好方式，是當你在觀想某個細節，比如本尊的頭、手臂、腿、身體、嚴飾……等的時候，不時地，你去認識是誰在觀想，你便會再一次到達本初之空的醒覺。接著再去觀想一些細節，而後再去認識，這樣兩者交替。這被稱為「次要的最好方式」，是中等的修持。最後，或最次等的，要求首先去思維一切都成空，並念誦觀空咒「嗡 瑪哈 孫亞塔……」，之後想「從空的狀態中，如此出現。」以這樣的方式，一次思維一件事，然後在法本修持結束時，再一次將整個觀想消融於空性。這就是生圓次第的三種修持方式。

剎那觀想

如果你可以的話，練習從本覺狀態生起金剛薩埵。在那樣的狀態中，瞬間觀想金剛薩埵。圓滿次第的究竟形式叫做「剎那觀想」。所有的本尊觀想都可以剎那間顯現，就像鏡中反照出來的影像。想一次：「我就是所有瓔珞裝飾嚴身的金剛薩埵。」那就夠了。從本覺的之中，觀想清晰出現。不離本初清淨的狀態，任運的顯現以本尊的身形生起。

當你在一幅唐卡前面拿著一面鏡子，鏡中即刻會映照出唐卡。或是，當你按下手電筒的開關，燈立即就亮了。瞬間觀想就像這樣。認識出本覺時，你想：「這個顯相的面向就是本尊。」在本覺狀態這麼一想，雙運的生起次第和圓滿次第就達到了。這是那些利根器的人的修持方式。

認識本覺就是真正的真如三摩地。在這個認識的狀態中，自然的慈悲會開展——那就是遍顯三摩地。金剛薩埵之中的「金剛」代表的是空性——真如三摩地。「薩埵」意思是慈悲——遍顯三摩地。空性和慈悲雙運的金剛薩埵本身，就是種子字三摩地。這裡不需要像其他法本修持那樣，從一個種子字生起金剛薩埵。顯現出來的金剛薩埵身形，他自己，就是本因三摩地。換句話說，因為這是一個阿底瑜伽的修持，你不需要先觀想種子字吽，再從它轉為金剛薩埵。這裡，金剛薩埵直接從本覺中顯現出來。

阿

金剛薩埵是廣闊之虛空。

種子字阿是所有本尊、咒語和三摩地的根基。它是無生之聲。金剛薩埵中的「金剛」意思是空性，「薩埵」意思是慈悲。空性與慈悲雙運就是不變的大樂，它是絲毫沒有痛苦可言的。這就是本尊金剛薩埵。

廣闊的虛空：真如三摩地

象徵空性的金剛，是虛空的一個比喻。金剛有七個特質：不可切割、不可摧毀、真實、密實、堅固、不可阻礙和不容置疑。空性與無論如何都不能被摧毀或改變的虛空相似。這個虛空與金剛一般的空性就是真如三摩地。虛空一般的法身是金剛薩埵化現的基礎。

「金剛薩埵是廣闊之虛空」指的是對真如三摩地——法身的認識。

明明白白的慈悲：遍顯三摩地

本質為空，但其自性為明。慈悲就是從明的面向生起的。實際的虛空只是空的；它沒有明性的面向。它不能知道或感覺到任何事。但是，心之空性具備了明的自性。它空性的面向相似於虛空，而它明性的面向與空中的太陽相似。空的心知道、明瞭。明瞭的面向就叫做慈悲，遍顯三摩地。

佛性和二元心都是空和明的。它是一個載體的兩種可能性。當佛性被認識出來，它就叫做「核心為覺知的明空雙運」。當它沒被認識出來時，就叫做「核心為無明或不覺知的明空雙運」。

空中的彩虹與種子字三摩地

無形如水中月。

這一句指的是認識到遍顯三摩地——報身。報身是可以見到的，但毫無實質。它就像水中倒影的月亮。想像金剛薩埵的身形是可以看見，而無法觸摸的，就像空中出現的彩虹。

在念誦到這句時，本尊顯現出來了。這句也指的是種子字三摩地。本尊是明空不二的，是一切本尊顯現的基礎。有法本曾說：

身是精髓所住處，
語是自性所展現，
心是能力之顯耀。

三身本然完整

遍在能力的表達就是金剛薩埵的顯現。在本覺之中，三身本然完整。本覺的表達顯現為本尊金剛薩埵。本覺這樣的顯現是完全無礙和無限的。在不失去對本覺的認識中，觀想本尊。這個能力叫做本覺的展現。不可思議的全知智慧、慈心、展開事業的能力和護佑的力量等特質，都是由它顯現出來。

在保持對本覺的認識的同時，一個人可以開展各種事業，比如息、增、懷、誅和殊勝的事業。在本覺狀態觀想金剛薩埵，就是叫做「生起次第和圓滿次第雙運」。沒有圓滿次第的生起次第就是概念性的練習。試著努力去同時修持這二者。

相反地，如果你還沒有認識出本覺，那你除了心理造作空性，別無選擇。你必須想：「宇宙和眾生都是空的。」然後想：「在這樣概念的空性中，我展現為越量宮、本尊等等。」你將一個個正面想法連起來，創造出一個真正本尊的心理複製品。

金剛薩埵是感知和空性雙運的。對此的兩個例子是水中月和空中的彩虹。你可以看到它們，但你無法抓取它們。同樣的，觀想金剛薩埵是可見的，但沒有任何堅實的物質之自性。從虛空一般的法身中出現了化現，就如同月亮倒影在水面。它雖有顯現，卻無自性。這些化現就是報身和化身。

「無形如水中月」，金剛薩埵有一個可見的明顯外形；但是他空無實質，他無法被捉取。金剛薩埵顯現的那一刻，種子字三摩地就完成了。那一刻，心想：「我就是金剛薩埵。」生起你確實是金剛薩埵的信心。這個信心就叫做「佛慢」。

我就是本尊金剛薩埵的信心：佛慢

觀想要具備三個特質：顯明、憶念淨相、堅固佛慢。顯明是有一個本尊的敏銳清晰可見的圖像。憶念淨相是想到本尊的象徵意義：他的外相、明妃、他們所佩帶的嚴飾等等。行者要觀照象徵、標示和含義。堅固佛慢是生起你就是本尊的信心。你完全確定自己就是金剛薩埵。不要糾結於一些懷疑：「可能我是金剛薩埵；也有可能不是。」

這三點特質中，佛慢是最顯著和重要的。這就是你自己是本尊金剛薩埵的信心。在下座之後的本尊修持就是保持這個信心，甚至一座修持結束之後，都想著：「我就是金剛薩埵。」

從普賢王如來的展現，

普賢王如來是法身佛，金剛持是報身佛，金剛薩埵是化身佛。要想著：「我是金剛薩埵。我是普賢王如來的展現。我的心和金剛薩埵的心無二無別。」這裡「展現」一詞和「化身」是相同的意思。金剛薩埵就是普賢王如來的化身，他也是你自己本覺的展現。

根本本尊，方便與智慧雙運，

「方便與智慧雙運」指的是金剛薩埵和他的明妃——他自身的顯現。「方便」也指「慈悲」，智慧指的是「空性」。金剛薩埵是慈悲和智慧的雙運。沒有此善巧方便和智慧的雙運，你不可能證悟。

在大乘教法，悲智雙運指的是空性和慈悲。在瑪哈瑜伽，它指的是生圓次第雙運。在阿底瑜伽，它指的是立斷和頓超雙運。

白色金剛薩埵，手持鈴杵，

觀想一朵千瓣蓮花完全盛開。上面有滿月的座墊。座墊上觀想與金剛薩埵無別的自己。他身白色，猶如十萬個太陽照耀的大雪山。他有一面二臂。右手持空之本覺的金質五股金剛杵，放在心間。左手托著空之顯相的白銀金剛鈴，放在胯間。他烏黑的頭髮在頭頂束成一髻，佩戴珍貴的緞帶和珠寶頂飾。

絲緞珍寶嚴身，

他身著五種絲緞衣飾：上身為絲質披肩，下身為多色絲綢的裹腿，絲質頭飾、絲緞帶和絲質短上衣。有的釋論列舉的是腰帶，代替絲質短上衣。

他還穿戴著八種珠寶嚴飾：珍寶頭冠、左右耳環、頸飾、手鐲、腳環、腰帶，長項鍊和短項鍊。有的釋論列舉的是肩膀上的飾物，而非腰帶。它們也將長、短項鍊算做一個，另外加上指環。這就是報身佛的十三種嚴飾。

懷抱明妃，他自身之光，雙運於樂空。

他懷抱著他的明妃——他自身的光耀。金剛薩埵像水晶，而傲慢母就像水晶折射出來的光芒。

傲慢母身白色，手持彎刀和顱器，她擁著金剛薩埵。他們倆都帶著九種尊貴的寂靜姿。佛父雙腳呈金剛坐姿，他坐於無二的樂空之本質中，全身周圍環繞著圓形的彩虹光環。

樂空不二指的是空性具足了一切殊勝的面向，以及不變的大樂。因為空性不帶有任何概念，它是超越痛苦的；它甚至不會被最輕微的苦沾染。它是成佛的全然不變的狀態。這樣的空性面向就叫做「大樂」。這個樂是無二無染的。

金剛薩埵和明妃也象徵了覺空不二。金剛薩埵代表的是覺知的面向，而他的明妃傲慢母代表的是空性的面向。

在這無造作的本然中，

觀想金剛薩埵在無造作的本然狀態。「無造作」意思是「無修整」，「本然」意思是任由它單純如是。無造作的本然狀態就是本覺智慧的狀態。

四十二寂靜尊與五十八憤怒尊

主尊心間是寂靜本尊。

在主尊金剛薩埵心間，是四十二寂靜尊。有教言說這四十二寂靜尊住於所有眾生心間。也說佛性住於心間。

在頭頂嘿汝嘎本尊顯現。

在金剛薩埵頭頂，頭骨腔內，是五十八尊飲血本尊——嘿汝嘎。「嘿汝嘎」這個名相指的是忿怒本尊。嘿汝嘎的「嘿」（he），意思是「享用」或「飲用」，「汝」（ru）意思是「血液」，「嘎」（ka）意思是「顱器」（kapala）。這樣，「嘿汝嘎」的意思就是「從顱器飲血者」。所有寂靜和忿怒尊都住於金剛薩埵身體內。

在這個修持中，你自己身體的壇城只包含了心間的寂靜本尊和頭顱中的忿怒本尊。在更詳盡的修持裡面，你自身壇城還包含了持明本尊眾在喉中央，金剛瑜伽女在臍中央，普巴童子在密處。但是，對這個修持來說，觀想寂忿本尊在你身體內，就完全足夠了。

在心間日月球中間，

想像金剛薩埵的心間有四十二寂靜尊。他們的中央主尊是普賢王如來和明妃普賢王佛母。普賢王如來的心間是兩個半球形的日月合併在一起。半球形日輪在下，半球形月輪在上，合起來成一個球形。

進一步的想像是金剛薩埵的頭顱中是五十八忿怒尊。五十八忿怒尊中央的主尊是大殊勝嘿汝嘎（Chemchok Heruka）和明妃丘蒂詩瓦利（Trotishvari）。在大殊勝嘿汝嘎的心間，也有兩個半球形日月輪，如前方式合併成球形。

百字明咒心間繞旋

在心間日月球中間，
吽被咒鬘環繞。

想像一個白色或淡藍色的種子字吽，在普賢王如來心間合併起來的日、月兩個半球形中間；在大殊勝嘿汝嘎心間，是一個深藍色種子字吽，在合併起來的日、月兩個半球形中間。圍繞著兩個種子字的，是金剛薩埵百字明咒鬘，像蛇一樣盤繞。兩個咒鬘的顏色對應於它所圍繞的種子字的顏色。當念誦金剛薩埵長咒和短咒時，觀想百字明咒鬘繞旋。兩個咒鬘同時圍繞它們所對應的種子字繞旋。

如果你時間不夠，念誦金剛薩埵短咒。如果時間充裕，先念誦一百遍，或至少念誦二十一遍百字明長咒。之後，再盡力念誦金剛薩埵短咒。兩種方式念誦中，都要觀想百字明咒鬘順時針圍著種子字繞旋。

當你念誦寂忿本尊咒語時，你可以觀想白色或淡藍色的寂靜尊咒鬘——菩提心咒，圍繞著吽字在普賢王如來心間。同時，想像忿怒尊深藍色的咒鬘，汝魯汝魯咒語，圍繞著吽字，在大殊勝嘿汝嘎心間。

把金剛薩埵百字明咒作為寂忿本尊的長咒。百字明咒的每個字母就代表了每一個寂忿本尊。菩提心咒和汝魯汝魯咒是寂忿本尊的短咒。

換一種方式，你也可以觀想百字明咒和菩提心咒結合起來，在普賢王如來心間；而百字明咒和汝魯汝魯咒結合，在大殊勝嘿汝嘎心間。這樣，兩個咒語連起來，組成一個很長的咒鬘。

其實，在普賢王如來和大殊勝嘿汝嘎心間的種子字吽都如同空中的太陽。舉例來說，無論世界上哪裡有水，太陽的影像就可以被反照出來。一個太陽，映照在很多水面。同樣的，可以想說在每一個寂靜尊和忿怒尊的心間，都有種子字吽和咒鬘。

以光芒上供下施

如我之前所說，我們的罪業、覆障和習氣是主要障礙我們禪修覺受和證悟生起的因。現在，透過修持金剛薩埵的觀修和念誦，我們可以清淨這些業障和習氣，並清除掉讓我們難以安住於本覺的遮障。

阿底瑜伽的要點就是安住在對本覺的認識之中。在讀誦法本時，本覺會展現為對文詞含義完美的理解，而開展出觀想，並且不丟失覺知本身的持續。在普賢王如來和大殊勝嘿汝嘎的顯現中，知道種子字和咒輪都在兩個本尊心間。這樣一來，你就在剎那間圓滿了對諸佛的供養和對眾生的加持。

光芒放射並收攝，成就兩種利益，

從種子字和百字明咒放射出光芒，對一切諸佛和無量佛土作身、口、意的悅意供養。諸佛無量壇城的加持和成就也以光的形式收攝到你自身。

再一次的，光芒放射到六道眾生，清淨他們的罪業、覆障和習氣。這就是叫「成就兩種利益」。向上為一切諸佛獻供，接受加持，這是自利；向下清淨一切有情眾生的業障，是利他。

任運清淨一切侵害、違犯，和概念覆障。

當回射的光芒被你接收，想像你有過的侵害、違犯，和概念覆障都清淨了，就如同清晨的陽光消融了草頭露一般。侵害和違犯指的是三昧耶。概念覆障是妄念，比如執著有觀者、觀照和所觀對境。概念覆障可以是粗重、細微或是極其細微。只要覆障還未淨除，一個人對純正的見地的認識就還不穩定。

「任運清淨」或是清淨在原處，指的是本初清淨的狀態。一切的「侵害、違犯，和概念覆障」在認識本覺之中便得到了清淨。

從本尊、持咒和三摩地修持中開展出信心，無始以來累積的一切罪業、違犯、遮障，確實都被清淨了。對這個修持的力量生起信心。

本覺本身是超越了生、住、滅的。在本覺中，沒有三昧耶的減損，沒有罪業和覆障。在本覺中，沒有思考者、念頭或思考的對境。它是如虛空般的狀態。你不能給虛空塗鴉；顏料不會停留在虛空。同樣的，念頭、罪業和覆障也無法在認識出本覺當中生起。

在這個認識當中，過去一切罪業都任運清淨，未來罪業的基礎也摧毀了，當下的罪業不再展現——因為那裡沒有執取。罪業之流被截斷，因為念頭的相續斷開了。

如果你能至少保持在本覺中一兩秒，無數劫的罪業自然清淨；本覺就是那麼有力。因此，安住在自性之中就是懺悔之王。

觀想、持誦咒語

> 世間與眾生的出現，都是遍一切處的寂忿尊的
> 本尊、咒語和智慧的顯現。

想像世界都轉化為遍一切處的寂忿本尊的佛土。此外，觀想六道眾生轉化為寂忿本尊的身、口、意。換句話說，出現的一切，都是「本尊、咒語和智慧的顯現」。所有的感知都成為本尊的壇城，一切聲音都是咒語壇城，一切念頭都是心的壇城。在本初清淨的遍一切處的狀態，一粒塵埃般的不清淨都不存在。「遍一切處」的意思是「超

越了任何限制或度量」。

因為寂忿本尊的壇城在你的身體裡就是完整的，所以念誦四十二寂靜尊的咒語：

嗡 博諦齊塔 瑪哈 蘇卡 知那那 達圖 阿

和五十八尊忿怒尊的咒語：

嗡 汝魯 汝魯 吽 蚷哦 吽

明白所有這些本尊都包含在金剛薩埵，而一切咒語也都包含在金剛薩埵的咒語中。透過讓你的心安住在本然、無造作的狀態，你就練習了所有的三摩地。所有不同的本尊本質上就是金剛薩埵。他就像虛空中的那一輪太陽，倒影在許多水面。同樣的，一切本尊都是那一個智慧的展現。

當持咒的時候，持誦百字明咒至少二十一遍，如前所述，接著念短咒「嗡・班雜・薩埵・阿」。這之後，再念誦寂忿本尊的兩個咒語，各念一百遍。它們可以分開念誦或是連成一個咒語來念誦。菩提心咒和汝魯汝魯咒語合在一起念誦是完全沒問題的。

以自己能聽到的音量來念誦咒語。一般來說，寂靜咒語應該念出聲，而忿怒咒語應該以幾乎聽不到的低聲來念誦。但這裡的咒語不算做忿怒咒語，因此你可以輕聲念誦，自己能聽到即可。你也可以將菩提心和汝魯・汝魯咒語連起來大聲而有旋律的唱誦兩次。

在慢慢讀誦法本時，做所有必要的觀想。在讀誦中，簡略的觀想兩個吽字，咒鬘和放光及光芒收攝。當心安住在本然，口頭念誦咒語。

念誦咒語不要求有任何思維。

不時記起觀想，並想：「我就是金剛薩埵。」即刻再去看那個念頭的起念者，並安住在佛性的認識中。有一點要清楚了解的是：不需要從頭到尾保持概念性的觀想。

咒語念誦完成時，你或許要念誦一遍元音和輔音來修補在念誦中的漏失或添加。接著再念誦一遍「緣起精要」偈文來穩固加持。接下來念誦一遍百字明咒作為懺悔。這之後，你可以加入一個以吽，智慧佛眾（Yeshe Lhatsog）[63]開頭的簡短迎請、供養、禮讚和懺悔等等。最後，在結束時念三次吽讓本尊消融。

念吽 吽 吽消融於明光。

再次重申。首先是觀想金剛薩埵——總是從真如三摩地——法身開始。接著，自然生起慈悲——遍顯三摩地——報身。然後種子字三摩地——化身，是觀想金剛薩埵的身體。任何觀想都應該從三身展開。

當消融觀想時，本尊消融回法身。這個部分要如下理解。當念三次吽時，化身金剛薩埵消融回報身的虛空。報身金剛薩埵消融到法身的虛空。普賢王如來是甚深和光明的本初清淨——法身。整個觀想消融於普賢王如來虛空般的狀態。

---

63. 英譯註：摘簡短的供養和禮懺：
吽
智慧尊，祈請您降臨，我向你獻上內、外、密之供養。
禮讚您的身、語、意、功德及事業，並向您懺悔我的不慎、過失和損害，
瑪哈 阿蜜日達 巴鈴達 饒達 卡依。

消除斷常二見

當你開始法本修持時，你首先生起金剛薩埵的本尊、咒語和三摩地。現在，法本修持完成了，當你念三次吽時，金剛薩埵的本尊、咒語和三摩地消融回本初清淨的虛空。想像之前你觀想為淨相、音聲和覺知的整個宇宙及其寓居者，現在都消融回到金剛薩埵。金剛薩埵再依次與其內在所有本尊，消融回到普賢王如來心間的吽字。吽字再從下到上逐漸消融，最後消失於空性——法身的虛空。在這樣本然狀態安住一段時間。

當你首先生起本尊時，你從認識法身開始，從中自然展現出報身。從報身，可見的化身以金剛薩埵的身形顯現。現在，本尊消融時，可見的化身首先消融於報身，接著報身消融於法身。

再念呸・呸・呸，座下以本尊現起。

本尊消融之後，你需要再以本尊現起。當念三次呸，想著「我的自性即金剛薩埵；我就是金剛薩埵」，而以金剛薩埵身形再現。這樣一來，你再次從法身顯現為報身，然後從報身顯現為金剛薩埵身形的化身。

這樣做的原因是要清除斷見和常見的兩個極端。常見是認為宇宙和一切眾生都是真實的，他們是被天神創造的。斷見是認為宇宙和眾生都不真正存在，沒有業力或來生後世。如果你偏離到其中這樣一個邪見，那麼要達到與金剛持無二的果位，是遙不可及的。

為了消除這兩種邪見，要將觀想消融於空性。透過此步驟，宇宙是創造和存在的念頭就會清除。當以本尊金剛薩埵再現起，什麼都不存在的念頭也會被清除。以這樣的方式消融和再現，你就淨除了斷、常兩種邪見。事實上，當這兩個邪見消除了，你就會達到證悟——今生便可證得等同於金剛持的果位。

迴向發願

在修法最後以本尊身形再現起之後，你可以念誦迴向發願文。

願以此功德，
速證金剛薩埵。

這裡的「功德」是指你透過金剛薩埵的持咒和觀想、本尊修持、咒語和三摩地而累積的功德。祈願：「願我透過今天這座修持所累積的功德，迅速成就金剛薩埵。」

無一例外安置每個眾生。

發願六道每個有情眾生都能達到金剛薩埵的果位。

於金剛薩埵之果位。

這樣發願之後，你就完成了迴向功德和祈願。修法結束時這樣的迴向發願，是儀軌修持概念性的結尾。

當你迴向功德時，保持一個信心：你實際上積累了不可思議大的功德。認識到你在修持的是金剛薩埵的本尊、持咒和禪定。思維你透過迴向已經確確實實做到利益一切有情眾生。能夠對本尊、持咒和三摩地修持帶來的加持和力量生起如此的信心，是非常重要的。

這個概念性的迴向發願應該透過認識無概念的覺知來封印。當你念誦完迴向發願文，安住於無概念的狀態片刻——沒有迴向者、迴向的功德、接受功德的眾生的想法。這就叫做「安住在無概念的三輪體空狀態」。

最精簡完整的修持儀軌

在所有日常活動中，持續記得自己就是金剛薩埵，保持短暫瞥見、重複多次的修持。

這個修持涵蓋了一切：一個本尊——金剛薩埵、一個咒語——嗡・班扎・薩埵・阿，以及一個三摩地——認識你的自心本質。當蓮花生大士將這個法本封藏為伏藏法，他已預見了未來的修行人會偏向於短小的儀軌。在過去，人們都喜歡繁複詳盡的儀軌。這個儀軌卻極其短小易行，而且包含迅速的加持。

你所選擇的本尊含有佛性的身和智慧兩個面向。三身和智慧在佛性的精髓中本自俱足。當你能夠把這個本尊修持和立斷結合起來修持，那你很快會認識這兩個面向。毫無疑問的，這個本尊修持是對立斷很好的加強練習。金剛乘善巧和讓人感恩戴德的方法令我們可以快速成就三身和智慧。

這個短小的金剛薩埵儀軌就是一個完整的修持。你修持的只是一個本尊、一個咒語，它卻包含了所有《甘珠爾》、《丹珠爾》和《寧瑪十萬續》教法的精髓。

由具德怙主頂果・欽哲仁波切改編自《心要口訣寶藏》。

問與答

問：請您解釋一下身、語、意三昧耶和附帶的三昧耶要如何持守？它們的含義是什麼？我們應該怎麼理解它們？

仁波切：身、語、意三昧耶叫做「根本三昧耶」，是主要需要持守的部分。它們有兩方面：外在的一組和內在的一組。外在的身、語、意三昧耶指的是我們跟自己金剛上師的關係。我們不應該傷害他的身體，這是身三昧耶；我們不能違背他的要求，這是語三昧耶；我們不能令他心生不悅，這是意三昧耶。

內在的身三昧耶是持續觀想自己的身體就是本尊的身體；語三昧耶是保持咒語的持誦；意三昧耶是讓心保持在禪定中。

當然，持守外在的三昧耶是可能的：不打上師，不對他說謊話，不令上師不安。如果我們不曾做這些事，那就是保持了外在三昧耶清淨。但是內在三昧耶實際上不可能保持清淨；那需要不斷的保持在修持的狀態。一旦我們散亂了，我們就違犯了內在的身、語、意三昧耶。

因此，我們在進入金剛乘那一刻起，如眾人皆知的例子中鑽進竹節的蛇那樣，不上則下，別無逃離的出口。一旦我們進入了金剛乘，金剛薩埵修持實際上就是必不可少的，因為我們一直在違犯著三昧耶。

四種最無上（究竟）的三昧耶叫做：無生、遍在、一體和任運圓滿。這四者要求我們不斷的保持在本覺智慧的狀態，完全無散。當然，我們會散逸掉，一旦我們散亂的時候，我們就已經違犯了內在的金剛乘三昧耶。一再的重新認知到自己的散亂，是修補三昧耶破損最殊勝的方法。我們每天都應該用金剛薩埵的修持，來修補從究竟三昧耶散逸掉的過失。因此，有說法是：所有金剛乘修持的精髓就是念誦和觀想金剛薩埵。

問：這個觀想跟皈依的觀想是一樣的嗎？圖像應該是即刻全現，還是應該逐步觀想金剛薩埵？

仁波切：用完全同樣的方法去觀想——金剛薩埵瞬間展現出來。就想他在那裡，這對觀想來說就已經足夠了。直接開始去看觀想者或禪修者本身，試著連結上究竟的金剛薩埵——因為他就代表了你自心的本質。

在金剛乘，我們有象徵及其意義。觀想肖像形態的金剛薩埵是一個象徵，也就是你的觀想，接著安住在圓滿次第——認識出本覺智慧，是其意義。一開始，瞬間觀想——啪一下他就出現了，接著直接去認識心的本質，接著在這個狀態中，持誦咒語。

問：所以是同樣的建議——試著不執著於圖像？

仁波切：如我所說，瞬間觀想圖像接著就放開它，直接進入心性的修持，這是完全沒問題的。但是，有人對心性修持沒有信心，或是有人概念太多而享受很多細節，當然是允許做這樣牢固方式的觀想——像建房子一樣逐漸增進——首先是蓮花，接著月輪等等，走過所有細節。但是如果一個人對他的本覺智慧修持很有信心，那麼開始觀想金剛薩埵然後直接到心性修持，是完全可以的。沒有問題。

問：我們應該大聲持誦金剛薩埵咒語還是應該默念？

仁波切：一般來說，寂靜本尊的寂靜咒語以你自己能聽到的音量來念誦；忿怒咒語是要在輕聲念誦。也就是不要念誦太大聲，也不要太小聲，不要太快，也不要太慢，以正常的速度和音調來念誦。不要像有些人那樣飛快的念誦，也不要像祖母說夢話那樣慢吞吞的念誦。

問：有人告訴我說如果在念誦過程中，我們講了一個俗語的字，整個修持就破壞了。

仁波切：是的，在念誦的時候，你不應該用閒話參雜在持誦的咒語中。告訴自己：修持結束前不要進行日常的交談。你不應該一邊念著「班雜薩埵薩瑪雅……」，一邊聽著鄰座的交談，突然間你可能就說出：「嘿！你們剛才說什麼？」這就是打斷了持咒。

問：在觀想時，我們應該睜開眼睛或是閉眼？

仁波切：這裡教導金剛薩埵（Dorje Sempa）的主要焦點是修持本覺或覺知。在覺知的練習中，我們都應該保持眼睛打開。我個人是建議學生要保持眼睛打開。為什麼？因為有說法是：「眼睛是一道門，而透過這道門，會見到智慧的出現。」在有些修持中，智慧尊就出現在你眼前。如果我們保持閉目，那將什麼都看不見。在大圓滿（Dzogchen），建議是始終保持睜開雙眼。因此，在觀想和持咒的時候，保持眼睛打開。

問：如果有人修持中累得閉上眼，然後睡著了，當他醒過來是否應該繼續觀修？

仁波切：當你的心很累、昏沉、呆滯的時候，脫掉些衣服，打開窗戶，走到室外，做一些運動，讓心清新起來。當你感到困倦，看向空曠的空間，望向天空。當你散亂或很緊張的時候，完全由內放鬆。垂下視線，將心專注於臍間。你會完全放鬆下來。這些技巧是對治昏沉或掉舉的。

修持的兩大障礙就是昏沉和掉舉。因為我們的心有兩個面向：空和明。空的面向展現就是昏沉，明的面向展現就是掉舉。即使厚重的雲消失、霧散去，可能還是有模糊的薄霧遮蔽著虛空。因此，遮障還是會出現。同樣的，粗重和中等的概念或許已經清除了，但可能仍然有一層微細概念的薄紗遮蔽著你的修持。甚至最微細的禪修經驗也還是會出現在概念的覆障中。只有當所有的覆障，所有的禪修覺受以及所有的微細的遮蔽物完全消失，赤裸的本覺智慧才會展現。

問：仁波切，你的意思是覺知的特質，比如穩固或是非常專注的禪定，也是帶著細微的覆障的嗎？

仁波切：專注一致的心還是一個概念性的狀態。這當然是一個覆障，遮蔽住本覺。所有這些不同的覆蓋著心性的遮障可能非常非常微細。舉例來說，即使把容器中的麝香拿走，容器都還是留有麝香的味道。同樣的，我們的習氣傾向或模式還是流連於我們的修持中，給修持帶來覆障。

問：這個觀修中的〈樓陀羅悲淒謝罪〉懺悔文，我們需要念誦多少次？

仁波切：當你做的是短軌的金剛薩埵修持，你只需要念一遍精簡的謝罪懺悔文，就是以「怙主，我以無明愚痴故」開始這段。在每一次金剛薩埵修持中都要念誦。如果你很精進，那你可以念誦長一點的祈請文〈樓陀羅悲淒謝罪〉，一座修持中念誦一次。如果你有點懈怠，那可以每天在傍晚時念誦一遍。但每座修持中都重複短的懺悔文是可以的。

| 第十二章 |

金剛薩埵日修儀軌[64]

金剛薩埵心要儀軌次第念誦版

【摘自《金剛薩埵證悟心儀軌》】/ 貝瑪・卡旺・嚓結集

皈依證悟上師金剛薩埵！

原典中說：
具有信心、精進、智慧、慈悲，以及發願跟隨純正殊勝之道的修行人，應該修持金剛薩埵證悟心儀軌。
對希望修持精要的人，有三部分：前行、正行和結行。

前行

清淨你的自相續：

整個本尊、上師、持明者和寂忿壇城的勝者眾，出現於我前方虛空中。

班雜 薩瑪 匝
（BANZA SAMA DZA）

64. 英譯註：出自雪謙出版社1989. 本章由[ ] 括起之內容為函寇普（Han Kop）所加。

如是，祈請：

上師金剛薩埵尊，
三寶諸佛菩薩眾，
向您虔恭敬禮拜，
獻無量內外供養，
遣除吾所有罪惡，
隨喜善行及福樂，
祈請持續轉法輪，
祈請住於眾生界，
如是虔敬我祈請，
願此功德令眾生，
皆證無上正等覺。

重複三次或多次。接著念：

班雜 姆
（BANZA MU）

由此，皈依境完全融於你自身。

正行

正行有三部分：生起誓言薩埵壇城，迎請智慧薩埵灌頂，念誦之修持。

生起誓言本尊壇城

嗡 瑪哈 祥雅塔 知那那 班雜 薩巴瓦 阿特瑪 闊 航
（OM MAHA SHUNYATA JNANA BENZA SVABHAVA ATMA KO HANG）

一切輪涅諸現象，
皆為無生之空性。
從中無礙慈悲生。
恰如虹彩現天空，
智慧之雲顯無實，
以吽不變自性生，
光芒照射十方界，
建立不犯金剛護，
外覆熾烈明智焰。

從依 樣 讓 旁 朗 頌（E YAM RAM PAM LAM SUM）中
生起空風火水地。
地中須彌頂巴榮，
化為完美越量宮，
內外特徵皆充滿。
中央獅座日月輪，
本覺吽化金剛杵。
光耀杵成薄伽梵，
金剛薩埵月皎潔，
寂靜璀璨諸相好，
右手持杵於心間，
左手握鈴九輪輻，
雙腿坐於金剛姿，
前擁傲慢母合抱，
手持彎刀與顱器。
身著絲衣頭寶冠，

十三莊嚴寶衣飾，
閃耀放射無量光。
顯明前額白嗡字，
喉間紅色阿字現，
心間為一藍色吽，
金剛身口意本質。

自智慧薩埵壇城的迎請和灌頂

憶念：

心間種子字放光，
光成金剛薩埵尊，
本智壇城迎請至。

班雜 薩瑪 匝

嗡
一切勝者及眷屬
安住十方諸佛子，
大慈大悲眷顧我，
祈請之力祈降臨，

誒 呀 嘿 瑪哈 卡如尼卡 持施亞 霍
（E HYA HI MAHA KARUNIKA TRISHYA HOH）

薩瑪雅 霍
（SAMAYA HOH）

薩瑪雅 當
（SAMAYA TAM）

此為迎請。

念：

砸吽磅霍

智慧本尊歡喜之，如是被呼喚、召請並降臨。

嗡吽倡舍阿
阿比肯薩 吽
嗡崇 班雜 度卡 霍

灌頂淨障
五蘊皆被轉化

甘露灌注滿全身，
頭頂五方佛加冕，
證悟五智之佛慢。

念誦修持

吾之心間五色光，
智尊如己月墊坐，
心間金剛杵白吽，
光耀繞旋白咒鬘，
光獻供養回加持，
淨除眾生諸業障，

安置其於大樂狀。
收攝光於咒鬘中。

專一盡力念誦：

嗡 班雜 薩埵 阿

接著，再次念誦：

嗡 班雜 薩埵 薩瑪呀 瑪奴巴拉呀 班雜 薩埵 迪諾巴 蒂察 支埵 美巴瓦 蘇 多修 美巴瓦 蘇波修 美巴瓦 阿奴 繞多 美巴瓦 薩瓦 悉地 沒 帕雅恰 薩瓦 噶瑪 蘇扎 持當 舍以 揚 咕如 吽 哈哈哈哈 霍 巴噶甕 薩瓦 達塔噶達 班 雜 瑪美 木扎 班知 巴瓦 瑪哈 薩瑪雅 薩埵 阿

持誦完畢，念：

嗡
殊勝金剛薩埵尊，
慈愛憐憫眷顧我，
救怙生老病死苦，
一切生有諸怖畏。
尊者現為大救主！
解脫我一切染污。
智慧薩埵淨三門，
於我自身皆成就！

薩瑪雅 悉地 阿 啦 啦 霍

如是祈請。

消融瑜伽

我心間的光芒射到壇城，融於光中，消融在我自身，誓言薩埵消融於智慧薩埵，再消融於三摩地薩埵，再消融於吽。吽字消融於上面的那達，再消融於無概念狀態——光明的空性。接著我安住於禪修。

結行

嗡 班雜 薩埵 阿

再一次，我以金剛薩埵身形現起。

授權：「披上鎧甲。」念：

我的頭部、喉間和心間出現種子字嗡阿吽。

用金剛杵碰觸這三處。念：

班雜 噶 瓦 斯 然砂 杭
（BENZA KA WA TSI RAKSHA HAM）

結封鎧甲手印於前額，念：

一切無有例外的是證悟的身、語、意：
金剛身、語、意遍一切處。

如是生起金剛慢。

結束時以平常的方式念誦迴向、發願、吉祥祈願文。

我，貝瑪·卡旺·嚓，從主頌法本摘錄出這個儀軌，以便自己和他人易於將之用於實修。

| **第十三章**[65] |

金剛薩埵大法會

鄔金・托嘉仁波切

整個密乘和儀軌的教法精髓，就是金剛薩埵。
所有成就法儀軌修持的根本就是金剛薩埵，
它們都濃縮在一個金剛薩埵佛部裡面。

因為金剛乘教法還存在，而我們已經值遇，那就應該要修持這些教法。密乘的精髓是成就法的部分，那就是需要修持的。在生起次第有四個部分：念誦、近念誦、成就、大成就。這裡是瑪拉雅山——英文所稱的斯里蘭卡亞當峰。現在我們舉辦的是竹千大法會；而竹千大法會的傳統就是從這裡開始，而後慢慢傳到伽國和其他地方。透過法會的修持、大成就，行者可以次第經過持明的四個階段，達至證悟。

竹千法會當中，有很多事需要完成；它是一套極為詳盡儀軌修持。過去人們修持很大的成就法時，整個地區的人都會來參加法會。每個薈供，他們都會供養成千上萬兩黃金。如此詳盡盛大的修持，就會帶來很快速的結果。你一個人修持和跟一百個人修持，是有差別的。如果是跟一百人一起修持，成就會立刻達到。這個修持傳統後來到了印度，後來去到烏迪亞那，再到了穆斯林的國家，也到了西藏。不過，現在西藏所進行的只不過是個投射——看起來像那回事；

65. 英譯註：由瑪西亞・施密特英譯。

真正卻不是，因為我們不能夠按照該做的那樣去做。因此，我們盡力去模仿出一個相似的形式，如此修持七天。這樣仍然是有巨大的利益；教法中解釋過這樣的修持有多麼難以置信的利益。

一切修持盡在於此

整個密乘和儀軌部分的教法之精髓核心，就是金剛薩埵。在密乘中，金剛薩埵的精髓顯現出一切本尊、壇城和教法。所有成就法儀軌修持的根本就是金剛薩埵——將三個、五個，甚至一百個佛部聚集於一個佛部。它們都濃縮在一個金剛薩埵佛部裡面。究竟的佛果是達到金剛薩埵的果位。超越一切染污和覆障的甚深空性和清淨，就是金剛薩埵。這就是我們要做的法會修持——敏珠林金剛薩埵修持。它將所有密乘和成就法的精髓融合為一。

我們需要成就金剛薩埵。你們都已經進入了金剛乘的法道，現在你們別無選擇。這是要在開始之前仔細考慮清楚的，因為它帶有危險性。如果一切都進行得很順利，你也守持住了三昧耶戒，那你會很快達到證悟。如果過程中出了問題，你破了三昧耶戒，那麼你可能會投生到最糟的地獄，受盡折磨。只有以上這兩種可能。灌頂是這裡的主要重點。你有沒有進入金剛乘之道，取決於你是否接受到了灌頂。要不要接受灌頂？你有自由決定。西藏人對此毫無懷疑；一旦舉行灌頂，他們便蜂擁而至，領受灌頂。你們在座大部分西方人也都接受過灌頂。

如何持守三昧耶？

三昧耶是灌頂的命脈。三昧耶有身、語、意三昧耶三種；也有二十五條三昧耶戒和十萬三昧耶戒。得到灌頂之後，有時候聽到一些人說：「哦，別談三昧耶戒，因為那會把人嚇退的。」這是我聽過的最糟糕的說法，因為那無疑是去地獄的「單程車票」。關於三昧耶，其中大部分我們其實都無法守持。一般的情形是這樣的，我們破壞的三昧耶往往比守持的還要多。這就是為什麼金剛薩埵給予這樣最有力量重獲三昧耶的咒語：百字明咒。金剛薩埵自己說過：如果無有散亂的持誦百字明咒一百零八遍，所有你過去的負面、破損的三昧耶，都會被去除和清淨。金剛薩埵不會說謊。這表示持誦這個咒語有極大的利益。不過，首先你需要能夠把它正確的做好。困難其實在於不散亂——這意味著當你持咒時，觀想本尊，思憶他的含義，並保持心無散亂。如果事與願違，你一邊持咒，想的是各種事情，那就是心散亂了。

你需要心無散亂，這也是盡量多做竹千法會修持的方式。練習自身觀想，前方觀想和寶瓶觀想。實現讓身以本尊出現、語為持咒、心住三摩地、化現、消融。這之後是加持和懺悔的修持。在加持的四個部分之中，你懺悔，並透過加持得到修復。接著是自灌頂，透過它，你穩固了從灌頂得到的智慧。首先你得到的灌頂來自上師，然後每天透過自灌頂來補足。接著是薈供。當你做所有這些修持都不應散亂，因為如果散亂，將不會帶來太大效果。請善思維之。

帶自己回家，就是這麼簡單

現在，到了實際法會的教授部分，行者需要談到的是生起次第所有的面向，生起次第有很多部分：前行、正行和結行。過去我曾很詳細的教導過這幾部分[66]。現在是將它們付諸實修的時候，修行的方

66. 英譯註：見《大成就》一書。（自生智慧出版社，2016年）

式歸結到觀想的對境、聲音和禪定。一切顯相都是本尊，所有聲音都是咒語，一切念頭都是覺知。七天之內都如此修持。但是，不動的智慧心這一釘[67]，不是我們可以保持七天的。不斷的重新安住於不動智慧心之釘上。當它丟失掉，再把它帶回來。簡明來說，當凡俗的念頭減少，生起次第的修持就增加了。

讓四力帶你回家

如果你不知道這個修持，你就需要帶入四力懺悔。大法會今天稍後就會開始，因此要想：「在這個法會前，我在無量劫累積了惡業、罪行和負面情緒；發生的事情都不盡完善。」我們真的是需要悔過的。當然，你也可以想：「我從沒做過任何負面的事。」但你仍舊在輪迴。我們如此的迷惑，以至於每一剎那都在累積惡業。尤其是我們忘記了別解脫、大乘菩提心和金剛乘三昧耶戒的誓言。我們也曾做過十不善行。還不只是你，所有的有情眾生都曾經如此做過。我們需要為此生起懺悔心；這樣做並不會讓我們失去什麼；只是要有懺悔的心意。

首先是懺悔力。當你一生起了悔恨之意，就有必要懺悔那些惡行。你也需要透過懺悔清淨它們。要使懺悔有效，你需要有悔意；不然

67. 英譯註：祖古．鄔金仁波切未出版口授釋論。
特定的一個本尊修持含有不可思議之利益。成就本尊需要透過結合了本尊至要精髓的「四釘」而完成。此四釘如下：
- 本尊禪定之釘（ting nge 'dzin lha'i gzer），指的是對本尊適當的觀想。
- 咒語精髓之釘（snying po sngags kyi gzer），指的是本尊咒語的持誦。
- 放光回收要點（'phro 'du phrin las kyi gzer），指的是念誦觀想之釘。
- 最後，但也是最重要的是不變智慧之釘（dgongs pa mi 'gyur ba'i gzer），指的是對自己心性的認識。

那就像西方人總是口頭上講著抱歉那樣，卻並不真心帶有歉意。沒有經過正式的懺悔儀式修持，是可以生起悔意的，但是沒有悔過之心，就沒有懺悔可言。當懺悔時，我們需要所依。在法會裡，我們敷設了金剛薩埵壇城——與金剛薩埵無二無別之所依。其實，殊勝的金剛薩埵可以出現在任何你想他出現的地方，因為金剛薩埵之身是虛空一般的智慧身；如同虛空那樣無處不在。這是懺悔的所依，我們已經建立了這樣具體的壇城。接著你需要保證未來不再造作惡行，並且為之努力。這是有一定利益的。西方人有個說法：「我已經盡力了！」（I did my best!）那麼，請你盡力為之。不過，只是口頭說說還不夠，真正想好要這麼去做。

這裡的重點是你觀想本尊金剛薩埵和壇城，做供養，進行儀軌修法，迎請智慧尊。帶著這些所依，懺悔負面業力[並保證將來不再犯過]。在這些方法的基礎上，就能保證惡業能清淨。確實可以決定就是要這樣做。你需要有穩固的虔敬。你的虔敬是否穩固，取決於你是否能夠清楚的決定。要確實決定透過本尊、咒語和禪定之力，一切負面都被清淨了。否則，如果你不確定，那你就是在愚弄自己。如果你是在自我愚弄，會有什麼利益呢？你需要信任它，這是最重要的關鍵。所以，請善思惟之。

對你自己是否有利益，基本上是跟你的心有關係。佛法關乎於心。即使身體上你沒有能力做太多，至少如果你在心上用功，運用上這些要點，那就會有利益。如果做不到，而你只是來修法，一直待到晚上的修持，讓自己筋疲力盡，可心裡想的都是其他各種瑣事，那就是浪費時間。那樣做，還不如待在床上睡大覺！

打開總開關

現在要講的是如何進行修持的簡短解釋。究竟菩提心是空性，一個人自己的心，超越了念頭、文字和表達。在金剛乘，以空性為基礎，空心之明性以本尊生起。身、語、意皆具足：身是明顯的，語是半顯的，心是不明顯的。出現的身，現在是你的凡夫身，而我們需要觀想金剛薩埵的清淨身——就像法本描述的那樣。

法本中念道：

嗡 瑪哈 祥雅塔 知那那 班雜 薩巴瓦 阿特瑪 闊 航

這些是建立空性的文字。輪涅的一切都是空性的。在空性中，輪涅的一切現象開展出來：「一切輪涅諸現象，皆為無生之空性。」接著，法本帶入三個三摩地。這個主題很廣泛，在這裡沒有時間細講。簡短來說，三個三摩地是真如三摩地、遍顯三摩地和本因三摩地，這是你禪修要做的。第三個也就是種子字三摩地，這裡是種子字吽。當你繼續修持法本，會看到有外在的世界和內在的眾生；外在世界就是越量宮，越量宮之中就是寶座。所有這些都沒離開過你的心。種子字落到座墊上轉化為金剛杵，金剛杵放光，向諸佛獻供，並回收加持的光芒。再一次光芒射出，金剛杵轉化為金剛薩埵。法本中非常詳細的描述了金剛薩埵的觀想。如果聽起來太複雜，你們每個人手上都有金剛薩埵的圖片，可以參考學習。金剛薩埵是所有佛部之主。這一個佛部就包含了一切佛部之本質。如果你成就了金剛薩埵，你也就成就了一切本尊，就像你把總開關打開，所有的燈都亮了。

身觀想

觀修金剛薩埵的時候，你需要顯明、穩固的佛慢和憶念清淨。觀想金剛薩埵和明妃雙運，表示方便與智慧不二。這就是觀修。隨著法本，念誦到「放光」這段，有必要開始觀想自身。在寧瑪傳承，自身的觀想和前方的觀想沒有差別；它們是一起的。這裡，先做自身的觀想，完成之後，你就是誓言尊（即對生本尊或三昧耶尊），接著迎請智慧尊。在智慧尊上座之後，你做供養和禮讚。這就是儀軌的各個不同面向。當我們修持儀軌，我們需要結手印和禪修三摩地。模仿別人結手印是容易的。現在我們的身是凡夫不淨的身，這些都是淨化的方式。

口念誦

接下來是口念誦的部分，如法本所述：在我作為誓言尊的心間，「智慧尊與己無異」。在智慧尊或說智慧薩埵心間，是一個金剛杵，金剛杵是禪定薩埵，內有一個吽字，被咒語環繞。它整個放光，做供養，再收回加持和成就的光。所有四個念誦的動機都在這裡了：月亮被群星環繞、火把、國王的信使和打開的蜂窩。沒有遺漏任何一個。當念誦時，如是思維。咒心是「嗡班雜薩埵阿」。而長咒是「嗡班雜薩埵薩瑪……」。有關百字明咒的意義，你可以學習蔣揚．欽哲．旺波的解釋[68]。咒語是梵文，如果你不懂梵文，那麼誦很多遍也不知它的意義。但百字明咒本身並不是最重要的。重要的是它的意涵，所以了解它的意義是很好的。但如果你仍然不能理解它，那就祈請金剛薩埵，向金剛薩埵的智慧心祈請。

當念誦百字明咒時，我們是在修持語的部分，透過持咒，我們證悟

68. 英譯註：見鄔金．托嘉仁波切網頁：all-otr.org

金剛語。在念誦中，思維：「一切顯相都是本尊（證悟身）；一切聲音都是咒語（證悟語）；一切念頭都是不變的智慧心的展現。三界的一切，情器世間——就是證悟心的本質」。這樣修持，儀軌就是一個自觀想，接著才是消融和再現起。法本中文字如下：

我心間的光芒射到壇城，融於光中，
消融在我自身，誓言薩埵消融於智慧薩埵，
再消融於三摩地薩埵，再消融於吽。
吽字消融於上面的那達，再消融於無概念狀態——光明的空性。
接著我安住於禪修。

接著安住，當念頭生起，不要把它看作凡夫之念；它就是你再現的金剛薩埵。法本中說：嗡班雜薩埵阿。這樣就再把金剛薩埵觀想清晰的帶出來了。

前方觀想的部分是比較具體的。自我觀想是伏藏師林巴發掘出來並加了很多觀想細節而擴展了的伏藏法內容本身。那時候可能是弟子不清楚簡短的法本，所以他加上了所有的細節。舉例來說，越量宮的解釋有它的柱子、門和裝飾。還有在前方觀想之中，金剛薩埵的每個配飾都例舉出來了，而在伏藏法本裡面只是提到而已。供養的部分卻更詳細。不過，修持都是一樣的。現在，我們到了觀想自身和觀想前方的部分。在念誦中，光芒從自身的觀想放射出來，射到前方觀想的本尊心間，並化現。主要修持的部分包含了前方的觀想。

接下去是寶瓶加持。觀想金剛薩埵就在寶瓶內，並持誦咒語。從自身的觀想放射出光芒，消融於寶瓶內。這些光芒像是汗滴。最後，金剛薩埵化為光消融於（寶瓶內）甘露中。現在我們就完成觀想了，自己、前方和寶瓶，都是一樣的。這邊沒有很多眷屬，只有金剛薩埵；也沒有很多咒語，就是百字明咒，它的心咒就是「嗡班雜薩埵阿」。

自灌頂

我們在這裡就到了自灌頂的時候。從法身普賢王如來到我們自己的根本上師是一個不曾中斷的傳承，這就是傳承的灌頂。道的灌頂需要每天都要接受，這是為了不衰退，而讓我們跟上師的傳承更有生命力。未來當我們證悟的時候，我們就有果灌頂。這個修持中，是道灌頂和自灌頂。在印度有個傳統，就是在你做任何工作之前，你需要清洗，比如飯前洗手。相同的，在接受自灌頂之前，我們需要清潔。極其重要的是，我們也需要獻曼達。接著我們在皈依發心和金剛乘誓言之後，請求本尊給予灌頂。只有想著「我會持守誓言」，我們才會真正得到灌頂。現在一些人只想接受灌頂，不想要三昧耶戒。所以，我們是要承諾誓戒的。

灌頂由見地和智慧降臨開始，這是最重要的部分。當一個人觀想自身是金剛薩埵和明妃雙運，很多智慧由此而激發出來，並消融於行者自身。我們請求智慧尊直至我們證悟都住世停留，並且透過金剛杵放在我們頭頂來封印。接下來是四灌，因此我們要再一次獻曼達。我們是跟隨密乘的意趣。四灌是指寶瓶灌頂、秘密灌頂、智慧灌頂和詞義的灌頂。與壇城的主尊無二無別的金剛上師，對已經認識到這點的弟子給予灌頂。我們要接受全部的四個灌頂，即使我們過去已經接受過傳承的灌頂，為了防止衰滅，我們要更新和穩固這個傳續。這樣想著，並帶著對此的信心。一旦我們接受了四灌，我們要發誓持守三昧耶。灌頂的命脈就是三昧耶戒，如果我們能夠持守，那麼就被賦予了生命力。

獻曼達

再一次的，我們獻曼達——還不只曼達，我們供養一切：我們的身體和財物。這代表了法比一切都珍貴。在世俗的觀念，我們珍視最昂貴的東西。透過供養我們的身體、財物和一切自己的功德，我們表示這是多麼珍貴。這之後，我們迴向。這就是一個完整的儀軌修持。根據寧瑪傳承，大法會最好的方式是一天之中白天修持三遍，晚上修持三遍，總共六遍。如果做不到，那至少做四次，兩次在白天，兩次在晚上，這是我們現在這裡的做法，因為一般人不及喇嘛和僧人做得那麼熟練快速。

懺悔

法本進行到這裡，我們要做的是懺悔頌（Yeshe Konchok）。懺悔有很多形式，比如身體方面可以對寂忿文武百尊做大禮拜；語的方面可以念〈樓陀羅悲淒懺悔文〉；心的方面是建立懺悔的見地。透過身體禮拜、誦百字明咒和禪修來行懺悔，所有這些都包含在了發自《一切戒衰懺悔之王，永拔地獄》（Narak Kongshak）之中，像敏珠林金剛薩埵修法，懺悔只是一般懺悔頌的懺悔，之後還有一個內容。當懺悔做完了，我們還要保證，這是為了讓淨化能穩固。就像當我們生病時，服藥病癒之後，要想辦法不再生病。在密乘中，有二十八條誓言我們需要守持。它們相當嚇人；把它們讀出來都讓我害怕。行者需要專一的發出承諾，一邊承諾時，將金剛杵放在心間，以穩固我們的誓言。這之後還有一個短的誓願。然後有四個酬補供物。首先一個是跟見地一致。這四個加持是甘露、血、食子和酥油燈。這些都有不可思議的含義。如果這一生我們可以真正做到酬補供物，那麼所有的破損三昧耶和違犯都會被清淨。

金剛薩埵是合一的佛部之主，這一個佛部擴展出去可以是一百個佛部。五毒轉化為五智。寂靜尊清淨的安住，而忿怒尊從中轉化。首先，寂靜尊自然清淨的安住，本初清淨，忿怒尊由他們而轉化出來。與此相關的是兩個酬補供物祈請文。所以，從懺悔到酬補供物，每天我們都要不間斷的念誦它們。簡短來說，懺悔和酬補供物兩者極其重要。敏珠林傳承不念誦《一切戒衰懺悔之王，永拔地獄》（Narak Kongshak），但我們要做。原因是我們相互間持續有爭鬥，但既然我們想證悟，也接受了灌頂，守持了三昧耶戒，那麼我們就需要懺悔和酬補。這樣做是有利益的。

灌頂的根本：三昧耶

灌頂的根本是三昧耶。如我之前所述，它有兩個類別：根本三昧耶戒和附屬或分支三昧耶戒。根本三昧耶戒有十四條。首先是不違背金剛上師，[69] 不令上師不安或違逆上師。喇嘛是金剛上師。金剛上師具備一種、兩種或三種慈悲。第一種慈悲包含上師給予灌頂。灌頂之後的第二種慈悲，是給予密乘的解說。給與心性指引的上師就具備了第三種慈悲。我們應該比珍惜自己的心，還要更珍惜具備這三種慈悲的上師。是否珍惜上師或是否需要這麼做，都是個人的選擇。你從一位上師那裡接受教法之前，有必要檢視上師。這是僅指教法。談到灌頂的話，檢視上師就更重要了。你需要確定他們的傳承是清淨的。接受大圓滿的心性教法的話，你更是真正需要檢視給予這些教法的上師。

當在小乘受戒時，給予戒律的比丘就如同你的父親，你就像孩子。

69. 英譯註：因為尊重和虔敬薄弱，我違背了金剛上師之心意。

釋迦牟尼佛在律藏曾這麼說。當你接受大乘的訓練，上師就像醫生，弟子就像病人。如果你不按照醫生的建議服藥，那你就會死掉。對於灌頂來說，你需要視上師跟壇城主的本尊無二無別，這才是接受灌頂的方式。否則，你不能真正得到灌頂。真正得到心性指引，你需要視上師如佛。如果你視上師如佛，你就能得到自心如佛的指引。上師是最珍貴和重要的。這就有三身的三昧耶戒，如果你違反了，你就破戒了。因此，第二個根本三昧耶戒是持守任何上師給予你的指導。

第三條根本三昧耶是有關於法友的，[70] 這點上內容很多。事實上，佛性遍及一切眾生。我們都有這個相同的基礎——法身（藏文：gyu）。只是傷害一個眾生，就是惡行。跟隨同一位上師的，有比較大的佛法社群，或是一個小團體的弟子。跟你在同一個曼達接受灌頂的人，就跟你關係更近。不僅接受灌頂，還和你一起接受教法的，那就更加緊密了。那些和你一同接受大圓滿教法的，就真正是你的金剛兄弟。對待他們以尊重，是非常重要的。很多法本對此都有解說：為什麼你需要把他們每一個人都看作上師，為什麼在任何情況下都要避免與他們發生爭鬥，甚至在心中對他們不可以有負面的念頭。這方面有很多細節，如果你不能守持，將會下地獄。事實上，你將墮入最糟糕的地獄。經典中叫做阿鼻地獄；金剛乘稱之為金剛地獄。你將在那種地獄待不可計量的很長一段時間。

現在很多人對三昧耶戒完全不重視。他們會在不覺得有困難的情況，才嘗試持守對上師的三昧耶戒。心裡面可能想的是關於上師的負面的事。而怎麼樣對待金剛師兄弟，則完全不加考慮。這還只是

70. 英譯註：因為缺乏慈愛和謙遜，我違背了法道的師兄弟姐妹的心意。

第三條，那你可以想像其餘的戒會怎樣了。

當三昧耶戒破了，你要怎麼辦？根據時間來說，破戒有幾個層次：損壞、違反、破戒。你越快的能透過懺悔清淨，那是越好的。時間很關鍵——一個月、幾天或幾週——損壞了多久是關鍵。在這個法會修持中闡明了懺悔的方式。

功德補給

現在講到薈供，這是淨除破損、保持清淨的殊勝方式。我們需要積累福德智慧兩種功德，透過薈供可以做到。因此，我們首先向護法做供養。接著跟法本到最後的殘餘供，接著是對天瑪（tenma）的供養，等等。為了防止出現成就被偷走的情況，我們要解脫紐勒鬼（nyuley）[71]。詳盡的方式是在一天中十二時，我們要做這樣的解脫供養，給相對應十二時出現的十二個不同的紐勒鬼。為了讓他們每

71. 英譯註：《道次第》結語，頁84：通常來說，紐勒鬼的介紹很清楚的呈現在噶傑（Kagye，即八命令）和喇嘛心集（Lama Gongdü），以及大寶林巴的《悲心秘密總集》之中。然而秋林伏藏的特別方式如下：

《根本心要修持完整意圖之整編修法結集》的伏藏法原典中，列舉了在一天不同的十二個時辰中遊走，為修持製造障礙的十二個紐勒鬼：

1. 日落時製造障礙的阻斷紐勒鬼，是如同烏鴉一樣發出鴉叫聲的沙卿姐妹（Shatring Sisters）；2. 與上述相類似的是在傍晚製造障礙的「黑女賊」；3. 夜晚是持無明者；4. 午夜出現的是貪欲的啦奴（ranus）；5. 半夜出現的是瞋恚的噸策（duntses）；6. 破曉時分出現的是太陽的嘿嘟女（Hedo）；7. 日出時出現的是白空屍；8. 上午是黑色女鬼那噶和讓沙薩（nagas and rakshasas）；9. 日中是四個龍印族部；10. 下午晚些時候是邊境德讓魔（terang demons）；11. 下午早些時候是散播瘟疫的女領主；12. 傍晚早些時候是破壞三昧耶的魔王和魔眾。

十二類紐勒鬼有十二個對治他們的信使：艾卡匝諦（Ekadzati）、斯依嘉札、大紅護法、龍面空行、大熾烈護法、百首母狼、大母鴉、熾口鱷魚、大白護法、讓沙斯形、倉巴林帕嫫。他們也是十二種帶來煩惱的物質和魔咒。

一個都得到解脫，我們需要祈請特定的本尊，持誦特別的咒語，然後用特定的物質來解脫他們。這邊我們做得比較精煉，是在每座修法之後供養。如果我們不解脫他們，成就可能就會丟失。

以上做完之後，接下去我們用祈請本尊降臨的修持中請求加持。在這樣特定的時間和地點，我們做的是《本尊降臨祈加持》（Nas chen Jin beb）——一個非常詳盡的加持祈請——來自跟那些地點相關的聖地和聖者。在這樣珍貴的聖地，懺悔破損誓言會恢復這個地方的加持。老實說，這裡就是佛土；過去，沒有很高的證悟，根本沒可能來到這兒。現今可能加持已經衰退，因為連遊客都已經紛沓前來。

這裡就是密嚴淨土

在這個世間，最重要的聖地是那些化身佛釋迦牟尼去過的地方：菩提迦耶、瓦拉納西、拘尸那羅等等。賢劫千佛都將去到這些地方。在密嚴淨土——最珍貴神聖之地，報身佛化現並第一次在這裡教導秘密金剛乘教法。這裡也是金剛薩埵的一個化身對五位非凡眾教導金剛乘的地方。他就是在這裡對他們轉了一次不可思議的法輪。

在亞當峰，為了重建和穩固這裡的加持，我們在每天晚上的一座修持之後，進行這個細節繁多的加持降臨的修法。過程中，我們祈請所有的智慧本尊、其他本尊、空行、護法、蓮花生大士等，請他們給予加持。這對教法的保存也很有利益，因為如果教法堅固，眾生就能得到利益。對有情眾生而言，這就是成就證悟的事業。

在繞行壇城時，所有的瑜伽士都要穿戴他們的嚴飾。其實他們應該要穿屍陀林的服飾，就像蔣揚・欽哲・羅卓穿著的那樣。如果我們不能夠那樣穿戴所有的嚴飾，至少要戴法帽、穿黃色袈裟和絲緞斗篷。這樣做的利益是，身上這樣穿戴的吉祥緣起，會帶來心的證悟。就像我們看到斯里蘭卡僧人穿的黃僧袍，我們便知道那是小乘的出家人。因為我們是蓮花生大士的傳承，所以我們頭戴蓮師寶冠，身穿紅色帶有金色圖案的法衣——看到這些，就是看到了蓮師。其實看到所有三界的眾生，我們也如見到蓮師，因為他們是蓮師的弟子。我們持誦咒語的時候，想著祈請文的含義。我們揮動五色絲帶，象徵五智降臨。這是象徵表法，就像交通燈，我們看到紅燈停，看到綠燈行。多色彩條是迎請五方佛部蒞臨給予加持。我們手持金剛鈴杵，來顯示我們是金剛乘的修行人，因為金剛乘的修持是方便與智慧雙運，其象徵就是鈴和杵。儀軌進行到這段，我們大聲的念誦，搖鈴和手鼓，並吹號角。我們供香、燃安息香（gugul）。這些特別的物質是我們會用到的。就如達波仁波切解釋給我聽的那樣：如果我們在對金剛乘來說如此珍貴的地方做這些修持，那麼不僅對這個地方有加持，還會擴展到其他二十四個聖地，並幫助金剛乘教法的保存和利益。

難能可貴是佛法

我已經解說過這個修持了。其中有很多要點，是有難度的。就佛法而言，只是想到它是不夠的；你需要真正去思維它。上師給予教法，而弟子要好好思維教法。你真的需要去思考，知道如何做，這需要你的智力。現今，聰明的人不多。要領會大乘教法，首先可以做的第一件事是祈請文殊師利菩薩令智慧增長。要能理解佛法，需要大智慧，這是佛陀一開始就教導的，智慧是法道上必需的。

現代大部分人都相當愚鈍，就像睡著或喝醉了一樣，不能思考。而在秘密金剛乘，有很多隱密和遮蔽的重點，是需要被揭示的。但無論為他們解釋多少遍，大部分人還是不能理解。如果你好好地理解了，成佛就非常靠近了，你會被帶出輪迴。一旦你領會了，就需要去經驗並證實它。如果你證悟了，你就是成就者。這個領悟已經把你帶得很近了。那我們還需要什麼？我們還需要福德。在這樣的末法時代，只有缺乏福德之人才來聽法。不過，能參加竹千大法會的人都是有很大福報的。全世界，你們的福報最大。福德最大的其實是佛陀；沒有人能超過他。然而，那是不容易的。在大乘和金剛乘，你都不能離開見、修、行。我們認為自己是需要將這三者結合，而就是不這樣做。現在我們在這裡七天。來到這裡很不容易，也很難知道能夠再有這樣幸運的機會是多麼困難。無論如何，這還是比去派對好，因為一個人要去參加派對，需要裝扮起來，跟不同的人交談，喝得微醺，待上幾個小時，這些都是世俗的行為。但在這裡，我們參加的是一個盛大的聚會，我們七天聚在一起修持。我們會觀修本尊、持咒、結手印和修持禪定。

我們這裡擺設的壇城不是真的壇城，而是一個相似物。以供養而言，也有實物的供養和意緣的供養。我不確定我們能做多少意緣的供養，但是我們肯定要做實物的供養。如果我們供養的方式正確，加上本尊、咒語、手印和禪定的修持，那麼一劫的覆障和罪業都會被清淨。而且，我們還會累積大量的福德和智慧。這就是我們在這裡所要做的。最後我們會以供酥油燈來作結行。我不知道我們會接受到多少共與不共的成就，但至少我們會有很多相聚的好時光，一起來隨喜！這是非常好，並且有利益的。

第十四章

金剛薩埵之心

淨障之王依金剛薩埵無染之秘密而教授

多・欽哲・耶喜・多傑

嗡

本初佛普賢王如來，眾生之基

金剛薩埵，金剛如來，

守護眾生之王者，

請眷顧我，以慈眼視我。

阿

從最初無生本初之清淨，

我迷惑之中的一念無明，

造成愚痴、二元感知、違犯和破壞。

在清淨的法界明妃之虛空中，我懺悔一切罪障。

班雜

神秘之主，金剛手，宣稱金剛三昧耶者，

我曾經違背的十萬身口意及秘密誓言

和說過的背離之語，

在此慚愧發露懺悔。

薩埵
已經超過違犯成為過時的時限
而都是嚴厲懲罰的因，
在監視業力的金剛空行之令下，
我懺悔迷惑今生與來世
所累積的地獄之因。

吽
慈愛之王，偉大的本初金剛，
超越概念，解脫於違犯和懺悔，
普賢王如來，本覺之初始圓滿境，
超越來去，於法界之虛空。阿。

這個「懺悔之王」，雖寥寥數行，但可以從深層擾動輪迴，就如同給鐵用了點金術。這是一個保護因無明和毀犯三昧耶戒而得墮罪的眾生的口傳。它從普賢王如來的心而生起。我，蓮花生，為了將來的眾生，以象徵的手跡將它寫了下來。願它能與我的心子——我自己的化現——相遇。

薩瑪雅 瑪雅 布迪雅 殊航
（Samaya maya budhya Shubham）

這是從察童．巴沃（多．欽哲．耶喜．多傑）的原文手跡跡整理成文。

善！善！善！

｜附錄｜

如何以觀想淨化外在經驗

摘自《智慧之光》第二冊

蓮花生大士、秋吉．林巴、蔣貢．康楚、覺恰仁波切

觀想所依壇城之作用

觀想所依——越量宮

《道次第本智精髓》（Lamrim Yeshe Nyingpo）根本頌云：

> 從此放光清淨對堅實的執著。
> 在層層諸大重疊之上，在五方佛母的廣大境之中，
> 將外在世界觀想爲寂忿本尊的殊勝界域，
> 如同尊勝的嘿汝嘎之喜悅宮，
> 以及金剛護圍，屍寒林及其周遭，
> 日月墊之蓮座，傲慢尊及其他。

觀想所依處的壇城和能依者所帶來的效果，有下面幾個連續的內容。首先建立目標：清淨對逐漸形成的器世間及其內含廣大眾生的執著。因為一切善逝覺醒的界域是他們本然、解脫所有覆障的經驗，也因為高階修道的時候，你首先要清淨的是粗重身和脈之元素，接著逐漸控制和淨化更微細的語和氣，接著再到心和明點，這有一個

明確的所依和能依的順序。因此，你必須先觀想作為所依境的壇城，這跟不淨狀態中世界的逐漸形成的方式相似。

《密續噶乘》（Galtreng）這樣描述：

以世界逐漸出現的方式
逐層觀想，以及越量宮。

你要怎麼觀想呢？想像虛空中的種子字放射出無量光芒，光中形成火、風、水，清淨一切對世界和眾生是堅實的執著，而他們接著都成為了空性。之前的真如三摩地所要訓練的空性，是要清淨內在執取的念頭，而這裡 [三摩地] 有特定的目的——淨化色相的對境。因此，這不是多餘的。

接下去要清淨的對境：首先，是空的元素。它形成了器世間能夠形成、有情眾生能夠有地方出生的基礎；其次，這樣生成的最初之因——無所不能的心本身；最後，眾生的心執著於他們形成特有習性的共業，而當業果成熟於他們共有的境界經驗中，便形成了四大元素和須彌山的壇城。

清淨的方式是觀想種子字逐漸從咒語中放光。透過此，在法之源的空間中，逐漸觀想風、火、水、地等四大及其所屬。《幻現》將此描述為：

外在元素如明妃等眾
是方便和智慧的無二，[72]

72. 英譯註：對這兩行文字的解釋：「外在元素如同明妃等，意味著其中的主體是感官認知——所有這些成其為明妃的範圍的元素，就是主客體和方便與智慧的無二。」

不變的是羅察那金剛，
流動的是瑪瑪吉天女，
成熟而熾燃的是班達拉．瓦西尼，
輕盈而能動的是度母的廣大境，
明而空的空間是普賢王佛母。

如此，生起佛慢之思維「五大元素即是五方明妃」會保證清淨的結果——清淨至法界——一切諸佛在此覺醒，也就是五位女性眷屬的本質。

你要像這樣去觀想五大元素之廣大境和五位明妃本質的越量宮。被清淨的對境是執著於有情生活悅意之家鄉、屋宅、財產等等的概念。

清淨的方法是想像從種子字「巴榮」——毗盧遮那佛的精髓——出現了大解脫的寂靜越量宮；或者，修持忿怒尊的話，是出現完全令人欣喜的險象之屍陀林——威耀嘿汝嘎的殊勝秘密宮[73]。觀想其底座、周邊圍牆、上方圓頂、大門、入口、特定的裝飾等等。在此之外是金剛護圍和八大自生屍陀林的場景。生起「這就是得果位時的越量宮之界域」的佛慢[74]。這樣做會帶來淨化的結果是成就佛之境界——五方金剛佛母之佛父的秘密大樂，也就是不可摧毀的法界本質。

73. 英譯註：相關作為大日如來精髓的種子字巴榮，化現自種子字吽的欸 樣 惹 蘇 壑 讓 諦 薩姆 哈 巴榮，透過它們出現了空、風、血海、人肉之地、白骨山，並有火山圍繞。此外，在屍陀林中，是色彩絢爛的蓮花和越量宮。而在寂靜尊的方面，從HRIH出現了E YAM BAM LAM BHRUM，成為空、風、水、地、須彌山和越量宮。
74. 英譯註：下方的基礎，四邊有護圍，上面有圓頂，大門和走廊，獨特的裝飾等等包含以下內容：基座、多層元素等、金剛護圍和周邊山脈。旁邊是礦脈和五層圍牆。如宮殿牆上的裝飾一樣，這裡也有飛檐、木巴和哲蒲（譯注：黑漆和升合）、花環和在道的階段，逐層元素和須彌山是五個脈輪，以及中脈。在越量宮下方的附屬結構包含了十字金剛杵、蓮花和日輪。它們是住於脈輪中央的氣和精髓元素。越量宮代表明空之心的大樂本質，一切成一味。完整的讓自己這樣做觀想的訓練，這會使脈、氣、明點柔韌可控，而起到成熟更高法道的作用，因為它含藏特別智慧的基礎。

透過這些步驟要清淨的對境是對眾生受生的處所的概念——母胎蓮花、父母精血、溫濕熱潮等等。淨化這些概念的方法是，如果是寂靜尊修持，要練習觀想由蓮花、日月做成的座墊；如果是忿怒尊修持，則觀想蓮花、日輪、傲慢尊、獸類等等。[75] 這樣淨化的結果是成就佛的色身特質的展現——符合於這些座席無執、光明等象徵意義。[76]

墜飾，諸如此類。屋頂的細節包含柱子、屋樑、底座、木雕、木架以及頂棚。在這些之上，是八面的圓頂。圓頂之上是華蓋、法輪和寶傘。四方有四門和它們的柱廊、門徑和入口。拱門包含十六因果門，其中八個因拱門是入口裡外每組兩個一共四組的階梯；而八個果拱門在入口之外的四角，有序的以塔康（rta rkang）、睡蓮、寶盒、流蘇、凸部、噴嘴、水柱和金翅鳥的頭裝飾。

此外還有飛簷、花環、流蘇、雕帶和矮牆。它們兩邊都有蓮花、法輪、寶傘、公鹿、母鹿裝飾，以及頂上的金剛杵和珍寶嚴飾。大門和拱道的裝飾為雪獅、門式輪和迴響著三寶之聲的金鈴。四門的左右兩邊是綴滿鈴鐺的果樹和如意寶樹，各種吉祥鳥和寶池的果園。

在宮殿頂上是寶傘、勝利幢幡、墜飾、彩旗飄帶、尾扇，以及各種奇異嚴飾。

忿怒尊的越量宮來說，更多的是邦達（bhandhas）的牆、八部天神的柱子、八大羅睺羅柱、神龜底座、木雕天神群、人皮的天花板、中心頂飾、門掛飾、人皮旗幟、人屍髮扇、背骨欄杆、人手噴水口、鱷魚上門檻、龜下門檻、黑色　蛇入口等等。

這些寂靜尊和忿怒尊的宮殿，需要由比例模型來確定，對它們的比例應有所研究。

75. 英譯註：下蓮花、日輪、傲慢鬼、動物等等，是在忿怒的情況。傲慢鬼傑巴（drekpa），是各方的守護者，他們的分類屬於羅　羅、龍族、護法（gyalpo）和森摩（senmo）。《大幻化網》（The Magic Net: Mayajala）系統提到公牛、水牛、豹、虎和熊。此外，《八大儀軌教法噶傑》加了金翅鳥、蛇和獅，成為八大神獸。

76. 英譯註：例如，獅座象徵了無比的威力，蓮花象徵無染，日輪和月輪象徵樂空。

在修道時，蓮花是脈輪，日輪是拙火，月輪是頭冠上的種子字杭；如此，它們是明耀閃亮和溫潤欲滴的銷融大樂。另一種理解是，蓮花、日輪、月輪分別代表般若佛母的蓮座，般若佛母，以及她心間由勇父菩提心穩固之日輪。訓練自己這樣去觀想會發揮 [在更高階修道] 成熟的作用，因為它含藏了在圓滿次第時候拙火的基礎，以及透過手印運作的方法而證得不變之大樂。

總括來說，要清淨的對境是對外在器世間的凡夫經驗。淨化的方法是觀想寂忿尊密集排列、具足嚴飾的無量及不可測度的大界域。這樣淨化的結果是達到對諸佛本然經驗的超越中心和限制的界域的掌握。

儀軌實修 12

除障第一：蓮師伏藏法「普巴金剛」暨「金剛薩埵」實修引導

原典作者	蓮花生大士、秋吉德千林巴
釋論作者	頂果欽哲法王、祖古烏金仁波切等
原典中譯、審定	祖古貝瑪滇津
譯　　者	妙琳法師
發 行 人	孫春華
社　　長	妙融法師
總 編 輯	黃靖雅
執行主編	李建弘
封面設計	阿力
內頁排版	蘇麗萍
行銷企劃	黃志成
印務發行	黃新創

台灣發行　眾生文化出版有限公司
地址：220 新北市板橋區四川路二段 16 巷 3 號 6 樓
電話：886-2-8967-1019　傳真：886-2-8967-1069
劃撥帳號：16941166　戶名：眾生文化出版有限公司
電子信箱：hy.chung.shen@gmail.com　網址：www.hwayue.org.tw

台灣總經銷　紅螞蟻圖書有限公司
地址：114 台北市內湖區舊宗路 2 段 121 巷 19 號
電話：886-2-2795-3656　傳真：886-2-2795-4100
E-mail : red0511@ms51.hinet.net

印　　刷	博創印藝文化事業有限公司
初版一刷	2018 年 8 月
初版二刷	2018 年 11 月
I S B N	978-986-6091-88-9（平裝）
定　　價	新台幣 390 元

國家圖書館出版品預行編目 (CIP) 資料

除障第一：蓮師伏藏法「普巴金剛」暨「金剛薩埵」實修引導 / 蓮花生大士等作；妙琳法師譯 . -- 初版 . -- 新北市：眾生文化，2018.08
272 面； 17x22 公分 . -- (儀軌實修；12)
ISBN 978-986-6091-88-9 (平裝)
1. 藏傳佛教 2. 佛教修持
226.965　　107010851